悬命遗书

[阿根廷] 费德里科·阿萨特 著

权泉 译

上海译文出版社

第一章

一

泰德·麦凯正要对着自己的太阳穴开枪，突然门铃响起，久久不息。

他迟疑了。门外有人，他无法扣动扳机。

管你是谁，快滚开。

门铃再次响起，一个男人嚷嚷道：

“快开门！我知道您听得见！”

叫嚷声在书房内清晰可闻，泰德甚至怀疑那是幻觉。

他环顾四周，像是在空荡荡的书房内寻找蛛丝马迹，判断那声音是否真实。屋内摆放着金融类书籍、莫奈的复制品、写字台……还有他留给霍丽的一封信，他打算以这种方式向她解释原委。

“请开开门！”

泰德手中的勃朗宁仍然靠在额边，他感觉手枪的分量越来越重。如果门口的家伙听见枪声把警察叫来，计划就要泡汤了。霍丽和女儿们正在迪士尼乐园游玩，他不能容忍她们在那么远的地方获悉噩耗。绝对不行。

门铃尚未停歇，又传来一阵敲门声。

“快开门！否则我不会离开！”

紧握的手枪开始颤抖。泰德把它靠在大腿上。他一边用左手拢着头发一边咒骂门口的陌生人。是小商贩吗？那个街区秩序良好，很少见到商贩进出，更何况那家伙的行为实在厚颜无耻。

叫嚷声和敲门声消停了几秒，泰德缓慢地把手枪举到太阳穴上。

他琢磨那人也许识趣地走开了，但一阵嘈杂的叫嚷声和敲门声令他幻想破灭。泰德并不打算去开门，决不……他静静地等候着。那个粗鲁的家伙总会放弃的，不是吗?

就在这时，书桌上有个东西引起了他的注意：那是一张从中间对折的纸，与他放在桌子中间写给霍丽的信一模一样，唯一的区别是上面没有他妻子的名字。他竟愚蠢到忘记丢掉草稿吗?叫嚷声在大门外不断响起，他安慰自己突如其来的干扰未必不是好事。他展开那张纸读着上面的留言。

纸上的内容令他大吃一惊。那是他自己的笔迹。然而，他丝毫没有印象曾写下那两句话。

快打开门

这是你最后的出路

难道是他在什么情形下写过那样的内容现在却不记得了吗?或许是他与辛迪或娜丁之间的小游戏?他无法给出合理的解释……尤其是在如此疯狂的情况下，有个疯子准备破门而入。但，一定有理由，一定有。

随便找个理由欺骗自己吧。

握于右手的勃朗宁重似千斤。

“赶紧开门，泰德！”

他吓得打了个寒颤。是在叫他的名字吗?泰德与邻居们走得不近，但至少他觉得自己辨认得出他们的声音，那男人的声音却非常陌生。他站起身来，把手枪放在桌子上。他知道自己必须去探明究竟。他思索片刻，毕竟还不是世界末日。无论那个粗鲁的家伙是谁，他会马上打发其离开，然后回到书房结束自己的生命；他已经为此筹划了几个星期，不会因为一个没有教养的商贩在最后一刻退缩。

他决绝地站起身。书桌的角落有一个小罐子，里面放着圆珠笔、夹子、用过的橡皮擦和各种没用的小物件。泰德快速地翻弄着，找到几分钟前放在罐子里的钥匙。他用手指夹起钥匙，那种感觉非常不可思议，因为在此之前他压根不觉得自己这辈子还会再看见那玩意儿。原本此刻他应该瘫在自己的躺椅上，手上残留弹药，灵魂飘向空中。

当你已经决定结束自己的生命时——即便你对此深信不疑——最后几分钟才真正考验意志力；泰德刚刚已经领教过了，他讨厌还要再来一次。

他极其艰难地走到书房门口；把钥匙插进去打开房门。当他看见贴在门背后高过视线的留言时，心中又是一阵刺痛。那是给霍丽的提醒。“亲爱的，我在冰箱上放了一把备用钥匙。不要和孩子们一起进来。我爱你。”内容看上去有些残忍，但泰德是经过深思熟虑之后才决定这么做的。他不希望自己的女儿看见他倒在书桌后面，头上有个窟窿。另外，在书房中死去是最好的选择。他认真想过其他可能，比如跳河自尽，或远行他方卧轨，但是他知道对于妻女而言杳无音信更加糟糕。尤其是霍丽。她需要亲眼目睹才会确信。她需要……打击。她年轻漂亮，还可以重新来过。她终究会走出阴霾。

又是一阵敲门声。

“来了！”泰德叫道。

敲门声戛然而止。

快打开门。这是你最后的出路。

他透过门旁的窗户可以隐约看见到访者的轮廓。他缓慢地穿过客厅，内心极其挣扎。他再一次像片刻前看见书房钥匙那样观察周遭。他看见巨大的电视机、可以容纳十五个人的大餐桌、大陶瓷罐，等等。他已经用自己的方式与它们一一告过别。然而，他再一次出现在那里，亲爱的老泰德，他像幽灵似的在自己的客厅中穿梭。

他停下脚步。这其实是他的回光吧？

突然，他强烈渴望回到书房，看看是否会在书桌后面看见自己的尸体倒在血泊中。他伸手触碰沙发背。皮革摸上去冰冷；那感觉实在太真实，不像幻觉。但是他确定吗？

他打开大门，一看到站在外面的年轻人，他立即明白为什么那个商贩的行为举止如此野蛮却没有被赶走。那人约莫二十五岁，穿着一条无可挑剔的白裤子，搭配蛇皮腰带和一件彩色横条纹 polo 衫。与其说像商贩，他更像是高尔夫球手，然而右手拎着的破旧公文包与其衣着形成强烈反差。他金发披肩，湛蓝的双眸和轻佻的笑容酷似乔·布莱克[①]。泰德猜测霍丽或者附近任何女性都会愿意购买这位绅士兜售的任何商品。

“随便你卖什么我都没有兴趣。”泰德说。

年轻人笑得更加用力。

“喔，我恐怕不是来推销东西的。”他的语气表明他觉得那个想法再滑稽不过。

泰德越过陌生人的肩头瞥了一眼。路边没有停着车，整个沙利文大街沿途都没有汽车的影子。下午的气温并不算高，然而顶着大太阳走这么远竟然丝毫没有影响那个年轻人俊美的容貌。另外，为什么要把车停那么远呢？

“您不要怕，”年轻人似乎有读心术，“我的同伴把我放在这里就走了，以免周围的邻居怀疑。”

听到同伴二字泰德并没有感到不安。死在盗匪手里比吃自己的枪子儿更加体面。

① 电影《情约今生》（*Meet Joe Black*）男主角。

“我现在很忙。你走吧。”

泰德正打算把门关上，男子伸手阻止了他。他的态度并无敌意，反而眼中闪烁着一丝祈求。

“麦凯先生，我叫贾斯汀·林奇。如果您……”

“你怎么知道我的名字？”

“如果您让我进去，我只需要占用您十分钟便可以解释清楚一切。”

出现了片刻的期待。泰德绝对不会让那个人进屋。但是他必须承认那个人的出现挑起了他的好奇心。最终理智占据上风。

“很抱歉。时间非常不巧。”

“您错了，现在……”

泰德关上门。林奇口中飘出的最后几个字被挡在门外，但清晰可辨：“现在正是时候。”泰德驻足门旁静静地听着，像是知道还有下文。

事实的确如此。林奇抬高嗓音以便让里面听见。

“我知道您在书房里拿着九毫米手枪打算做什么。我向您保证一件事：我并不想说服您放弃。”

泰德打开门。

二

泰德一直以来精心策划着这场自杀。那并非他临时起意而做出的冲动慌乱的决定。他才不会像有些人那样因为计划拙劣从而引起别人的注意。或者他原本是那样认为的。可如果他的计划万无一失，林奇又怎会发现呢？那个笑容灿烂、脸庞俊美的到访者清楚地知道手枪的口径和泰德实施计划的位置。泰德会在书房中结束自己生命的推测，即便不疯狂，也还是显得很侥幸，可林奇就那么不假思索地说了出来。

两个人分坐在桌子两侧。泰德的体内产生了似曾相识的感觉：肾上腺素分泌令其兴奋，他精神高度紧张地思考制敌之术。他已经许多年没有碰过国际象棋了，但是那种感觉不会错。是快感。

“是特拉维斯让你来监视我的吧。”他断言。

林奇将皮革公文包放在桌上，似乎正准备打开，此时双手突然停在空中，面露错愕。

“您的合伙人与此事无关，泰德。您介意我称呼您泰德吗？”

泰德耸了耸肩。

“我没看见您女儿的照片，辛迪和娜丁。”林奇边说边看着公文包。他似乎在找什么东西。

的确，四周没有家人的照片。泰德将它们从客厅中移走了。一句忠告：如果你打算自杀，那请让所有家人的照片从眼前消失。没有亲人的干扰自杀会更加容易策划。

“你不准再提我的女儿。”

林奇露出迷人的笑容。他举手表示赞同。

“我只是想随便聊聊从而获得您的信任。我见过她们的照片，也知道她们现在和妈妈在佛罗里达。她们去拜访祖父母，对吗？”

这段对白像是出自黑帮电影。我们知道你的家人在哪里，你不要指望耍小聪明。然而林奇的态度略显无辜，他似乎真的只想示好。

“我已经让你进来了。我想我们之间已经建立了基本信任。”

“我很荣幸。”

“说说看，关于我的家庭你还知道什么。”

林奇双手撑在公文包上。他做出无所谓的手势。

“喔，恐怕没有多少。我们不喜欢浪费不必要的精力。我知道她们星期五回来，这样的话我们有三天时间处理我们的事情。绰绰有余。”

“我们的事情？”

“当然！”

林奇从公文包里取出两份薄薄的文件夹放在一旁。接着把公文包挪开。

“泰德，您有想过杀人吗？”

这家伙终于言归正传了！

“你是警察吗？如果是，你应该亮明身份。”

泰德站起身来。那两份文件夹中肯定藏着令人毛骨悚然的照片。他们一直把他当作谋杀嫌疑犯在监视，自杀恰好是决定性的罪证。所以林奇才坚持要进来。他是 FBI[①] 探员吗？

---

① 美国联邦调查局（Federal Bureau of Investigation，缩写 FBI），隶属美国司法部。

“我不是警察，泰德。您请坐。”

“我希望你马上离开。”泰德指向大门，就好像林奇不知道如何离开。

“我们还没有聊聊我是如何知道您的自杀计划的，您当真想让我离开？”

真有他的，泰德的确想了解。

“给你五分钟解释。”

泰德没有坐下。

“足够了，”林奇说，“我现在就向您解释。我效力于一个组织，该组织希望您这样的人可以认识我手中的这些人。”他把手压在文件夹上，“如您允许，我将打开其中一个文件夹并给您看看里面的内容。以您的睿智，马上就会明白。”

林奇打开其中一个文件夹并放在桌子中央，朝向泰德，他依然站着，双手叉在腰间。

文件夹首页是一份警局档案副本。页角上是一个二十五岁左右男子的正面照和个人简介。他面孔黝黑，喷着发胶的头发十分光洁。他用挑衅的目光盯着镜头，下巴微微上扬，清澈的眼睛瞪向前方。这个男人名叫爱德华·布莱恩。

“布莱恩曾因偷窃和袭击他人等行为多次被判刑，”林奇一边翻看档案一边说，“这次他被指控谋杀女友。”

有一件事情泰德没搞错：文件夹中的确藏着恐怖的照片。现在映入眼帘的便是一个被残酷杀害的女子，尸体被藏在床和衣柜中间的狭小空间里，赤裸的躯体上至少有七处刀伤。

“她名叫阿曼达·赫德曼。她和布莱恩偶尔约会；两人并未确立正式关系。他帮她找廉价的毒品，每隔一段时间他们的关系会更加密切些，但是据其朋友说，二人不断争吵复合。女方被发现死在自己的公寓时，警方直接对布莱恩实施了抓捕。那家伙承认曾经与赫德曼因争风吃醋而吵架，但是绝对没有拿刀捅她。您想知道结果如何吗？结果是警方什么也无法证实。他们不得不将其释放。”

“无罪释放？”泰德满腹疑惑地问道。

“那混蛋非常小心，没有用拳头直接打她，当然警方也没有找到作案工具。他的指纹随处可见，唯独死者身上没有发现任何他的痕迹。”

“但事实上他承认他们曾经有过争执。”

“辩方声称他是在高压下做的口供，并不完全准确，而且他们可以举证。最终令他脱罪的证据是法医对死亡时间的鉴定。检方专家确定死亡时间在晚上七点到十点之间。多名证人称那段时间在一个名叫‘黑帽子’的肮脏酒吧里曾见过布莱恩。他似乎故意让尽可能多的人看见他；超过三十名可靠证人为其作证，甚至停车场的监控也拍摄到了他。”

泰德向后翻看档案。后面还有几张赫德曼身体的特写和几份含有特别标注段落的文件副本。

“现在您完全明白了吧，泰德？”

的确，泰德的思路慢慢清楚了。

“你们怎么知道布莱恩杀害了死者？”

“我们的组织在刑事系统中有内线。我不是指罪犯，我们不愿意与他们打交道。我指的是律师、法官或者那些嗅出谋杀案件暗藏玄机的助手们。我们的职责就是……根除疑点。其实布莱恩这个案件极其容易解释，但几乎可以肯定的是那家伙撞了大运。我们雇了一名专家，问他为何死亡时间鉴定出现如此大的偏差。他对我们说法医通常在发现尸体时测量尸体温度，并依此判定死亡时间。尸体温度下降的曲线为人熟知，而且……”

“我知道鉴定程序，”泰德打断他，“我也看*CSI*[①]。”

林奇忍不住笑了。

“那我就直奔主题了。当我们到了犯罪现场就立即明白问题所在。阿曼达·赫德曼的公寓在二楼，一楼无人居住，是一间工业洗衣房。主通风管道正好位于她尸体的正下方。因此她的身体温度得以保持，下降速度低于正常水平。”

“换句话说那个混蛋杀害她的时间更加早。”

“没错。比法医判定的时间早六至八个小时。死亡时间并非晚上而是中午，布莱恩去酒吧之前就案发了。”

“这件案子无法重新提起诉讼吗？”

“已经提起诉讼，法院也予以受理。我们并不是责怪司法体系，我们更倾向于认为偶尔有混蛋碰巧钻了法律的空子。很可惜有时也会事与愿违。但我们的目的并不是要比较孰对孰错，不是吗？”

泰德不需要继续听下去了。

“你想让我干掉布莱恩，对吗？”

林奇露出他完美的牙齿。

“我早就说过，您是个聪明人。”

① 美国热门电视剧《犯罪现场调查》（*Crime Scene Investigation*，简称*CSI*）。

三

他站在冰箱前。一张霍丽的照片被苹果形状的吸铁石压在冰箱门上，他忘记将它取下来了。孩子们用亮片粘贴好几层边框装饰照片。霍丽正从大海向镜头奔跑，身上的红色比基尼是泰德多年来的最爱。她大笑着，头偏向一侧，金色的长发随风飘动。拍摄照片时她的一条腿刚好被膝盖挡住，因此身体的支撑显得不符合平衡规律。

照片很久很久以前就贴在那里了。泰德默默地看着它，忘记原本为什么要来厨房。他捏起照片的一角，从冰箱上扯了下来。他仿佛可以听到霍丽爽朗的笑声，紧接着是她的悲泣，夹杂着进入书房时撕心裂肺的嚎叫……他怎么忍心对她做那样的事呢？

他随便拉开一个抽屉，把照片扔进他完全不认识的器具中间。

冰箱里还剩下两瓶啤酒。他一只手捏住两个瓶口，用脚把冰箱门关上。他倚靠在餐台上。林奇还在客厅里，他一时冲动提出请他喝一杯，现在却有些后悔。泰德需要单独思考一会儿，当那个陌生人向他暗示他们的计划时，他内心的确产生莫名的不安。他并不支持通过私刑——字面意义的那种——伸张正义，尽管他承认如果没有布莱恩这样的寄生虫世界会更加美好。他不愿意杀人，他甚至不赞成死刑——至少别人问他时他会这样回答。有时在射击场内，他一边试图一枪击中移动的人形靶头部，一边在内心幻想着自己在消灭十恶不赦之人，幻想着那人曾犯下残暴或可鄙的罪行。泰德在内心深处开始赞同。林奇也许不是字面意义上的推销员，但他已经巧妙地按下激活按钮，使得泰德开始认真考虑他的建议。

他的目光仍然停留在苹果形吸铁石上。眼前没有霍丽的照片，他的思维更加清晰。林奇的想法具有诱惑性，有深刻而决定性的意义，他相信如果泰德亲手杀掉恶人，霍丽和女儿们将视其为主持正义的英雄，而不是轻言放弃的懦夫。

返回客厅时，他不禁产生疯狂的想法：厅内也许已空无一人，林奇已经离开，或者更糟糕，二人之间的对话只不过是他幻想出来的场景。

然而林奇依然坐在那里，两个文件夹正对着自己。他站起身从泰德手中接过啤酒，微微点头致以谢意。他深深地灌了一口。

“你们是怎么知道的？”泰德再次坐下。

“您指自杀？”

泰德点头。

“组织有自己的途径，泰德。我不知道与您分享太多是否太草率。”

“我想如果你要求我去杀人，我有权知道这一点。”

林奇沉思良久。

“这代表您接受了我们的提议？”

“什么也不代表。眼下我只希望你告诉我你们怎么会知道这件事。”

“很合理。”林奇又喝了一口，把啤酒瓶放在桌上，“我们有两种挑选候选人的方式。第一种比较常用，但是事实证明效率相对较低。的确很可惜。我们拥有一批志同道合的心理学家，他们会向我们透露潜在的候选人；这些专业人士和我们允许自己这么做，虽然我们清楚这样做某种程度上侵犯了候选人的隐私。但是，我们从不强迫任何人。像我这样的人出现在您家中，向您提出我们的建议。如果候选人不予接受，我们会消失得无影无踪。我必须承认这次我出现的方式跟以往比起来有些冒失。我以为……呃，我来迟了。”

“你一直在监视我？”

“不尽然。每次到候选人家时，我总会先观察周围的动静。尽管我们事先知道您的妻女外出不在家，还是有可能出现意外到访的亲戚或朋友……抑或是不喜欢访客的狗。正在您家附近观察是否一切正常的时候，我通过您书房的窗户看到了您正准备要做的事。”

“明白了。这么说你们还是在监视我。”

“很抱歉。我们一直力图尽可能少地干扰目标。”

“另一种筛选方式是什么？”

“哦，对了。您看，泰德，有很多人感激组织，他们在某种程度上觉得*亏欠组织*。我刚刚提到的专业人士中有很多人即如此。但是通常他们都……”

“是与被害人相关的人。”泰德指向文件夹。

林奇似乎是一个更喜欢暗示而非明示的人。一丝不快从他脸上快速闪过。

“是的，”林奇承认，他打算转移话题，“现在请允许我向您解释另一个文件夹里的内容。”

林奇将布莱恩的文件夹放在一旁。他打开另一个较薄的文件夹。第一页的彩色照片里是一个站在甲板上的男人。他约摸四十岁，身上穿着救生衣，手持一根钓竿，下面挂着一条硕大的鱼。

“他是谁？”

“他叫温德尔，您可能听说过。他是一位非常有名的企业家。”

“我不认识。”

“那样更好。”

泰德翻过照片。文件夹中有几页打印的纸张和几页标注地址的地图。与另一个文件夹相比信息非常少。

“这位企业家杀了谁？他妻子？”

林奇微微一笑。

“温德尔没有妻子。他没有杀人。他与布莱恩不同，情况跟您相似。”

泰德皱了皱眉头。

“他也想寻短见，”林奇说，“他与您一样，也清楚地知道这样做会给自己爱的人带来巨大的痛苦和不解。交易过程是这样的，泰德：您杀掉布莱恩，给阿曼达·赫德曼的家人带去安慰和公义，作为回报我们让您成为连锁交易的一部分，温德尔是其中一个环节，您紧随其后。”

泰德思索片刻。他迅速明白了其中的含义。

“干掉布莱恩之后，我需要再杀死温德尔？”

“的确如此。他清楚知道一切，正在等着您。同样地，在此之后您将在家中等待下家出现。考虑一下吧，泰德。想想对于您的家人而言，发现有人闯入家中向您开了一枪，与发现您在家中自杀有多么不同。”

“不要再说了。”

“我知道您已经深思熟虑，”林奇不理会泰德的请求继续说下去，“自己结束生命是不留痕迹地消失的最佳方案。但现在有一个再好不过的替代方案出现在您面前，那就是遇袭而死。您想想对于您的女儿们，这种痛苦将多么容易被接受和克服。我不知道您是否清楚，很多孩子，尤其是年幼的孩子，一生都无法从痛苦中解脱……”

“够了！我明白。”

“那么，您的决定是？”

“我需要再想想。毕竟温德尔是无辜的。”

“算了吧，泰德。这种事情我已经处理过很多次。您其实已经知道答案了。我们的交易不仅仅让您受益，也顺水推舟地帮助了温德尔，他现在正在湖边的家中等您去完成他的遗愿。”

“你们为什么不亲自出马呢？”

林奇没有丝毫不快。他嘴角的微笑很好地证明了这一点，就像他之前陈述的那样，他已经多次游说过新人接受任务。他知道如何回答每个质疑。他刚加入组织时只能像电话推销员似的拿着写好的台词照本宣科罢了。

“我们是有史以来最为专业的团队，泰德。我们认为杀人犯必得偿命。我们仅仅是将侥幸逃脱法律惩处的人与准备为正义献身的人联系起来。我们选择了您。这是您的机会。而且恐怕是最后的出路。”

泰德垂下目光。在书桌上发现的字条于裤子口袋中凸显出形状。他甚至不记得自己曾把字条放在了那里。他取出并打开那张纸，避开林奇的视线，后者正满怀期待地看着他并等待他给出最终答复。

这是你最后的出路，他读道。

林奇刚刚说过的正是这几个字眼。

四

爱德华·布莱恩独自住在一个中产阶层的街区。邻居们都讨厌他。他的性格本就不讨人喜欢，而他那些偷偷摸摸的勾当使得邻里关系更加恶化，甚至到了剑拔弩张、一触即发的程度。布莱恩是个人渣，最糟糕的是这个混蛋对此毫不避讳且怡然自得，他用反光眼镜和冷笑挑衅迎面走来的每个人。邻居们曾试图与他沟通，无论妥协还是威胁均不奏效。他就像一个叛逆的少年——尽管他已三十有余——但凡有人靠近他或者想跟他协商和解，他都会与其胡搅蛮缠。他完全不理会任何邻里相处的公约，无论是对花园的照看还是对他的恶犬马格努斯的管理。那是一条洛特维勒牧羊犬，它可怜兮兮地长时间被链条拴绑，冲着进入它领域的人狂吠。与朋友们狂欢的吵闹声、雷鸣般的摩托车马达声、震耳欲聋的音乐声是家常便饭。醉酒、嗑药、带妓女回家也司空见惯，过后他会把她们赶出去，那些可怜的女人们身体半裸地游荡在路边等计程车。

当指控布莱恩谋杀的消息被公之于众时，很多人都拍手称快，他们甚至争先恐后地提供关于这位“明星”邻居斑斑劣迹的证词。不止一个人曾惋惜布莱恩选择在那女孩家里而不是他自己家里杀人，否则就有铁证令他万劫不复，把他关入牢狱度过漫长岁月。所有人都确信无疑是布莱恩杀害了那可怜的女孩。邻居们提前庆祝他们认为无可辩驳的事实：布莱恩将被审判，并因谋杀阿曼达·赫德曼而被定罪。

他们的梦想终于可以成真。

然而检方却不得不释放他。铁一般的不在场证明拯救了他。多名证人在案发时看见那个无耻之徒出现在酒吧里，几台监控录像同时证明布莱恩不可能是凶手。当然，他的邻居们可不这样认为，他们不知道这个狗娘养的是如何侥幸逃脱法律制裁的；也许他有个孪生兄弟什么的，但是他竟然欺骗了所有人。现在他们不仅要和一个卑鄙的家伙继续抗争，这家伙还是个杀人犯。很多人都在认真考虑搬离此处。

泰德靠在速食店的边桌上，一边仔细研究林奇提供的报告一边啃着汉堡包。没有人会怀念爱德华·布莱恩，他想。他可以自如地从正门进入他家，完全不用担心被看见，因为邻居们即便看到也不会声张。他努力地记住所有的必要信息，例如那家伙把备用钥匙藏在门口的脚垫下面。狗也不是个问题。

他囫囵吞着汉堡时脑中已经构思出简单的计划；可乐和薯条竟让他从自己的问题中抽离出来，他对此唏嘘不已。阿曼达·赫德曼的照片以及布莱恩过去和现在的种种恶行令泰德真的产生消灭他的冲动。他终于明白之前林奇口中的体制漏洞的含义。世间存在修正错误的正义力量，泰德可以感觉到。

他藏在底楼客房的衣橱里，舒适地坐在重新理好的几只箱子中间。他头顶的搁板下面有一张巴斯光年的贴画在黑暗中闪闪发光。他想象着一个男孩把它贴上去，时不时藏身于此欣赏其光芒，就像他小时候那样。他突然产生一丝伤感，现在巴斯早就被主人抛诸脑后，只能独自忍受孤单默默发光。

四个小时之后布莱恩回到家中。泰德藏匿之前已经察看过房子的布局，他凭想象就可以知道布莱恩每时每刻的具体位置。他讲着电话从车库走进来，听得出对话很幽默。布莱恩有可能突然决定晚上出去，但这并没有令泰德不安……他会伺机行事。他已经在衣橱中等了几个小时，无论还要等多久他都会耐心待在那里。阵阵倦意袭来。

他在脑中重新过了一遍计划，任何好莱坞的制作人都会对此不屑一顾。计划中没有冲突或复仇者的长篇大论，更没有任何提示信息。泰德要等到布莱恩在卧室熟睡后从衣橱溜出来干掉他，那家伙甚至都不会醒过来。他尚有仁慈之心。

九点半了——幸亏有手机，泰德把时间控制得很好——布莱恩正在客厅里看电视，他好像在快速地吃着晚餐，时不时咒骂一个愚蠢的问答游戏里的参赛选手。形势尚不明朗。布莱恩可能会出去玩，那样的话不知道要等到何时才能行动，他也有可能会早睡。然而突然出现一个不合时宜的小状况。泰德甚至比布莱恩还更早察觉，他即刻提高警惕，在黑暗中竖起耳朵，试图透过罐头掌声和主持人的尖声利嗓辨识声音来源。马格努斯开始在前院中发出一阵阵凄婉的嚎叫。泰德摇摇头面露沮丧。他给那狗注射的镇定剂剂量不够。

电视机突然没了声音。漫长的静默之后大门被打开，不一会儿又被关上。布莱恩跟别人低声讲着电话，隔着衣橱听不清对话的内容。他在客厅里踱来踱去，直至声音越来越清晰，意想不到的事情发生了：他走进泰德藏身的客房。泰德之前将橱门留了一条缝，现在根本来不及关上，否则会引起注意。布莱恩近在咫尺，他不耐烦地走到床的另一侧，静静地听着电话另一端的声音。

“我跟你说了，托尼，马格努斯被下药了，现在几乎不能动弹。肯定有人对它做了什么。如果是附近的哪个混蛋，我不会放过他，等着吧……呃？什么？不，我还没有。”布莱恩顿了一下。他坐到床上，背对着衣橱，压低声音：“你说得有道理，托尼。我马上就看看是否有东西被动过。我知道。等会儿打给你。再见。”

他离开房间，没有关灯。

泰德两次看到布莱恩从眼前经过，轻手轻脚地在过道里走着。第二次他似乎看到他右手上有闪光。搜查客房只是时间问题。泰德从夹克里取出匕首，他本打算趁布莱恩睡着时一刀解决他。狭路相逢勇者胜，他默念。

大约过了十分钟，布莱恩站在门口；手中的确拎着武器。刹那间，泰德几乎确信自己已经被发现，布莱恩直勾勾地盯着衣橱，发现橱门虚掩。但是他进来后再一次背对着衣橱坐下，拿起刚才留在床上的电话。

“喂，托尼。没什么异常。是的，我就想跟你说这个。明天我再调查是哪个邻居搞了马格努斯。只能等到明天了，我现在困得要命……我都两天没睡觉了。当然……我跟你说了没有。你别担心了。再见，托尼。”

他再次离开。这次关上了灯。

泰德没有收起匕首。这是个陷阱吗？为什么布莱恩没有翻看衣橱？他又等了三十分钟才确认这个房子的主人已酣然大睡。

他极其缓慢地推开橱门。他从客房溜出来，穿过客厅直奔楼梯。从外面渗入房间的光线非常微弱。马格努斯已经停止嗥叫，此刻的伊戈尔大街上也没有车辆经过。一个趔趄或者任何声音都有可能惊动布莱恩。他小心翼翼地上楼，尽可能贴着墙去踩踏阶梯。木头没有发出声响。最困难的部分过去了，他想；楼上都铺了地毯。

布莱恩的房间在狭窄的走廊尽头。泰德探出头并清楚地看见布莱恩的轮廓掩盖在白色床罩下面。从窗户投进来的光线帮助泰德在房间内自如行走，不用担心撞到什么东西。他握紧手中的匕首，举起来准备刺下去，突然……

“你动一动我就让你脑袋开花。”

声音从背后传来。一支手枪抵住他的后颈，灯光令他目眩。眼睛适应光线后他看见原本躺在床上的布莱恩变成了一个靠枕。

快抓住机会，转身扔出匕首。如果他一枪击中你的脑袋，这不正是你想要的吗？你并不在意打爆你的头颅的是哪颗子弹，不是吗……

裤子口袋里还装着书桌上的那张字条。这是你最后的出路。

“放下手中的匕首，”布莱恩说，“很好，不要转过来，双手举起。”

似乎好莱坞式的对话马上就要上演。

泰德并不紧张。布莱恩没有马上开枪，这一举动很能说明他内心有着诸多疑问。他肯定在琢磨是谁想干掉自己。他也清楚地知道在这个节骨眼上自己最不希望家中出现尸体，更何况枪击声会引起邻居的注意。泰德惊讶于他的大脑还能正常地进行如此大量的思考。他感觉自己是个超级英雄。理智思考过后他明白自己不希望死在那个人手中。偏偏死在布莱恩手中对他来说有失颜面；此刻虽然被枪抵着，毫无反击之力地背对着他，泰德还是终于明白了这一点。接受林奇的条件死在陌生人手里以减轻带给家人的痛苦是一回事，死在布莱恩手里则是另一回事吧？也许这些想法出于求生的本能。也许。

“你已经发现我了，对吗？”泰德用坚定的语气问道，“当你走进房间打电话时……你已经看见我了。”

“是谁派你来的？”

“为什么你认为有人派我来？”

“如果你告诉我你不是被派来的，你马上就会毙命。如果你告诉我幕后指使是谁，我还可以暂时留你性命。但无论如何，你都不会活着离开这里。”

“对我而言这个交易不怎么划算。”

泰德开始慢慢转过身来。

“我说过你不许动！”

泰德定在那里。

"很抱歉，我只想让你看到我的脸。我们认识。"

布莱恩迟疑了片刻。

"你的声音很陌生。"

"我知道。你看到我的脸时就会明白。相信我。"

差不多了，他就像咬着钩的鱼。只需要把他从水中钓出来。布莱恩充满好奇，期待看到泰德的脸，脑中只想着如何解除心中的疑惑。

"好吧，"布莱恩说，"转过来。动作慢点！手不要放下来。"

泰德开始缓慢地转身。他心中盘算着停在半空的双臂对齐的精确时间。这是一个简单的把戏。布莱恩的目光定在泰德的头部，因此他故意让头转得比身体其他部位更慢。电光石火之间，泰德露出自己面孔的同时将遮住的手臂偷偷放下并迅速插入衣襟取出勃朗宁。布莱恩刚发现他的伎俩，泰德就已经转身，同时将枪举至胸口处并扣动扳机。所有动作一气呵成，没有丝毫迟疑。开枪的动作并不简单，不仅手臂扭曲，射击高度也不佳，但尽管如此他还是击中了布莱恩的眉心。枪声划破寂静的黑夜。"那颗子弹原本是留给我自己的。"泰德想着，布莱恩的身体像一尊木偶似的垮塌在地。

他的口袋里装着一张阿曼达·赫德曼的相片。他取出相片放在布莱恩的胸口。

泰德站在那儿呆呆地看着他的躯体；布莱恩没有马上死去，他扭动了几秒钟才彻底僵住。

客厅传出的一阵噪音让他回过神来。他不确定究竟听到了什么，也许是拖动椅子的声音。他收起勃朗宁并捡起匕首。他顺着走廊走到栏杆处，小心翼翼地探头俯视客厅。眼前的场景令他震惊，瞬间放弃躲藏起来的条件反射。客厅中央站着一个男人，肤色黝黑，身形干瘦，穿着一条灰色裤子和实验室白大褂。他观察着泰德，仿佛早就知道他此刻会俯身向下望。他的脸上露出可怖的微笑。

“你好，泰德。”他的声音低沉。他挥了挥粉红色的手掌向其致意。

这人知道他的名字并不让他感到奇怪。似乎近期这已经成为陌生人之间的默契。

泰德走下楼梯，视线仍投注在那人身上。

“您为他们效命？”他说着走到楼下。他倚靠在扶手上，勃朗宁握在身旁。他隐约感觉这个人并不对他构成威胁。

外面没有动静，虽然警察不会这么早赶到。马格努斯肯定察觉到有陌生人闯进来，又开始间歇性地嗥叫。它可能知道主人已经死了？狗会不会在这么远的距离嗅到血液的味道？很有可能。显然它用尽全力，嗥叫声渐渐转为短促的吠叫。

“您到底是谁？”

男人微微一笑。

“我是罗杰，泰德。”

“罗杰什么？就是罗杰吗？你的同伴至少告诉了我他姓什么。”泰德用空闲的那只手背搓着额头，“听着，我不知道您在这里做什么，但是警察随时会到。楼上有具尸体，外面有一条被迷晕的洛特维勒。我要撤了。”

罗杰露出祥和的微笑。

“您没听见我说什么吗？”泰德坚持道。

“我们为什么不到客厅里聊一聊呢？”

泰德不安地看着他。那家伙来这里做什么？为什么他如此平静？

“我不这样想。您疯了吧。没有听见枪声吗？”

“是布莱恩，对吗？”罗杰像电脑程序一样说出这句话。

“是的。不是他是谁？”

“你毙了他？”

那家伙肯定听到枪声了。泰德没有回答。

“你手里有枪太幸运了。”罗杰说。

“全副武装总是好的……以防万一。”

事已至此泰德不确定自己为何不一走了之。男人的言谈有种催眠的效果。

“你还戴了手套，”罗杰指着泰德的手说，“一把匕首和一支应急的手枪。你给狗下药了对吗？”

罗杰微微地点了点头，赞许地断言道。

“你们想让我干掉他，不是吗？”泰德愤慨地说。

“这次你在他的尸体上放照片了吗？”

这次？

“是的。”泰德感到无奈。他觉得自我怀疑毫无意义，或许那个男人一直在监视他或者有通晓一切的水晶球。“如果您不介意，罗杰先生，我要走了。可以吗？如果我是您，也会这么做的。”

泰德走向大门。但是有什么事情不大对劲。透过一扇小窗户他看到一个人影从庭院中闪出，快速地穿过大街奔向一辆汽车。恰巧此时路灯照亮那人的面孔，条纹 polo 衫让他更加确信那人的身份。是林奇。

汽车启动后飞速驶走。

为什么他们要用这种方式监控行动？

泰德转身走向罗杰，想跟他要个答案，尽管他嘴上什么都没说。黝黑的男人耸了耸肩。

五

负鼠选择在花园的桌子上吞食断肢。它剧烈地抖动身体，以至于门廊的感应灯都被激活，在灯光下屋内的人可以清晰瞧见这可怕的场景。

泰德站在玻璃门里面。他不敢相信自己的眼睛，负鼠用锋利的牙齿啃噬坏死的肉体，它一边面无表情并滴溜溜地转着那对不真实的眼珠，一边将粉红色的肌肤从霍丽的腿上撕扯下来。他清楚地知道那是他妻子的腿。脚指头像肿胀的樱桃一般血肉模糊，膝盖下缘参差不齐的切口处露出一团破碎的筋脉和断骨。即便如此他依然知道那是他妻子的腿。他不需要一颗痣或一块胎记去辨识。他无数次抚摸、亲吻和装扮过那条腿；他无论身在何处都能认出它，哪怕是在梦里。可恶的负鼠在撕咬霍丽的腿！泰德用手掌猛烈地拍击玻璃门。负鼠应声扭过头来，它静静地看着玻璃后面的人影，似乎并不害怕。它嘴巴周围的一圈黑色毛发像是怪诞的妆容。它克服内心的好奇，继续啃食那条腿。泰德再次拍击玻璃；然而这一次那家伙丝毫不为所动。

就在此时，他听见海浪的声音。大西洋距离他家几公里远，但那不重要。他伸手打开院灯，庭院的灯光证实大海的确就在门外，就在他的院子里。他每天早上阅读商业副刊时欣赏的林阴坡道已经被泡沫翻涌的轰鸣海浪占领。霍丽站在长满天竺葵的沙滩上，如一尊蜡像那般肃静。负鼠已经吃掉她小腿上一大块肉，一根光滑的骨头裸露在外，顶端圆润。她穿着红色的比基尼——泰德最喜欢的那件——双臂垂在两侧，身体微微向左倾斜。秀发在耳边飘动，头部像是倚靠在无形的手中。尽管她的腿如鬼魅般消失，但表情十分欢愉。

泰德推开玻璃门。负鼠惊恐地退到桌子最远处。现在泰德的出现确实让它有点担心，但显然程度不足以令它放弃眼前的美味。它等在那里，蜷缩着露出牙齿，准备好随时逃走。泰德猛地一动威吓它，却是徒劳，他在周围寻找可以投掷的东西。他马上认出烤肉架旁边的一个木盒，他应该感到惊讶，因为从孩童时期开始他就没再见过那东西，然而他却不经意地在他成年后的家中找到了它。他走过去，像是对待遗物那样小心翼翼地拿起木盒——某种程度上说那的确是遗物。棋盘画在盒盖以及盒身底部，这样一来，只要将盒子打开，便可组成一张完整的棋盘。盒子的内饰是绿天鹅绒，每颗棋子都有单独的隔间。泰德拿起主教，用右手狠狠掷出去。但是没击中。他怎么可能击不中距离他仅两米的臭家伙呢？他又拿起一颗棋子用力一扔，其实完全不需要用那么大的力气。又没击中。每次扔出的棋子总是诡异地错过目标。不可预知的抛物线似乎总是在要碰到负鼠的瞬间故意躲开。泰德并不气馁，继续一颗颗地抛掷棋子。负鼠肯定意识到物理定律为它而扭曲，笃定地回到桌子中央，继续品尝美味。它粗壮的白色尾巴像一条蛇蟠曲在毛茸茸的身体后面。泰德投掷了上百次——均告失败——最终他放弃了，放下棋盒。他垂目看着它，发现棋子竟还在原处。

他看着霍丽。他想对她说抱歉，他已经拼尽全力去抢她的腿。一个不能满足家人需求的丈夫算什么丈夫啊？他感觉糟透了，几乎要崩溃痛哭，但是他突然想起还有机会。我怎么没早点看到它呢？他的右臂越来越沉重，他可以感觉到手中紧握着的勃朗宁。他把手枪举到面前，目光灼灼。他近乎诗意地将视线缓慢放在负鼠身上，体味着射击前最后的时刻。动物慌乱地抬起头，仿佛已经感觉到自己的末日即将来临。子弹倏地进入它的后腰，它就像装满血液和内脏的气球瞬间爆炸。泰德垂下手枪，凝视着霍丽的腿走向桌前；他双手捧起她的腿就像医生捧着即将被移植的器官。他近距离观察时发现腿的切面上有一颗螺栓，就像他预期的那样。一切都会好的，他想。他只要走过去把断肢装回身体就好了。他将是一个好丈夫。

他走下门廊的两个台阶，抬起视线。霍丽还在那里，只是二人之间突然出现一个巨大而明亮的黄色框架。框架下缘悬浮在地面以上五十公分，泰德知道自己可以轻易地跨过去，但是他还是犹豫了一下。海水在霍丽身后约十米远，他迫不及待地想冲过去帮她把腿装上，然后拥她入怀中。他抬起自己的腿跨过黄色框架。有那么一瞬间他疯狂地认为自己跨不过去，但其实他可以。他知道只要自己不碰到框架就可以了。他跨过黄色框架后发现又出现另一个，这次是绿色的。他重复上面的动作，再次抬起头时，他看见霍丽还在原处，在约摸十米远的地方等着他。接着，一个又一个框架接连出现，红色的，紫色的，泰德现在都不需要注意脚下就可以自如跨越。他双目注视前方，盯着霍丽，又一个黄色的，天蓝色的。“我来了，亲爱的。”还有十米，深夜一般黑的框架。“霍丽……”他加快脚步跑起来，反复跳跃，就像跨栏运动员那样跨过一个又一个栏架，不停跨越，霍丽，不停跨越，霍丽……

最后一个框架突然把他吸进去，在惊叫声中把他带到另一个空间。

他躺在沙发上。

泰德一个激灵坐起身来。他下意识地摸摸自己的腿。在那里。他梦到自己的一条腿没了吗？梦境开始变得模糊。他审视着黑暗的房间，接着瞄了一眼自己褶皱的衬衫和紧巴巴的牛仔裤。他站起来不自觉地走向房子侧面的玻璃门。他在那儿呆呆地站着，注视着消失在夜幕中的山坡。他走向玻璃门时感应灯被激活，照亮花园中的桌椅。泰德脑海中突然冒出一条女人腿的怪异画面。他梦到霍丽的一条腿没了？他微微一笑，他要记住这个细节，下午谈话时可以提及。他思忖着现在几点；肯定不到七点，因为天还没亮，他想。他本能地低下头看手腕，但是手表不在那里。

突然，记忆像离弦之箭戳穿大脑故意掩盖其上的面纱。他猛地望向烤肉架底座。装有国际象棋的木盒已经不在那里，但是记忆中的片段太过清晰。尽管他在噩梦中看到霍丽的一条腿没了，但国际象棋盒才是让他浑身血液凝固的那个细节。

六

如果泰德打算晚一些离开这个世界，那生活最好照旧，与心理医生劳拉·希尔的会面也不例外。某种程度上他很高兴去见她，因为随着时间的推移他们之间的关系渐入佳境，从最初医生制定的一系列心理咨询逐渐演变成愉快的聚会。如果不是卡米切尔一再坚持，泰德永远都不会接受心理咨询，但是那位医生对此态度非常坚决而且颇有说服力。“碰到类似情况的人，泰德，都需要接受外界干预。”他的原话是这样的。泰德将其解读为：*一个长了无法切除的恶性肿瘤的患者总有一天会想要崩了自己*。卡米切尔医生终究没说错。

事实上，他颅内的肿瘤并非无法切除，但根除概率相当于从三十米开外将球投入篮筐。卡米切尔医生没有用这个隐喻，他试图让自己的话听上去仍然有一丝希望，尽管理性而务实的泰德马上就听出弦外之音。当然，一切由他自己决定，要么冒险动手术切除肿瘤期待奇迹发生，要么像现在这样继续保守治疗。泰德不需要太多思考。他不经意间已经提前做了好多类似的决定，早在他开始头痛和卡米切尔用沮丧的语气宣布诊断结果之前。也许当他几十年前看到《飞越疯人院》[①]的结局，跟杰克[②]一起像断线木偶似的摇头晃脑时就铁了心，或者在其他什么时候，都无所谓了。他要有尊严地过完余下的几个月。他之所以赴与希尔医生的首次约见，是因为他想让卡米切尔认为事情还在预期的轨道上前进；当然是他预期的轨道，因为卡米切尔与所有好医生一样，认为自己应该拼尽全力去延长人类的生命。他才不管是从三十米开外，还是百米千米开外把球投入篮筐。

劳拉·希尔看上去二十几岁。第一次见面时泰德就特别同情那女孩，她似乎事业刚起步，戴着长方形的眼镜，头发束在脑后，态度和蔼可亲，笑容拘谨。她像是在扮演心理治疗师，泰德想，然而没过多久他就惊讶地发现劳拉·希尔其实已经超过三十岁了。他不知道她确切的年龄；她也从未提起过。

第一次交谈过程中，那女人就用自己青春的美丽容貌和纯真开朗的性格成功卸下他的心防。泰德沉迷于分辨她在每个环节给他设下的圈套，但是他并不打算向她——或者向卡米切尔——提及自己脑海中逐渐浮出的自杀念头。

“你好，泰德，”劳拉问候道，“这么说你和同伴出海的计划最终取消了？”

“是的。谢谢你见我。”

“我很遗憾你没能成行。”劳拉古铜色的头发扎成一个发髻，“你感觉如何？”

我昨天杀了一个人。我去他家躲在衣橱中等待时机，然后杀了他。没有人会怀念他。

他细细品味这句话。他想象着劳拉·希尔听到他说这话时面部扭曲的样子。其实连他自己都还没能接受自己杀人的事实，更别提自己还非常享受那个过程。

“昨天我又做了一个噩梦，”泰德说，讲述噩梦是他惯用的招数，

---

① 《飞越疯人院》（西班牙语名为 *Alguien voló sobre el nido del cuco*）改编自美国作家肯·克西的同名小说，是一部由米洛斯·福尔曼执导，杰克·尼科尔森、路易丝·弗莱彻、丹尼·德维托等主演的剧情电影。

② 电影男主人公扮演者。

基本上他认为那没有什么意义，而且他经常避重就轻，“有些新鲜的片段出现。”

窗户旁边有一张书桌，劳拉在咨询过程中很少使用。这次她坐在泰德对面的扶手椅上。他们之间隔着一个矮茶几，上面仅放着一只盛着水的塑料杯。泰德从来都不喝。

“告诉我你梦到了什么。”

“我当时在客厅中，望向门廊。负鼠正在桌子上啃食霍丽的腿。霍丽不在那里，只有她的腿，但是我知道那腿属于她。我立即冲出去找东西砸它吓唬它，就在那时我看到地上有个盒子，我马上认出那是什么。那是我的国际象棋盒。”

如果劳拉曾经像其他治疗师一样在小本子上记录所有的细节，现在她听到泰德低沉的声音不可能不那么做。但是劳拉从来不做笔记，她的记忆力惊人。

“我拿起棋子扔向那畜牲，但一次都没砸中，”泰德继续回忆，“它总是莫名其妙就躲过棋子。而且棋子像是取之不尽。这时我在花园中看见霍丽，我想她身后是大海。人类大脑胡编乱造的能力是不是很搞笑？”

泰德跳过用勃朗宁击爆负鼠的细节。他觉得那实在太像他打算对自己头颅做的事情，只不过后来被林奇打断了。类似的细节他倾向于秘而不宣。

“你没有杀掉负鼠？”劳拉不止一次展示她敏锐的第六感。

“没有。”

她点点头。

“你上一次梦到国际象棋是什么时候？”

“从没有过。”

她沉默地思考片刻，寻找合适的表达。

“泰德，我们必须得谈谈那些年发生的事情。你要告诉我为什么一个棋艺超群的天才突然决定放弃下棋。你后来再也没有下过棋吗？”

“没有认真下过。我教过我的女儿们，有时陪她们练习，但现在她们不需要我，可以独立下棋了。”

“告诉我你为什么放弃。”

劳拉已经不止一次提及这个话题。泰德抗拒过，而她也没有坚持，但是谈及那些年并不会令他特别不安。他在椅子上换了个舒服的姿势，开始讲述：

“最初我父亲教我下棋。七岁那年我轻而易举地赢了他。他带我去看望住在他老家温莎洛克斯的一位老人，他过去曾是享有盛名的国际象棋大师。”泰德顿了顿。回忆他的恩师——那个也许是他一生中唯一尊敬和仰慕的人——令他既伤感又痛苦。“他名叫米勒；我想我可能提到过这个名字。第一次碰面时他给我的印象是他年事已高，花白的头发垂至耳底，脸上皱纹斑驳。那次我们交流并不多。我们面对面坐在他家车库里的棋盘前，他经常在那儿给当地的少年上课，我们比试了一局；我父亲从旁观战。我们刚走了几步，不超过二十步，米勒就把我父亲叫到旁边单独聊了一会儿。我还坐在原地等着。我想米勒肯定对他说我没有天赋，让我跟父亲回家，仅此而已。但事实恰恰相反，我们在一起度过了八年，直至我十五岁，其间我每周拜访他两三次。”

“你们有一个马蹄铁仪式，对吗？”

泰德不记得曾经提过马蹄铁。这再次证明他的治疗师具有多么惊人的记忆力。

“是的。米勒成为了我的教练。我们同时在几个棋盘上训练多种变例，一练就好几个钟头。”

劳拉皱了皱眉头。

“我掌握的国际象棋知识太少，恐怕跟不上你的思路。”

“在国际象棋中有若干种开局方式，其中有几种开局用将其发扬光大的那位棋师的名字命名，还有一些被统称为变例，其实就是开局的方式罢了。这么说吧，就好像有一条主路和若干条岔路。我们仔细研究每一种开局，而这就是学习的内容之一。国际象棋不仅考验逻辑，还考验记忆力。我和米勒一起重现历史上著名的棋局，分析每一个走位。要记住，那时我还是个孩子，尽管我很喜欢国际象棋，但内心并不安分。米勒想尽办法维持我的兴趣点。他给我讲述棋师的轶事和经典的赛局。他回忆起 1927 年在布宜诺斯艾利斯举办的第三届世界棋王争霸赛，当时参赛双方是古巴的何塞 · 劳尔 · 卡帕布兰卡[①]和苏联[②]的亚历山大 · 阿廖欣[③]。米勒非常沉迷于当时的比赛，并将他的激动心情传递给了我。卡帕布兰卡是当时的世界冠军，被认为天下无敌，是一位天赋异禀的革命者。挑战者阿廖欣则勤奋刻苦，一丝不苟，当时认为他能夺冠的人寥寥无几。我太啰嗦吗？”

“完全没有。我想了解你青春时期的激情如何造就了今天的你。请继续。我想知道天赋异禀的冠军和有条不紊的挑战者之间的比赛结果怎样。我是不是太无知了？”

泰德笑了。

“怎么会。我们聊的是国际象棋，更何况事情发生在 1927 年！问题是那个时期世界冠军争夺赛没有特别清楚的规则。他们达成共识，胜出六局者即为新的棋王。但是国际象棋比赛中经常出现平局的结

---

① 何塞 · 劳尔 · 卡帕布兰卡（José Raúl Capablanca，1888—1942），古巴国际象棋手。

② 全称苏维埃社会主义共和国联盟，1922 年至 1991 年。

③ 全名亚历山大 · 亚历山德罗维奇 · 阿廖欣（Alexander Aleksandrovich Alekhine，1892—1946），出生于俄国，1917 年后成为法国公民。

果，因此为了胜出六局，双方需要下很多局。最终他们一共比了三十四局，持续了整三天！”

“谁赢了？”

“出乎所有人意料之外，挑战者阿廖欣获胜了。两位棋手原本关系就很差，此后变得更加糟糕。阿廖欣再也没有接受过卡帕布兰卡为争夺世界冠军的挑战，并在十年后去世。比赛结果令所有人震惊，著名的马蹄铁就在此时登场。好像是阿廖欣刚到布宜诺斯艾利斯时在大街上发现一块马蹄铁。他是一个非常迷信的人，知道那东西被认为是吉兆。因此他把这件事告诉陪他去参加冠军赛的妻子，并决定留它在身边作为自己的幸运灵符。他买了一份报纸仔细地将其包裹起来。他对妻子说：‘它一直在那儿等着我。’”

泰德的眼神空洞。他让自己随着思绪游走。米勒无数次向他讲述那段历史，用各种真实的细节加以点缀。老人甚至还有一本当时的剪报集，有一些是他千辛万苦觅来的阿根廷报纸，他用工整的笔迹誊抄翻译的内容。

“米勒的墙上挂着一个马蹄铁，”泰德眼神放空地说，仿佛真的看见了脑海中那个物件，“他说那就是阿廖欣在布宜诺斯艾利斯发现的马蹄铁，他有一次在拍卖会上买下来的。当我去参加头几届国家级比赛时，我们会摘下马蹄铁，包在一张报纸里随身带着。通常我们搭乘父亲的车，他都不知道我们随身携带马蹄铁。那是我和米勒之间不为人知的秘密。我的比赛结果非常理想。之后我们仪式般地把马蹄铁重新挂在米勒家车库的墙上。”

“你提及米勒时语气总是无比自豪。他对你而言一定非常重要。”

“我想是的。那些年我父亲开车载我去他家，路上一个小时出头。我跟米勒一待就是三个小时，时间不知不觉就过去了。因为我父亲是推销员，他通常利用这段时间在附近工作。家里的情况有些复杂；我母亲的老年痴呆症状加深了，我无法忍受他们之间不断的争吵。温莎洛克斯在很大意义上是我逃避的港湾。”

“米勒的生活如何？”

“我认识米勒时他应该已经七十岁左右了，可能不到七十。换句话说，八年后他差不多快八十岁。我当时十五岁，国际象棋是唯一能安抚我叛逆灵魂的东西。一离开米勒的车库我就变成冲动、到处惹事的毛头小子。我不知道那样过了多久，因为我已经分裂出两个截然不同的人格。我是一个厌恶父母又让人无法忍受的年轻人，我几乎不和父亲说话，在学校是个问题少年，非常叛逆，但同时我可以继续和米勒享受漫长的午后时光，听他讲名人轶事，与他分析布局走位。”

泰德顿了一下。他都不曾向霍丽讲述过这么多关于米勒的事情，更别提他马上要说的事情。他吞了口唾沫。

“米勒死的那天我在他身旁。每个月我们一起下一两次棋，那已经成为惯例。当时轮到他出子。他思考的时候总是保持一个姿势，双肘抵在桌子上，下巴托在紧握的拳头上。我通常把手藏在桌子下面，身体前倾。我们就保持这样的姿势，突然，米勒倒在棋盘上。他的双臂瘫软垂落，头像钢球似的砸下来，棋子四处飞溅。我吓了一大跳。米勒是个鳏夫，他有个儿子隔三差五来看他，但当时只有我们两个人在家。我无比慌乱，鼓足勇气走过去晃晃他，试探他的反应看看发生了什么。我知道一切尝试皆枉然，因为米勒死于中风。我僵硬地站在桌旁很久，惊恐地喘着粗气……终于我奔出车库去寻求帮助。我本可以随便找个邻居，但不知道出于什么荒唐的理由我认为自己应该去找父亲。我知道他的福特野马不在行车道上，于是我开始四处奔跑。来到街角处，我随意地向右拐去，同时奔跑的步伐丝毫未停歇……还好我运气不错，在不远处看到它，就停在距我约二百米的一户人家里。我父亲应该在那推销他的百科全书或函授课程，又或者其他什么东西吧。接下来的事情你自己可以想象了，对吗，劳拉？”

“我想是的。”

“一走进那座房子我就知道我父亲那么多年坚持带我来找米勒并非为了精进我的棋艺或是躲避我的母亲。至少不只为了这个。住在那座房子里的女人是他的初恋；我父亲后来试图向我解释。”

“你在房子里看到了什么，泰德？”

“他们在卧室里。我没看见他们。但是我听见了他们的声音。我安静地待在客厅里，坐在椅子上，面对一台关着的电视机。我听见他们的嬉笑声。我满脑子想着米勒，他瘫在他家的车库里，我非常清晰地记得我有过一个可怕的想法。我希望他已经死了，因为就算他没死，我也回不了他居住的那座村庄。也因为那样一来我父亲便成了罪魁祸首。我当时唯一想做的就是憎恶他。”

电话铃声吓了他们一跳。从来没有人在劳拉问诊过程中打断过她。

“抱歉，泰德。我需要接那个电话。”她站起身来，向书桌走去。

泰德点了点头。

劳拉拿起听筒。刹那间泰德在她脸上看到一丝紧张，接着她突然放松下来并面露微笑。

“好的，当然可以。没有任何问题。我同意。”

她挂掉电话。

“我儿子是童子军，”她向泰德解释，“他忘记让我签一份郊游的授权书了，刚刚想起来打电话给我。”

劳拉重新坐下。

“很抱歉打断你，泰德。”她再一次道歉。

“别担心。没有别的要讲了。我从未和我父亲再提起那件事。他依然一有机会就消失，我则待在家里一边深深地憎恶他一边应付我的母亲。他们后来离婚了，我也彻底放弃了国际象棋。”

七

泰德跪在一簇灌木丛后面。他刚刚在蚊虫密布的树林中穿行了超过一公里。他甩甩头，集中精力观察湖对岸的动静。

远处口哨的旋律夹杂小鸟的吟唱。只见一汪湖水中央的小船上载着一个身影：温德尔平静地等待着自己魂牵梦绕的极乐世界。他镇定地持握着钓竿。

泰德不动声色地拍死一只蚊子，背对湖水坐下，向四周张望。就在此时，他在松树林的光影中清晰地看到一个闪闪发光的马蹄铁的轮廓。相距寥寥数米，他甚至都没站起身来；他爬过去，双手将其捧起，讶异于这块马蹄铁和米勒挂在家中的那块相似无比（而在内心深处他知道那*就是*米勒的马蹄铁）。

马蹄铁怎么会出现在那里？他又观察了一会儿，然后把它装进裤子口袋。

路的终点是温德尔的周末度假屋，一座用混凝土预制板和巨大窗户层叠垒造的现代建筑。旁边有一条木质栈道延伸至湖面，形成几米宽的狭窄船坞。泰德策划着行动方案。温德尔湖钓结束后肯定会把船停靠在那个船坞，通过栈道走回家。在屋里等他似乎比较合理。至少那里没有蚊虫侵扰，感受会愉悦许多。他倏地在空中扇了一巴掌，有些得意地看着紧握的拳头。打开时掌心空空。

他毫无顾忌地走在私家小径上。当他靠近那座现代建筑时，它似乎变得更加宏伟。停在门前的黑色跑车是一辆两人座敞篷兰博基尼。泰德忍不住走过去看了一眼。那是他的梦中情人；他开始为温德尔感到惋惜。他倾身向车内张望时，外套的衣襟被勃朗宁拽开了，这不由得让他想到即将展开的行动的分量。他扯紧衣襟，并没有扣上——这里热得要命，但他觉得把武器握在手里更让他心安——他站直身体，刚好看到窗户反射的光线。一开始他以为那是仪表盘上的指示灯，但稍稍挪动位置后他意识到那是玻璃上的反光。他转过身看到一个半掩在树后的灯柱。在柱子的最高处，一台监控摄像机正好冲着他所在的位置。红色的指示灯忽明忽暗。泰德吓出一身冷汗。林奇给他的文件里详细地介绍了房屋的情况，却没有提及安保系统，林奇对此也只字未提。他如此谨慎，不像是会忽略这种细节。

灯光继续闪烁，泰德心里嘀咕着摄像机另一端是否有人监控，又或者那只是闭路系统。若果真如此，他似乎能够理解林奇为什么没有想到告诉他这个细节。林奇和他的人会负责删除所有录像资料，肯定是这样。他松了口气，把目光从监控摄像机移开。

他走向大门，门应该开着。一块印度风格的方形脚垫迎接他的到来。屋内的场景跟他的设想差不多：以白色为主的宽敞空间自带晒台和天桥，金属质地的楼梯扶手和镜子，这里与其说是周末度假屋，还不如说是某公司的接待大厅。屋内有两组看上去悬空的木质楼梯和几根细长圆柱。泰德慢慢地转向右侧一张似乎从未使用过的深色大桌子。他马上意识到等待温德尔的最佳藏身点是通往厨房的拱廊。

他走过去时明显感觉自己被人偷窥，不禁浑身一颤。他停下来环顾四周。虽然没有看到什么，但他觉得屋内肯定有隐蔽摄像头。房间的另一端有一台巨大的电视机和几张大皮椅，还有一个壁炉，台面上摆着几张照片。泰德依旧不安地观察周围。被窥视的感觉稍稍退去后，他继续走向拱廊，虽然他无法彻底让自己从不适感中解脱出来。

有什么不对劲。是什么呢？

濒临杀人时的不安吗？

是的。

他摇头否认。

是再次杀人的不安。

一走进厨房他立即把勃朗宁从衣襟口袋中取出，武器在手心的重量让他稍稍平静下来。临湖的落地窗将帮助他提前知道温德尔的到来。他走过去看着栈道另一侧的广阔湖面。他觉得自己正好望向刚才小船所在的位置，然而现在小船却杳无踪迹。他不安地用目光在树丛后密切寻找，但仍然一无所获。这时他听见远处马达的轰鸣声。温德尔回来了。他用枪托轻轻磕着额头来回踱着。他有多少时间？肯定很少。虽然对他而言最理想的结果莫过于速战速决，但事到临头他的身体忍不住紧张起来。不再那么笃定。如果温德尔并没有在等他呢？如果像监控摄像那样，所有的事情并不完全是林奇描述的那样呢？他的大脑停止思考，刷地把枪指向挂在墙上的年历。挂历上的图片中是一位正在探索珊瑚礁的潜水员。他将枪口对准正中间的 15 号这一日期。*喂，稳住。*枪管微微晃动，甚至用左手帮忙托稳也不起作用。

“喂。”他悄声说道。

马达的轰鸣声越来越强烈。温德尔随时会抵达船坞并从栈道走过来，他可以透过厨房玻璃看到他。但是泰德已经决定重拾镇定，成功之前绝不动摇。刚才被屋内冷气吹干的汗水再一次从太阳穴和掌心渗出来。他交替活动手指，像在靶场的无数次训练中那样调整射击姿势。他闭上双眼。

温德尔像你一样需要那颗子弹。

他睁开眼睛，视线从窗户挪开。走到拱廊时他听见马达伴随一阵沉闷的咯咯声停止运转。他估摸着温德尔两分钟后会走到大门口。泰德确认保险已经打开。一旦温德尔走进来关上门，泰德就会高举手枪从厨房里跳出来，逼近两三步降低失误概率然后射击。如果他呼喊不要开枪，那么他就住手。

“来吧，温德尔，打开门。”泰德低声说。

刚过去一分多钟泰德就听到栈道上的脚步声。

来吧，温德尔……

大门被关上了。

三、二、一。

泰德敏捷地跳出厨房，绕过半张桌子，举起手枪。

温德尔站在门口背对着他，他正把什么东西挂在衣架上，突然听到脚步声便回过头。可能因为过度惊讶，他神情大变，但什么也没说。他应声倒地，前额瞬间留下一个完美的弹孔。

泰德习惯了佩戴耳塞射击，此刻震耳发聩的枪声令他牙关紧咬。他慢慢地走到尸体旁。温德尔倒在地毯上，双臂张开，惊诧的表情停留在脸上。尽管他表面看上去像在安静地休息，但泰德知道刚才的射击非常完美，子弹瞬时令他的大脑粉碎，他几乎没有感到疼痛。

他正准备离开，装在温德尔外套里的手机突然开始鸣响。泰德的手机有着同样讨厌的来电铃声，这使他稍感不安。他弯下腰从前襟口袋里取出 iPhone。屏幕上显示着一个名字：洛丽。泰德差点惊吓得叫出来。他曾经有段时间这样称呼过霍丽，在他们刚刚确立关系时。这一巧合太惊人了，可还有更惊人的。最惊人的是他本来认为温德尔没有妻子或女友……林奇非常肯定地告诉过他那家伙没有任何亲人！

手机停止响动。

洛丽是谁？为什么林奇没有提起过她？

答案魔法般出现在他眼前。泰德的掌心感到一阵独特的振动。是一条洛丽发来的短信。

我们马上就到。今天的垂钓结束咯😊

我们?

泰德触电般地丢掉手机。机子落在温德尔胸口。

“洛丽是谁? 快想，快，快。”

他突然灵光一闪明白了是怎么回事，他觉得就是那样。他松了口气。

温德尔正准备举办一场私人聚会，被邀请的嘉宾随时都会到来。没多想，他捡起手机回复信息。

聚会取消了。我正在忙。很抱歉。

另一条短信。

真幽默。你知道我多么讨厌开车的时候闲聊。我们两分钟后见，亲爱的。

亲爱的……

那么温德尔的确有女朋友。这不像是林奇会跳过的细节。

地毯上的血迹在温德尔的头颅四周形成一个红色的光环。

“妈的。”

洛丽说她两分钟后到。

洛丽，霍丽。

那可能是她估摸的时间或者……泰德把温德尔的手机和勃朗宁一起装入自己的外套中。无论如何都需要抓紧时间。他要把尸体藏起来，在那女人通知警察前为自己争取一些时间，然后尽快消失。如果他成功了，事情对于他而言没有实质性的变化。令他气愤的是他事先并不知道温德尔有女性伴侣，尽管林奇可能刚好也不知道，因此没有提及。他不应该忘记是温德尔自己想结束生命，跟他一样。毫无疑问这个男人已经认真思考过自己的死将给亲人带来多么大的冲击，就像泰德曾经想过他的消失将如何打击到……

洛丽，霍丽。

够了！此刻他应该想想如何抛弃尸体。应该藏在家里还是外面呢？考虑到所剩时间有限，做决定变得非常艰难。他看了看四周，仿佛是在空气中寻找答案。他突然卡住，像是有人用枪顶住他的后脊，当然那里没有其他人。

他知道那是他的幻觉。关于死在他脚边的男人，他在所了解的背景资料中居然错过一个重要的细节。宽敞客厅另一端的壁炉上有几张照片。他快速穿过客厅，绕开大皮椅，跳过地上的台阶。他在四米开外的地方停下来；他不想看得很清楚。他从那里看到：温德尔和一个女人在小船上相拥，温德尔骑在马背上（泰德触摸到口袋里的马蹄铁），还有……两个与他女儿年龄相仿的女孩。泰德感到一阵晕眩；他把身体靠在一根柱子上。房间内天旋地转。

我们马上就到。

“温德尔有两个女儿？”林奇欺骗了他！

就在那时他听见了车声。他在不到十秒的时间内交替望向照片、温德尔的尸体和大门。他僵在那里，无法控制即将发生的事情。最终，他退回到门口，微微拉开窗帘观察外面。一辆家用皮卡缓慢地沿着小径驶入，停在兰博基尼后面。一切都发生得太快了。行动啊！但是泰德动弹不得。皮卡的三扇门同时打开。洛丽从驾驶员的位子上走下来。身后跟着两个小女孩，穿着花裙子，背着粉红色的书包。她们迅速地向大门跑过来。爸比！我们来了！

泰德揉了揉眼睛。他的大脑肯定在耍他。

八

当泰德决定结束自己的生命时——这个想法膨胀的速度令人毛骨悚然——他知道自己应该去找一个相对靠谱的人，但这个人肯定不属于亲朋好友的范畴。亚瑟·罗比肖这个名字立马在脑中跳出来。他似乎有一个世纪没见过那个人了，虽然他们曾经同窗三年，但实际上二人从未打过交道。完美的人选。此外，泰德知道他拥有全城数一数二的律师事务所。某次拜访他的过程中，他发现彼此被一条纽带紧密相连，那股力量甚至超越律师和客户之间的保密协议。也许像罗比肖这样的人有种潜意识，他们不温不火地度过学习时光，游走在绝大部分男生女生们的视线以外，渴求在两三个人的小团体中获得一席之地，有时甚至形单影只，他们笃信自己可以承受来自四面八方的恶意玩笑和排挤。不管事情在未来会发生何种变化，就算他们的事业欣欣向荣，或者在健身房内刻苦操练让天生圆润的身体稍稍变得紧实……所有这些都不能改变一个重要的事实：像罗比肖这样的失败者在面对世界上的泰德·麦凯们时总有一种原始的谦卑感。那种对受到关注和参与其中的需求像处在潜伏期的病毒一样扎根体内，就像过去在校园中，他们低三下四，只为求得片刻关注。

经历过温德尔家中的不愉快之后，泰德又来找他了。

罗比肖亲自出来迎接。他穿着一件优雅的 polo 衫，手中握着一杯马天尼①。

“泰德，你来啦！”

律师身后许多人扭过头来打量这位刚刚到来的客人。宾客们分散在客厅各处，有些人站在吧台旁边，还有些人坐在客厅内的扶手椅上。他们大部分人都成双成对。泰德完全不记得今天是罗比肖的生日聚会，尽管几周来那个家伙无数次提及此事。举行庆祝活动时他已不在人间，何必为此费神呢？

“我需要和你谈谈，亚瑟。单独聊会儿。很重要。”

他无需解释此行并非为他庆祝生日。他的表情已经说明一切。

“当然，快进来。”

泰德犹豫片刻。宾客们已经在揣测他来此的目的与其他人不同，他们默默地期待通过接下来的线索弄明白他出现的意图。在座的每个人都衣着体面，手中端着杯子，像是从某个酒精饮料的广告中走出来。他们的归属感溢于言表。泰德讨厌他们。稍稍定睛观察之后，他惊讶地认出其中很多人是当年学校里的老同学。天哪！这就像是一场毕业聚会！

他走进屋，嘴角挤出一丝微笑。罗比肖陪伴左右，脸上无法掩饰孩子气的自豪感。那天他年满三十八岁——与泰德同龄——头上的发丝早些年已经弃他而去；他身形饱满，嘴巴四周蓄着铁屑般茂盛的络腮胡以掩饰他过于尖锐的下颌。他已经不再使用上学时标志性的酒瓶底眼镜，但他仿佛退回到了学生时代，用信徒般虔诚敬仰的目光看着泰德。泰德·麦凯本人在自己生日这天来访！

与周围的人草草寒暄几句后，他们来到房子另一端的办公室。途

---

① 马天尼（Martini）是被称为“鸡尾酒中最佳杰作”的鸡尾酒之王。有人说：“鸡尾酒自马天尼酒开始，又以马天尼酒告终。”马天尼酒的原型是杜松子酒加某种酒，最早以甜味为主，选用甜苦艾酒为副材料，随着时代变迁，辛辣的味感逐渐成为主流。

中罗比肖向他介绍了自己的太太，这个女人明显听说过泰德的事迹，因为她始终无法抑制紧张的情绪。泰德漫不经心地跟她握手，她的名字在听到的一瞬间就被抛诸脑后。

“发生什么事情了，泰德？你看上去忧心忡忡。”律师说。

他们在两张大皮椅上落座，旁边大量的书籍就像是微型图书馆。办公室的面积并不夸张，但是尽显低调的奢华。他的目光投往老同学身后的窗户，透过玻璃他可以看到后院的一个角落，几个小朋友正在那里追逐嬉戏。近处有一棵树，上面挂着一个轮胎秋千。这个细节和内部装潢相比太违和了吧，亚瑟。

“泰德？你还好吗？”

他无法把视线从轮胎上移开。因为它实在格格不入？

“我没事。我需要你的帮助。”

那男人靠在椅背上。脸上再一次闪现原始的认同感。

“尽管开口，泰德。”

“我需要再次聘请你，但这次不是为了遗嘱。这次的事情更加复杂。从此刻开始，你就是我的律师，我对你说的一切都受到保密协议的保护。”

罗比肖镇定地听着，对此泰德甚感欣慰。比起学校里那个胆小鬼他更喜欢跟成熟的律师打交道。

“我洗耳恭听。”

“我刚杀了人。”

一片寂静中只听见客厅里宾客窸窸窣窣的交谈，声音被办公室的门大大削弱。罗比肖不由自主地用中指揉搓鼻梁。那里并没有架眼镜。

“你遇到事故了吗，泰德？”

“不完全是。是这样，亚瑟，我不想跟你解释细枝末节，至少现在不行；我只能告诉你事情在四十八小时后便会明朗。”

罗比肖额头皱起。

他糊涂了。律师像看疯子一样看着他。泰德身体前倾，手撑在他的膝盖上，他的目光中依然充满不可思议。

“亚瑟，”泰德说，“我知道这听上去很疯狂。我需要你相信我。”

“泰德，如果你不告诉我实情我无法给你提供建议。”

泰德摇了摇头。他本打算透露尽可能少的信息，可是现在他明白如果他不说点具体的东西，便无法获得罗比肖的帮助。可以信任他到什么程度呢？他没有时间仔细权衡可能存在的风险。事实上，他没有时间做任何事。他急匆匆地从温德尔家离开后思绪就处于极度混乱的状态。他无法抹去那男人的女儿们兴冲冲奔向门廊的场景，她们身后背着粉红色的书包，头发金黄。尽管泰德及时从侧门溜走，没有亲眼目睹女孩儿们发现父亲倒在前厅的地毯上，但那场景在他的脑海中一遍遍闪现，像是一部没完没了的电影。后来，他逃也似的穿过森林，仿佛身后有一群猎狗穷追不舍，脑中的场景随即发生微妙的变化。出现的不再是温德尔的女儿们发现父亲眉心穿孔的尸体，而是辛迪和娜丁，他自己的女儿们。他的女儿们也会碰到类似的恐怖经历？他需要杀死一个人才能意识到那将给她们带来多么大的伤痛吗？

“你还好吗，泰德？”

在他们短暂的谈话过程中，他第二次问这个问题。

泰德双手抱头，目光定在地板上。他不记得那个姿势保持了多久。罗比肖坐在另一张椅子上担忧地看着他。

“我没事，亚瑟。我有个小小的请求。”

“你说。”

“我要找一个男人。他叫贾斯汀·林奇。他约摸二十多岁，可能也是个律师什么的。”

“那个男人与此次事件有关还是……？”

“有关，但是我不能告诉你具体的关系。”

“你试过在网上搜寻吗？这也许听上去有些傻，但网上有人们无法想象的海量资讯。”

“我什么也没找到，”泰德骗他说，“可能你运气会好些。你肯定可以向一些与你合作的侦探求助。”

“当然。明天第一时间我就让我的团队着手处理此事。”

泰德沉默了片刻。

“我需要你现在就做，亚瑟。”

他的语气不容抗辩，他故意如此。他意识到只有用这种方式才能调动起亚瑟内心深处试图讨好他的那股动力。律师指出显而易见的理由假意反驳：今天是他的生日，他有一屋子的宾客等着跟他共度午后时光。但是泰德根本不用坚持。亚瑟表示可以马上打几通电话，用些好处，试着挖一些与那个林奇相关的信息。如果他是一位年轻的律师或侦探，找到他不费吹灰之力。

“你不知道我有多感激你。”泰德说。他再次把手撑在老同学的膝盖上。

“你别客气。”

办公室的门被打开了。

“你还需要很多时间吗？”罗比肖太太问道。她说着快速地瞥了泰德一眼。

“不，亲爱的，再有几分钟就好。”

她把头缩回去关上门。她嗔怪的表情一直停留在空中。

“诺尔玛是个好女人。”罗比肖抱歉地说。

泰德做了个手势表示没关系。

“这样吧，”罗比肖说，“我现在就打几个电话。如果这个贾斯汀·林奇是与地方司法系统有关联的律师，我马上就会知道。我还会咨询几位私家侦探以及跟我律所合作的人；有些人就在客厅。你确定这个名字真实可靠吗？”

“不确定。”

“你让我很难办，泰德。”

“我知道。”

罗比肖挠了挠头。

“明天你得跟我说得再具体些。是正当防卫吗？你至少得告诉我这一点。”

“抱歉。我保证明天跟你说明一切。”

罗比肖点点头。

“你去和其他人喝点什么；留我自己在这儿打电话……我还要对付诺尔玛，她过不了多久就会再来冲我说教。”他马上又补充，“但是你别担心，我知道怎么安抚她。”

泰德一点也不想离开办公室。他丝毫没有与人交流的兴致，更希望亲耳听到亚瑟的通话，但是他理解那男人需要一些私人空间，他决定不给他压力。

九

泰德本打算躲在客厅的尽头，假装在窗边看风景打发时间。谁曾想刚走出亚瑟的办公室计划就破灭了。诺尔玛走过来，努力表现出和善的样子并递给他一罐冰啤酒，她陪他走到围坐在矮茶几旁的两对夫妇身旁，幸好离那些熟悉的面孔比较远。他隐隐地想着为什么那女人特地选了那桌人。

妻子们在窃窃私语，她们用短暂的沉默迎接新加入的人。丈夫们参与对话的方式仿佛仅限于点头认可而已，他们看到泰德微微点头致意。他仍旧站着，完全没有要占用旁边空位的意思。就在此时，他从其中一位男士乌黑浓密的胡须后面认出他的老同学。他湛蓝色的眼眸证实了自己的猜测，不只是因为他依稀记得在学校走廊里见过那双眼睛，更因为这眼中瞬间闪现的谦卑，跟刚才在罗比肖眼中看到的一样。天哪，这里究竟还有没有人不是以前的同学？看到当年的边缘人士俱乐部仍然相约聚会，他们那群人却已多年未碰面，一阵妒忌像针刺在心头。

“他因为地面温度脱罪了。”其中一个女人说道。她是那位蓝眼睛络腮胡的妻子。她的话立即引起泰德警觉，他把啤酒送至嘴边，向前挪了一小步。

“我不明白。”另一个女人说。

“你跟她解释，鲍比。”

鲍比·彭德格斯特！泰德突然记起他的名字，就像有人从过去向他放了一支箭。那男人像个百事通，总是知道所有事情的答案。如果没记错，他五年级时转到了一所特殊学校。

“你是彭德格斯特。”泰德说，他因为自己想起名字而感到很自豪。

四个人同时转过头看他。鲍比默默地点头。*你这次不知道如何回答了，嗯？鲍比？*泰德坐在茶几旁边仅剩的一张空椅子上。在周围宾客的交谈声中，此刻的沉默倒也不显得尴尬。

“泰德·麦凯。”他一边说一边伸出手。

鲍比负责介绍大家。

“这位是兰斯洛特·法耶斯塔。”泰德确信自己没有听说过此人。这名字实在太特别了。他跟那个红发瘦削男人握手，他的手上布满雀斑。然后他又跟在场的两位女士握手。“她们是特蕾莎和崔西亚。”

崔西亚的手柔软得像一块海绵，因为某种原因——就算不是鲍比·彭德格斯特也想象得出——泰德的脑中突然跳出温德尔的尸体。尸体已经从客厅的地毯上移走了吧？

“我和泰德以前是同学。”鲍比说。

泰德不想扯开话题。

“刚才……你们在讨论一起案件……我不是故意偷听，真的。”

崔西亚皱起眉头思考片刻。她想起来了。

“是啊！那家伙最终成功脱罪，而死者的家人现在掌握了可以证明他如何得逞的证据，虽然已经太晚了。真不敢相信你什么都没听说，特蕾莎。”

“我没有看电视。”

“你总是消息闭塞。无论如何，他已经逍遥法外了。我想他是拉美裔。”

她用鄙夷的语气说出拉美裔这几个字。她想起在身边有个刚刚结识的人便涨红了脸，但并没有十分羞赧。泰德希望继续听下去，因此他顺应大家煞有介事地点点头，仿佛包括他在内的所有人都不是寻求生计的迁徙者的后裔。

“他是如何瞒天过海的？”特蕾莎问。

泰德的胃一阵痉挛。林奇曾告诉他现场所有疑点都是其组织深入调查的结果。如果他对此撒了谎，为什么不索性把谎言编造得彻底些呢？他害怕听到接下来的内容。

“我跟你说了，是地面的温度，”崔西亚像是在泄露天机，“那间公寓下面是一个洗衣房。”

泰德的心猛地一沉。

“我不明白。”特蕾莎说。

她的丈夫无奈地摇了摇头，仰望天空，仿佛妻子的懵懂一点也不让他感到奇怪。

“你别那副表情。”特蕾莎看都没看就反击。兰斯洛特举手表示投降。

“死亡时间通常根据尸体温度推断。”鲍比用学究式的语气插进来。

“那家伙的不在场证据完美无瑕。”崔西亚打断他，“根据专家提供的死亡时间，那可怜的女孩被害时他正在酒吧里，有一堆证人为他作证。因此他被判无罪释放。”

泰德仿佛身处另一个时空听他们交谈。他心中的恐惧刚刚被坐实了。林奇究竟编了多少谎言？他心中一遍遍问着自己，同时鲍比·彭德格斯特继续讲述剩下的新闻：

“据女孩的家人称，他们雇了一位能够为案件提供线索的专家，公寓地面因靠近洗衣房的内通风管道而温度上升。这令尸体温度的下降速度异常缓慢，法医也因此搞错了DHM①。”

“说人话，鲍比！”

“抱歉，亲爱的。我说的是死亡时间。”

“你们有人记得凶手的名字吗？”泰德插话道。

彭德格斯特夫妇俩互相看了一眼。

“拉米雷斯。”崔西亚毫不犹豫地说。

“不叫拉米雷斯，”鲍比笃定地说，“那人不是拉美裔。你跟另一则新闻混淆了。那家伙叫布莱恩。爱德华·布莱恩。”

“是你搞错了。”

“我觉得我没错。”

“是拉米雷斯，鲍比，回家后我证明给你看。你明知道我是对的，就别跟我争了。”

鲍比垂下视线默默点头。

爱德华·布莱恩。

为什么林奇把众人皆知的案情归功于自己？也许他和他的组织负责把消息泄露给了那女孩的家人，但那种想法太疯狂了，而且泰德已经厌倦了用最不合理的解释去证明过去二十四小时发生的事情。事实简单得多：林奇欺骗了他。

你杀了谁？

泰德靠在椅子上，透过离他几米远的窗户向外望。亚瑟怎么这么久还没出来？

---

① Determinación de la hora de muerte的西班牙语缩写，意为死亡时间的鉴定。

十

外面发生的一切远比彭德格斯特和法耶斯塔两夫妇之间的对话精彩，他们转换话题开始讨论不堪入耳的八卦，矛头直指新搬来的邻居。泰德认为站起身走到窗户旁边去会显得很失礼，不过他还是忿忿地扭头眺望窗外。亚瑟家的庭院非常宽敞，而且被照料得很好，院子里有几副单双杠、一个跷跷板和一台旋转木马，后者绝对是关注的焦点。一个酷似诺尔玛的小男孩站在转盘旁边全速驱动旋转木马；两个小女孩紧紧靠在金属座椅上，一边大笑一边尖叫着求他停下来，拜托停下来吧！泰德隔着很远的距离仍能听见孩子们的声音。有几个年纪更小的孩子围在旋转木马旁排队等候，他们蹦跳着为强壮的“司机”喝彩，后者则有条不紊且全神贯注地挥舞灵活的手臂，木马转得飞快。坐在上面的一个小姑娘央求蒂莫西停下来，但是她欢快的笑声出卖了她，她根本不想停。蒂莫西的未来肯定与他父亲不同，因为他父亲像他那么大时面对任何人都害羞胆怯。

一轮旋转结束。两个小姑娘颤抖着走下来，蒂莫西被逗得直乐，他还待在转盘旁，一边掩饰自己的晕眩，一边等待接下来将被他强大的操控力和向心加速度折磨的小可怜们。旋转木马“主宰者”的身份让他感觉爽翻天。比之前那两个小朋友还年幼的一个男孩和一个女孩分坐在蒂莫西两侧，他给新乘客下达指示，由于距离太远泰德听不清指示的内容。被警示的两个小家伙收敛笑容，仿佛置身于危险的云霄飞车中。

泰德从坐着的位置仍然可以看到挂着轮胎的那棵树，之前在办公室里他就开始注意那东西了。看着花园里的其他景色，旧轮胎越发显得不搭调。他不能吹嘘自己有多了解这家女主人，但是通过寥寥几次照面时对她的观察，以及她对家中宾客——包括他在内——无比关切的招待，她似乎是一个特别顾及颜面的女人。而那只轮胎——无论从客厅的哪扇窗户望出去都可以看到——并不像是一个尽善尽美的家庭应有的"名片"。就在那时，轮胎微微晃动起来。离树几米远处的长凳上坐着两个女人。她们应该是在那里看管玩耍的孩子们，但似乎更沉迷于热烈的交谈。泰德只能看到她们的侧脸，因为二人侧身坐在凳子上相互对视交换八卦。一个不到一岁的女宝宝在附近游走，不断摔倒爬起来。

泰德的视线在晃动的轮胎和女宝宝之间切换，她穿着白底红点的裙子，抓着长凳或摸着空气笨拙地挪动脚步前进，但最终还是跌坐在草地上。她自顾自地笑着，和妈妈说着什么，然而她根本没在听。轮胎似乎晃动得更加厉害。是真的吗？没人碰过它啊。她跪在一朵小花旁边观察良久，动了动嘴唇，似乎在请求把它摘下，终于她用手指小心翼翼地夹住细长的花茎。她把小花拿给妈妈看，她接过花时几乎都没有看孩子一眼。哪怕递给她的是点着的弹药她也会面带微笑地接过去。谢谢！小宝宝并不气馁；她感觉很满意，她理了理裙子开始新的探索之旅。轮胎绝对晃动得比之前更厉害。一阵大风才能把它晃动到那种幅度，即便身处窗户内侧，泰德也知道刚才没有刮过如此猛烈的风。他集中精力观察轮胎。有东西正靠着它；那玩意儿之前并不在上面。起初他以为是一条蛇，然而突然间那只负鼠从轮胎上面探出头来。它的小眼睛望向泰德，他不禁打了个寒颤。崔西亚·彭德格斯特瞄到他的举动，面露愠色。泰德假装是手机在振动，他取出手机，看了看，重新放好。他再一次把注意力放在轮胎上。他的眼睛正好与那臭家伙的目光对上。

梦境中的片段向他袭来，远处的负鼠用两颗尖锐的牙齿啃噬轮胎，眼睛却没有从窗户上离开过。它死死地盯着泰德。

小女孩慢慢靠近那只危险的动物，双臂举向前方，努力保持平衡以免再跌倒。泰德立即弹跳起来，两大步跨到窗前。他顿了一下，意识到厅内的交谈声突然变轻，有些人扭过头来看他。负鼠从轮胎上面探出半个身体，用前爪支撑住自己；它的爪子长得可怕。某个瞬间那个小女孩似乎看到了那只负鼠并停下了脚步——相距两米左右——她原地徘徊片刻，感觉有些犹豫。*拜托，拜托……回到你妈妈身边吧。那种生物极其危险：它们传染疾病，而且可能具有攻击性。小女孩也许误以为那是只小猫或其他无害的动物，她想走过去抚摸它。*片刻犹豫过后，小家伙终于鼓起勇气扑向轮胎。*天哪！*

泰德拼命用手砸着窗玻璃。

“小心！”他大喊。

房间里回荡着他的声音。宾客间顿时鸦雀无声。反应快的人迅速奔向窗户，两三个人来到泰德身后。有几个人还呆呆地停在原地，茫然地环顾四周。诺尔玛从厨房里飞奔出来，询问发生了什么事情。外面，无论是坐在凳子上聊天的两位妈妈还是其他嬉戏的小朋友都没有听见警告，更别提那个小女孩了，她还在蹒跚地靠近轮胎。泰德试图打开窗户，但除了中央手柄外，其中一扇窗还被两个闩锁固定。

“出什么事了？”站在另一扇窗户旁边的男人问。

“小女孩有危险！”泰德头也不回地答道，“轮胎里有一只负鼠！”

恐慌瞬间蔓延开来。之前一直坐在那里的女人们起身向外跑，有几个还惊呼起来。好可怕啊！怎么可能呢！

“我没看见负鼠啊！”一个女人喊道。

外面就那么一个轮胎，女士。

又有几双手跟着拍击窗户，终于引起那两位密切交谈的母亲的注意，她们同时紧张地回头望向屋内。那场面一定十分惊悚，几十张试图吸引她们注意的绝望的面孔凑在一处。里面发生什么事情了吗？她们俩茫然不知。还好小女孩听到雷鸣般的吼叫声也停下脚步；她的手距离悬挂着的轮胎只有四五十公分。

泰德总算打开窗户。

“小女孩有危险！”他喊道，“轮胎里有一只负鼠！”

母亲的本能立即被激发，其中一个女人从凳子上跳起来奔向小女孩。

“露丝！”

刚才还在屋内的一群男人火速赶到。打头阵的那个人手里抄着一把扫帚。母亲双手抓住露丝的腰拼命把她拽到怀里，转身从轮胎边跑开，好像它马上就要爆炸似的。

现在三面窗户全部敞开，所有人都静静地观察外面发生的一切。负鼠躲进轮胎里，除非逃走它无可遁形。泰德不确定一把扫帚是否足以阻止它。

“喂，你们几个小家伙！”几个临时组成捕猎队伍的男人中有人冲着那几个围绕旋转木马的小朋友喊道，“都爬到上面去。”

一共有八个小朋友，旋转木马上只有四个座位，但是他们还是想办法让自己爬上去。担忧是有道理的。负鼠逃跑途中可能会感到威胁而狗急跳墙地去咬谁的脚踝。两位母亲也如梦初醒般爬上凳子，露丝也被抱了上去。现在草坪上只剩下那四个“狩猎”的男人，呈菱形编队前进，手中的武器只有那把扫帚。

“嗨，史蒂夫……”拿着扫帚的人说，“你去找一个更结实的东西吧。铁锹什么的。”

“后卫”离开现场。“三叉戟”继续向前推进。小朋友们躲在旋转木马上，两个妈妈爬到长凳上，围观者站在窗口观望，所有人都屏住呼吸关注外面的行动。手持扫帚的男人在三米外站定，他慢慢蹲下，异于平常地倒握着扫帚，尽可能远地探出把手。

“你等史蒂夫回来吧！”一个女人从窗口向外嚷道。

那男人摇摇头。轮胎已经不动了。

扫帚把顶端轻轻地推动轮胎，轮胎绕着圈子晃动。史蒂夫这时也赶到了。他没有找到铁锹，而是带来一根棒球棍。所有人都对新的武器表示认可。“扫帚男”发号施令，他让史蒂夫从另一侧围堵，他说自己会将扫帚伸进轮胎把负鼠赶出去。

说完他用扫帚绕着轮胎四周伸进去乱戳一通。负鼠有可能在洞里动来动去，那样的话永远都无法把它赶出去。他们慢慢靠过去，直至看到轮胎里面。

那里没有负鼠。

“扫帚男”用双手举起轮胎，向挤在窗口的观众们展示，就像魔术师翻开空空如也的帽子，刚才明明有一只鸽子躲在里面。人们的目光从轮胎转向泰德。所有人不约而同这么做了。躲在旋转木马上的小孩们难以置信地望向那个陌生人，他似乎是混乱现场的罪魁祸首。大人们也有同感。客厅里那些原本围在他周围的人开始默默后退，仿佛他的神志错乱具有传染性。

泰德尚未意识到周围人的反应。只有他的视线迟迟没有离开秋千。负鼠刚刚就在那里啊；它不可能在众目睽睽之下顺利脱身。虽然他曾垂眼一秒以便打开窗户上的锁，但那时其他人都在透过玻璃盯住那里。他转过身。屋里一片死寂。所有人的目光都投射在他身上，仿佛在等一个解释。兰斯洛特和特蕾莎怨怼地看着他；鲍比 · 彭德格斯特的眼中隐隐流露出失望。诺尔玛用猎枪般的目光注视着他。亚瑟·罗比肖可能刚才被外面的叫嚷声惊扰而从办公室走出来，他率先走过去把手放在泰德肩头。泰德没有任何反应。

“我们有林奇的消息了，”亚瑟说，一开始泰德没搞明白他为什么提起那个名字，“他是一名独立律师。”

他递过一张手写的名片。

“我的线人告诉我他办公室的地址和电话。希望对你有帮助。回头请打电话告诉我事情的进展。现在，你最好还是离开吧。”

泰德表示赞同。

十一

林奇办公室所在的大楼位于市郊，那是一栋破旧的砖楼，四周环绕着一个停车场、两块荒地和几条危险的街巷，巷弄里随处可见废弃的车架和满溢的垃圾桶。刚刚七点钟，这片街区已经一片死寂。只有九楼的窗户亮着灯；林奇的办公室在五楼。泰德用手机拨打卡片上的电话号码，他听了两遍电话里一个老妇人拖着疲惫的声音说的话：律所的接待时间是早上七点到下午四点，如有需要可在提示音后留言。泰德没有这么做，他挂断电话。他根本没有奢望在那个时间找到那家伙，但无论如何都需要孤注一掷，也许他是个没日没夜的工作狂呢。

在那片废弃建筑的后面，最后一道晚霞挣扎着滑落地平线，泰德打算等到第二天再实施已经筹谋好的新计划。回家的路上他试图清空大脑。然而到家时他感到不大对劲，他立马警觉起来。大门虚掩着；走进去时他发现屋内被翻得一片狼藉。散落的书、撕碎的靠枕和倒扣的抽屉混乱不堪，他马上被其中明显的恶意激怒。私闯者不单单在找某样东西，他们还疯狂地破坏沿途的一切。地上有摔得粉碎的装饰品，电视屏幕被重重一击，墙上有食物的污迹……泰德揉按着自己的脑袋，不敢跨过丢弃满地的日常用品。他机械地走进书房。那里的搜查更加暴力而彻底：书架空空如也，电脑变成一堆破铜烂铁，书桌的抽屉被扯得到处都是，但令人费解的是莫奈的画却纹丝未动。泰德像往常一样走过去取下画，他盯着保险箱，琢磨着如此拙劣的藏身之处可能会迷惑窘困之人，但肯定骗不了穷凶极恶的暴徒。拨号盘上半厘米直径的小孔证实了他的猜测。他拉动把手，保险箱吱呀一声打开了。他留作应急的丁点现金已不见踪迹，然而林奇的两个文件夹还在原处，颇具挑衅性地完好堆叠着。当他打开温德尔的文件夹时，他确认里面只剩下几页纸，其余内容已经消失。

错误的信息。

你杀的人是谁？

“你们忘了一些事。”泰德大声说道。他几乎可以肯定家中没有隐藏麦克风，但是仍隐隐希望有人听到自己的声音。

我明天一定要和林奇算账。

他不在乎林奇是否受雇于*他们*且只是个配角，泰德已经预感到这种可能最为合理；否则的话，他无法解释那位英俊的律师为何要向自己提供真实的姓名。他为什么不提供一个虚假身份呢？泰德突然想到一个相当简单的解释，组织预见到他会试图调查这个上门提出交易的人，还有什么比留下*真实*身份更妙的呢？泰德如果*事先*通过罗比肖或其他任何方式对林奇进行调查，便能相对容易地找到那个人，那样一来，他会更加确信其他细节。

通过走廊返回客厅时，他在楼梯口停下脚步。他迷茫地看着楼梯平台处，知道上去走进自己的房间和女儿的房间会很艰难，但是只有如此才能知道那里是否也被破坏过。他决定晚些再上去检查。他走向沙发，烦躁地拨开上面的东西：一个披萨盒、几个装饰品、一盏灯和两只靠枕。他径直躺到沙发上，脑中整理着待办事宜，并另外补充一项任务——清理房子。妻子处理他的身后事已经要忙得焦头烂额；他至少可以保证她在整洁的环境中操持一切。意识到这听上去十分滑稽，他不禁哑然失笑。他从口袋中取出手机，划动手指激活屏幕。他周二早上和霍丽通电话时强忍泪水，语气故作轻松。他说会趁她们回来之前的这几天到特拉维斯的船上钓鱼。霍丽对他颇有微词，泰德原本是因为刻不容缓的（当然是虚构的）工作会议才没有去迪士尼，对此他辩驳说本以为很难与客户达成的协议居然一顿饭就搞定了。霍丽怨愤地说既然那样她可以和佛罗里达的男朋友待几天。辛迪肯定是听到了妈妈的胡言乱语，立即嚷嚷着妈妈在佛罗里达根本没有什么男朋友，并要求和爸爸说话。泰德跟她聊了一会儿，然后是娜丁，她严厉地控诉姐姐的行为完全帮不到妈妈，接着她详细地向爸爸汇报了那天她们做过的每一件事，泰德欣慰地聆听女儿的倾诉。

霍丽就在指边。他翻查通讯录直至看到她的名字，默默沉思。屏幕的光开始变弱，几乎快要暗掉，然而与她通话的渴望丝毫没有减弱。他抬起拇指轻轻敲击两下。

当他就快窒息时霍丽的声音如一股清新的空气钻进他的心里。

“乘船出行心情如何？”

“姑娘们在最后一刻放我们鸽子了……”

霍丽嗤笑。

“如果她们见过你们的照片，那我就不惊讶为何会这样了。”

一阵沉默。泰德没有开灯，外面的光线慢慢在屋内消失。昏暗中的狼藉与霍丽的声音形成极大反差。

天哪，我太想你了。

“喂，亲爱的。”泰德说。

“喂，泰德。我今天累坏了；她们不会告诉你，但你的女儿们已经烦透了这火狱般的天气。”

远处传来辛迪的叫声。

“你撒谎！”

“她们肯定是想爸爸了。”泰德说，心中懊悔不已。

“恐怕不是因为这个。姑娘们根本没有提起过你。”

“她说谎，爸比！”女儿在远处叫道。

“我和特拉维斯打算今天下午就回去，”泰德回到游船的话题，“我无法想象如何再熬一晚，跟我的伙伴挤在二乘二的船舱内并忍受他无休无止的鼾声。”

“我们马上要吃晚饭了。姑娘们不想离开宾馆，她们求我叫客房送餐服务，就像电影里演的那样。其实她俩是不想离开空调。”

“妈妈！”

是娜丁的声音。

“怎么了？”

母女三人交谈片刻，然后霍丽回到听筒旁。

“泰德，宾馆送餐来了。我们待会儿再聊，好吗？”

“去享用汉堡吧。”泰德无需多问。他*就知道*女儿们肯定点了汉堡。

“再见，泰德。姑娘们，跟爸爸道别……”

“再见，爸爸！”

泰德呢喃着再见，但谁也没听见。举着电话的手臂垂落在身旁。他再一次没能好好地跟霍丽告别，告诉她自己有多爱她，哪怕是为了让她发现自己额头中枪坍塌在书房的尸体后对自己仍有怀念。他自问那是否某种命运的暗示。

客厅一片昏暗。

十二

他睡了没几个小时，其间辗转反侧，噩梦连连。他在一楼卫生间淋浴，穿上与前一天相同的衣服，五点钟就已经在厨房里觅食了。通常他清晨都会听杰克·威尔森的节目，但今天他怀疑那位第4频道的新闻主播将不会是悦耳的陪伴。泰德估摸着温德尔的谋杀案是今天的头条新闻，他尤其害怕新闻在前几个小时过多地聚焦于他的家人。他无奈地按下遥控的开关键。当电视机开启后才想起来屏幕被重击过，一块足球大小的灰斑正好落在女主播的脸上——领口的设计足以判断正在播音的不是杰克·威尔森。没有被灰斑遮住的图像下方有一行字幕显示观众目前听到的声音来自率先到达湖边别墅现场的警官。

“……我当时正在附近巡逻，从总部发来警报。我一生下来就住在那个区域，非常清楚如何进入湖区，因此我不到十分钟就到达现场……”

泰德走神了。什么东西在客厅里移动。他用眼梢瞄到一个深色的轮廓消失在倒塌的家具后面。

“警官，监控录像是否有可能记录下凶徒的样貌？”

一盏落地灯轰然倒地。泰德吓得往后一缩。

可恶的畜生！

“呃，调查正在进行中……我只能告诉您该物业有监控录像，但是我暂时不能保证什么。”

这时字幕变成：监控录像捕捉到杀人犯。

泰德不自觉地走近电视机，他一边关注新闻动向，一边警觉厅里的动静，负鼠仍然藏匿于某处，不过它在一片混乱中穿行的窸窣声清晰可辨。

女主播在讲话。

“……我们刚刚听到的是我台独家报道的加勒特警官的证词，据称温德尔的妻女最早发现他的尸体，她们躲在防弹汽车里才逃脱一劫。截至报道时我们还不知道这起骇人听闻的犯罪背后隐藏什么动机……”

泰德担心最糟糕的部分还没到。

“……一个家庭支离破碎：他的妻子霍丽、两个女儿娜丁和辛迪余生都将带着这不幸的烙印。稍后我们继续给大家带来外景团队传回的信息。”片刻停顿，“先来关注一下其他消息，今天将有热浪袭来；气象预报部门称……”

霍丽、娜丁、辛迪。

十三

那天早上妮娜迟了十五分钟到达办公室。她带来了甜甜圈，期待林奇对甜品的兴趣超过对秘书时间观念的关注。尽管已经为他工作了六个月，她仍然琢磨不透他的心理。林奇对她而言是个谜。她的朋友们曾经打赌那男人早晚有一天要勾引她，但是时至今日他都不曾为其所动，妮娜对此感到惊慌失措。她尝试过性感的低胸装、挑逗的姿势、暧昧的言语……皆是徒劳。林奇年长她十五岁，但非常有魅力，如果说此时的妮娜生活中需要什么的话，那就是像他一样事业有成的男人。

她打开办公室的门，弯腰捡起刚才放在地上的甜甜圈。起身时，她看到右侧角落里的一团黑影突然变大并且在快速移动中呈现出一个男人的轮廓。电光石火间她被扑倒在地，那男人手臂绷直，手中握着一把枪，妮娜感觉那家伙是个庞然大物。

"进去，"泰德命令道，"把盒子和包放在桌上。很好。不要转过来。照我说的做，我不会伤害你的。"

妮娜不记得自己曾经如此害怕过。那男人没有将自己的面孔遮住，这一点让她很忧心。她知道那意味着什么。

"不要杀我。"她苦苦哀求。

"林奇在哪？"

"我……我不知道。"

“你可以转过来了。”

“我宁愿这样不动。”

泰德一点也不喜欢当时的情景。他本来在等林奇，却出现一位姑娘，她肯定是他的秘书，他当下必须马上行动。他在做什么呢？用枪威胁一个手无寸铁的秘书？那姑娘怕得要命，跟此事却毫无牵连。

“我把武器收起来，”他语气稍稍平静，“你不要叫，相信我，我不会伤害你。我只想跟你老板谈谈。生死攸关。”

那番话似乎恰到好处，女孩依然高举双手，呜咽着。

“你叫什么名字？”

“妮娜。”

“我请求你的原谅，妮娜。你现在可以转过来了。相信我。你看到我的长相也没关系。我和你老板认识。”

妮娜缓慢地转过来。她几乎要哭起来。她用目光仔细打量泰德，确认武器已从视线中消失。

“用这种方式出现我感到很抱歉。那是我的失误。”

她点了点头。恐惧还停留在她的脸上。

“放心吧。那是你的桌子？”

“是的。”

“你坐在那里。我坐在这张椅子上，我们一起等林奇。好吗？”

妮娜慢慢走过去。她在桌子后面坐下。

“请把双手放在桌子上面。”

她照做了。

“你为林奇工作很久了吗？”

“不。我几个月前才来的。”

泰德点头。

“明白了。旁边的办公室有人吗？”

妮娜犹豫该如何回答。

“跟我说实话，妮娜。”

“这层其他两间办公室是空的。”

“这样更好。”

“你之前已经向我保证……”

“我不会伤害你。我很清楚刚才应该以另一种方式出现。你的到来出乎我的意料。我不知道为什么，但我没想到林奇会有秘书。是我没有处理好。”

妮娜沉默不语。

“你愿意的话可以吃个甜甜圈。”妮娜用下巴指向纸盒。

泰德忍俊不禁。

“不必了，谢谢。林奇通常九点到？”

妮娜不记得曾经说过这话，但也有可能说过。过去几分钟发生的事情在她脑海中就像凌乱混杂的片段和情绪。

“是的。”她干巴巴地回答。

泰德向后倾倒，把整个背部都靠在椅子上，并将手伸入藏着枪的运动夹克口袋。他触摸到枪托，双眼紧闭片刻。他再一次问自己跟刚才一样的问题：*我在做什么？*

十四

林奇看到了妮娜桌子上的唐恩都乐[①]甜甜圈，并走过去用一根手指挑开盖子。他略显不满地审视着盒子里面的食物。他在想办公室里的动静也许是那女孩钻进卫生间的声音。她在里面搞什么花样呢吧？他希望不是那样，否则他将不得不找她谈谈自己的底线在哪。他打开门看到她坐在桌子后面，双目圆睁，呆若木鸡。她并未裸露身体也没有摆出挑逗的姿势，她脸上的惊恐非常清楚地证明那并不是勾引人的小把戏。林奇注意到妮娜的目光游离至角落，有个男人站在那里。

“发生什么事情了？”林奇问道。

泰德目光坚定地看着他。他无法从惊愕中恢复过来。那的确是林奇，但是比他在家中见过的那个年轻人年长几岁。他的额头上有些许细纹，头发也部分花白。他没有失去自己的魅力，岁月令这种魅力更加成熟。然而他脸上青春的光泽已荡然无存。泰德用手揉压头部，紧闭双眼。片刻后他睁开眼睛，一切如故。

“他有武器。”妮娜说。

“但是我并没有打算拿出来，如果我们可以像绅士那样对话。”

“他有没有伤害你？”林奇边问边向秘书身边走去。

“没有。”

“坐下。”泰德命令道。

林奇走到桌子后面，重重地坐在妮娜身旁的椅子上。

“你看到今天早晨的新闻了吗？”泰德说着走向办公室的大门并把它关上，故意背对着两位人质。

“你问谁？”林奇语带讽刺地问道。

“从现在开始所有的问题都由你回答。这女孩只是连带受害者。”

“你为什么不放她走，然后留我们两个人解决问题呢？”

“看看再说吧。”

泰德调整回之前的姿势，现在他倚靠在办公室大门上。

“我没有看新闻。”林奇说。

“温德尔死了。”泰德研究着律师脸上的表情，但是没有察觉到一丝惊讶，“他被谋杀了。”

“我们为什么不文明地讨论这件事情？”林奇说着用眼睛瞟向右侧妮娜所在的位置。

“休想。”

“她什么也不会泄露，”林奇指出，“对吗，妮娜？”

那女孩已经丧失部分对话能力，但是拼命地点头认可。

“我一个字也不会说。”

“现在你知道我和泰德认识，”林奇坚持道，“你无须通知警察或其他人。与此同时，我和泰德会处理亟待解决的事宜。”

泰德思考片刻。他的确无法在女孩面前公开讨论温德尔的死。他无法在毫不相识的人面前承认谋杀。

“你回家吧。”泰德突然说。

妮娜像弹簧似的一跃而起。她火速绕出桌子并在泰德面前停下来，后者并未让出办公室的大门。妮娜目露乞求地抓起自己的包。泰

① 著名的甜甜圈连锁店之一，1950年创始于美国马萨诸塞州昆西市。

德看着林奇，后者知道他在想什么。

“妮娜，不要对任何人提及此事，”林奇说，“我和泰德真的需要解决一些事情。”

泰德让开。妮娜闪电般跨过门槛，都不记得带上门。泰德替她把门关上。

“现在你要告诉我全部实情，林奇。混蛋，你陷害了我。”

“我承认我保留了一些信息，但是你要相信我有必须这么做的理由。”

泰德猛地向前一跳。他双手撑在桌子上，面孔靠近林奇。

“你说必须这么做！你从未提起温德尔已经有妻有女。自从得知此事后，我一直把她们幻想成我自己的家人。”

“如果我告诉你他已有妻女，你就不会那么做了。”林奇冷冰冰地说。

泰德将手放入夹克的口袋中。他取出勃朗宁。

“而你，林奇，你有妻女吗？小心你的答案，因为我可以马上打爆你的脑袋。”

“拜托，泰德，放下武器听我解释。”

“你已经解释过了，狗娘养的。”泰德摇着脑袋，“一切都混沌不清……”

“你指什么？”

泰德放下武器。他把枪收起来。他走到档案柜旁，重重地坐在椅子上。

“清楚地告诉我你要说的话，林奇。请不要再耍花样了。”

那男人点点头。

“泰德，我告诉过你我的真实姓名。我知道你早晚会来找我。是时候告诉你一切了。”林奇在椅子上调整出舒适的姿势，抛出一句令人感到天崩地裂的讯息，“温德尔并不想自杀。”

当林奇爆出那句话时，档案柜里有东西震动了一下，确切地说是在最下面的抽屉里。泰德本能地转向那里。噪音没有再出现。林奇似乎什么也没听见。

“我和温德尔在大学里就认识了，”林奇说，“我们成为了非常好的朋友。那些年组织兴起，温德尔也很快融入其中，他成为里面的重要一员。但是温德尔并没有兴趣主持正义，泰德。温德尔是一个十恶不赦的凶徒。他多年来杀人无数。”

泰德皱起眉头。林奇继续讲下去。

“我不久前才偶然得知温德尔的恶行。我想从某种程度上来说，自己对此一直有所猜疑，但并不想亲眼目睹。”

“你为什么不举报他？”

“你看到他的生活了吗？他很有权势，人脉颇广，且有高人指点。他曾经身陷窘境，后来成功摆脱。更何况我一点证据都拿不出来。”

“你并非仅仅隐瞒了他有妻子和女儿，”泰德冲口而出，“你也从未提及监控录像。”

“很抱歉。”

“你很抱歉……”泰德无奈地重复道，“你知道你此刻面对的这个人已经一无所有了，对吗？”

“你会理解的，不要急。”

“那么布莱恩呢？你提供的信息毫无用处。全世界都知道那家伙有罪。如果你的目标是温德尔，为什么派我去杀死布莱恩？”

档案柜中又传来一阵躁动声。这次更加强烈，就像是有拳头从里面击打钢板。泰德吓了一跳。

“那是什么？”

"什么是什么？"

泰德的心脏猛烈跳动。

"我可以给你看些东西，"林奇说，"正好在这里，在书桌抽屉里。"

"你慢慢拉开抽屉。"

"当然。"

林奇拉开第二个抽屉。

"是文件夹。"他说。

"给你。"

泰德回身坐到椅子上。文件夹与林奇在家中给他的那个相似。他正想打开时，林奇阻止了他。

"你打开前请听我解释些事情。就像我刚刚告诉你的那样，我不久前才知道温德尔的杀人行径。他很久以前是我的朋友，但是他的罪孽太过深重。"他顿了一下，"打开文件夹吧。"

泰德收起勃朗宁。

"告诉我里面是什么。"他不敢碰它。

"霍丽对你不忠，"林奇毫无征兆地说，"文件夹里有铁一般的证据。照片、电话记录、宾馆信息。"

泰德露出轻蔑的表情。那不是事实。他伸出一只手准备翻开文件夹，但在最后一刻，他的手停在了半空中。他脸上的表情变了。

"霍丽向你提出过离婚，"林奇继续说道，"你们俩之间很久以前就出现问题了。"

"那听上去太可笑了。"

"你想一想……"

泰德脑中重现霍丽出现在温德尔家中的情景，女儿们飞快地奔向大门，脸上绽开笑容，背着粉红色的书包。近几个月与她生活在一起的各种片段冲击着他的大脑。的确，基本上他总是以工作或其他理由逃避退缩。泰德不想打开文件夹。

“我调查过温德尔，”林奇说，“碰巧发现霍丽背叛你。此事说来话有点长。”

档案柜中再一次响起撞击声。

“够了！”泰德冲着金属家具吼道。

林奇面露惊恐地看着他。泰德站起来，两大步跨到档案柜旁。他用力地踹了柜子侧面一脚。

“安静！”

他回到桌子旁，盛怒之下重重地捶了文件夹一拳。文件夹掉落在档案柜旁边；一些印刷文件和一张照片从侧面露出来。泰德怒吼一声，跪倒在半遮半掩的照片旁边，浑身发抖地看着它。那是从一家餐厅外面偷拍的照片。透过窗户可以看到霍丽的侧面，她微微地倾向桌子，面带微笑嘴巴张开，打算品尝桌子另一侧某人递过来的一小口食物。照片上只能看到那人的一截胳膊。泰德站起身来。他一边盯着照片一边后退，撞到档案柜上。里面传来一串撞击声。

泰德身体前倾打开柜子。他双手捂住嘴巴，挡住一声尖叫。

“什么东西？”林奇问。

负鼠从抽屉边探出头来，像前一天在罗比肖家里的轮胎上那样嗅着办公室的气味，接着它向上攀爬，直到两只前爪悬在空中，接着转过身来。它重重地摔在地上。

泰德踉跄地离开办公室，忘记了手中还拿着武器，后者就像手臂的延伸物那样在空中晃动。他跌跌撞撞地沿着走廊撞开每一扇门然后再退出来。可恶的电梯究竟在哪？他用手揉压头部几乎走到尽头，跃身奔下狭窄肮脏的楼梯，越跑梯级越窄。有两次他差点摔倒。下面一层更加灰暗：没有灯光，在几个门上他看到堆积的破旧信件。他随便推开一扇门，随即被一股地狱般的恶臭吞没。一个被其主人遗弃的坚固且破旧的档案柜正用惊讶的表情看着它，而其中一只抽屉已经不见踪影。泰德抱着柜子，慢慢地倒在它旁边。他目光坚定地看着敞开的门，知道负鼠随时都可能从那里进来……

第二章

一

泰德·麦凯正要对着自己的太阳穴开枪，突然门铃响起，久久不息。

他睁开双眼。透过书房窗户射进来的强烈光线令他目眩。敲门声非常急促，他辨识不出随之传来的到访者的声音。

他站起身来，立即感受到裤子口袋里的重量。他伸出左手去摸索：清晰地感受到半圆形马蹄铁的轮廓。泰德满腹狐疑地看着一切。他记忆中一片狼藉的书房却一如既往的明亮：书桌整洁，书刊都完好归位，电脑摆放在侧面的茶几上。当林奇吼叫着让他开门时（泰德知道那是林奇），他刚刚将一根手指伸向电脑开关，仿佛那是证明眼前发生的一切真实可靠的唯一证据。机器启动时发出蜂鸣声，LED显示屏闪烁独特的光芒。泰德既惊恐又不爽，他长按开关键强行关机。他在脑海中可以听到娜丁的抗议声：*你不可以这样关机，爸比。你应该先关闭系统。妈妈教过我的。*泰德感到毛骨悚然。书桌上是他写给霍丽的信。

“请开开门！”

泰德在小罐子里寻找钥匙，外面叫嚷声不断，他期待的那句话很快传入耳朵：

“赶紧开门，泰德！”

为什么我没有惊讶于你知道我的名字，林奇？

他打开书房的门。他读着留给霍丽的字条："亲爱的，我在冰箱上放了一把备用钥匙。不要和孩子们一起进来。我爱你。"仿佛是另外一个人写下了那些内容。泰德无法从脑海中挥去霍丽在餐厅里的影像，她身体微微前倾靠在桌子上，打算品尝情人递给她的一小口食物。他怎么可能记得尚未发生的事情呢？

"马上就来！"泰德叫道。

他一走进客厅便认出窗外到访者的轮廓。他依旧怀着诡异的兴趣观察四周，并不是因为他已经与现场的所有物品一一诀别，而是因为他脑海中最后的记忆是看到它们被破坏殆尽。

他打开大门时林奇就站在那里——欢快版的林奇——脸上露出灿烂的微笑，身着一件彩色横条纹 polo 衫并搭配一个不得体的公文包。

"随便你卖什么我都没有兴趣。"泰德说，他重复着另一个自己的话。

年轻人笑得更加用力。

"喔，我恐怕不是来推销东西的。"

随着对话向前推进，泰德察觉到林奇似乎并不知道他们曾做过同样的交谈；他的举止太过自然了。他再一次对他关上大门，但是这次他没有留在原地听林奇说自己知道他刚才在屋内正准备用桌上的手枪做什么。他跑进厨房，来到冰箱前，那里贴着霍丽在海滩上拍的照片，她以独特的姿势定住，边框装饰着辛迪和娜丁粘贴的亮片。他在那里站了一会儿，如释重负。他的手指在妻子身体上滑过，仿佛需要纸张上真实的触感才能确定照片真实存在。

他把手插入口袋。马蹄铁也是真的。他紧紧握住马蹄铁，指尖却拂过一张纸。他满腹狐疑地扯出那张满是皱褶的纸，上面是他自己的笔迹：**快打开门，这是你最后的出路。**

他返回客厅，迎接执着的客人。林奇还站在那里，正在正午的阳光下微笑。

二

泰德蹲在地上。他双手紧紧压着脑袋，缓慢地前后晃动平衡自己的身体，目光定在脚边几厘米处那张霍丽在海滩拍的照片上。他需要想通究竟是怎么回事。

是因为肿瘤……

卡米切尔医生告诉过他头部的疼痛可能会回来，他甚至会感到晕眩或产生幻觉。难道他没说过？

不，卡米切尔医生的确说过他可能会产生幻觉。但是幻想花园中有小精灵奔跑、马桶里出现彩虹或者任何其他狗屁幻觉是一回事，刚才发生的一切却远不是那么回事。他不得不站起身来，而就在他那样做时，马蹄铁的重量让他想起至少有一件事不一样了。他从口袋中取出马蹄铁，定定地看着它。他清清楚楚地记得自己是从温德尔家的车道上捡起它的；湖边别墅的每一个细节都鲜活地跃然眼前。字条也在那里，褶皱得让人无法不注意到它在口袋里已经放了很长时间。

他蹲下去，把马蹄铁放在照片旁边；稍后他会决定把它留在那里还是带走。当务之急是与霍丽谈谈。他们原本约定等星期五她回来签离婚协议书时再进行交谈的。他怎么能忘记那么重要的细节呢？他告诉她需要几天时间以便律师把所有细节敲定，而她说自己要带着两个女儿去看望父母，泰德早料到会这样。他们在客厅里进行最后一次友好的交谈并和平分手，仿佛刹那间老霍丽和老泰德浴火重生。然而这种错觉仅持续了一个快速拥抱和一丝冷漠微笑的时间。过去几个月发生的种种已经摧毁了一切；再没有什么需要修复。泰德承认自己有错……实际上他承担了全部错误。他过度沉迷于自己的工作中——他稍后会向劳拉·希尔坦白——却在不经意间封闭了自己，再次成为年少时期的泰德，那个叛逆的不被理解的泰德，他曾因对家人的感情抑制过那个自己。他的头开始疼痛，坏脾气不断；连女儿们都用疑惑的眼光看待他。“她们非常害怕，劳拉，没有什么比你感到子女惧怕自己更糟糕的了。就像是另一个人在操控你。”正好那时他去拜访卡米切尔，因为头疼欲裂的情况从一天一次变为一天三四次，越来越频繁。泰德害怕更糟糕的事情：那是颗恶性肿瘤。然而另一方面，能够把他该死的行径归咎于一堆坏死的细胞对他而言是种解脱。

噩耗不仅没有扰乱泰德的心绪，反而令他更加清楚地预见到自己的命运。劳拉帮助了他，他必须承认这一点。她助其摆脱了长久以来纠缠着他的一些事实。不仅与女儿们的关系得到改善，同霍丽的关系也是如此。就在此时她向他提出离婚。“我早就想和你心平气和地谈谈了。”他们相敬如宾地交谈。她说更希望他听见自己亲口告诉他那个决定，而不是从律师口中得知，他们应该好聚好散。泰德表示赞同。

现在他更加理解妻子的动机。

“你好，泰德。”霍丽的声音从线路另一端传过来。

“你好……”

亲爱的。

他感到一阵胸闷。脚边是霍丽的照片，穿着红色的比基尼在海滩上灿烂微笑。是泰德最喜欢的那件。

“你好吗？”她问。

“很好。很抱歉打你的手机。”

“没关系。文件有什么问题吗？”

“没有问题。基本上搞定了。”

沉默。

“霍丽，你在你父母家里吗？”

还是和你的情人在一起？

“我没必要向你解释。”

“你和我的女儿们在一起，所以我认为你有必要向我解释。”

话一出口他就后悔不已。

“对不起。”

“你想干什么，泰德？我现在很忙。”

泰德感到十分困惑。如果霍丽真的欺骗了他，那么她的处境也许非常危险。温德尔可能是极其危险的角色。

你根本不了解温德尔。

“保重，霍丽。”

“我一直都很好。你什么意思？你要告诉我什么？”

泰德知道自己需要编造一个打电话的理由。

“我在家里接到几通奇怪的电话，我很担心。”

“奇怪的电话？什么样的电话？你报警了吗？”

“我觉得没有必要。他们提到你的名字，所以我很担心。”

“我的名字？”霍丽现在才真正感到不安。

“我不想让你担心，但是你明白我必须打给你，是吗？”

“是，是的，我明白。”

“一定要照顾好自己。”

“我会的。谢谢。”

听到这微不足道的感谢泰德都不禁会心一笑。

“再见，霍丽。”

“周五见，泰德。”

三

“今天我差点杀了自己。”泰德淡定地说。

他在劳拉·希尔的咨询室内，坐在往常的那张沙发椅上，盯着矮脚桌中央装着水的杯子。他抬起视线。

“你似乎不怎么担心。”他对治疗师说着，嘴角挤出一丝微笑。

“你不是坐在我面前吗？”她微笑着答道。

“这个早上太疯狂了。我不知道从哪开始说起。”

“我们有的是时间。”

泰德已经跟劳拉聊了好一会儿，然而由于过分紧张他没有注意到她形象的变化。

“你把头发散开了。”他指出。

劳拉羞赧地甩了甩头，发丝滑落在脸上。发色比之前的金色更浅。

“我昨天去了发廊。我决定改变一下形象。”

在过去几天的幻觉中劳拉没有去过理发店。很显然肿瘤并不屑于引发跟容貌相关的幻觉。

那根本不是幻觉！林奇今天早上来找过你了。

泰德脸上的笑容消失了。如果他还需要用什么来证明过去几天的事情的确发生过，证据就在他的裤子口袋中。他在温德尔家中发现的马蹄铁，他非常清楚地记得那个地方，然而他从未去过那里。

“今天上午发生了什么，泰德？”

“当时我在我家的书房里，用勃朗宁顶着自己的脑袋，突然有人疯狂地敲门。似乎那时我才意识到自己在哪里和准备做什么。”

劳拉的表情让人难以捉摸。

“你不记得自己拿着武器？”

“比那还糟糕。我不记得也想不起来过去几天发生的事情。我的记忆都是碎片，非常混乱，因为其中混杂着……呃，我很难解释清楚……混杂着其他记忆。似乎肿瘤把记忆搅乱了。”

“你继续说今天早上发生的事情。你在自己的书房里。你听到门外传来嘈杂的声音。然后呢？”

“桌上有一封我亲笔写给霍丽的信。我还在书房的门上给她留了字条提醒她不要让女儿们靠近。显然我的计划非常周详。似乎随着我发现这些细节，过去的一些信息慢慢在我脑海中浮现出来。”

“你真的认为自己会扣下扳机？”

泰德低下头按揉着太阳穴。劳拉伸出手温柔地拍拍他的肩膀。

“泰德，回答我的问题，看着我。就是这样……是谁敲了你家的门？”

“一个叫林奇的男人。”泰德说，“我以为他是个商贩，想摆脱他，但是他说他知道我在书房里打算做什么；他跟我提起手枪，我记不清他说了什么，但是他的描述非常准确。最疯狂的是我记忆里曾经历过同样的场景，我知道林奇要跟我说的每一句话，他要向我建议什么。那就像是在看一场你了然于心的电影。”

“你觉得自己真的经历过那个场景吗？”

“不，”泰德说，“是肿瘤在作祟，劳拉。卡米切尔医生说过这类肿瘤可能造成幻觉，它可能压迫大脑中的某个区域并造成……”

“等等，泰德。我们另外找机会跟卡米切尔医生谈谈，如果有需要的话。我想知道你是否有可能之前就认识林奇，可能在过去，那时他还年轻。”

“你的问题非常有趣。”

“为什么？”

“因为在我的幻境中几天后我再一次见到林奇，那家伙仿佛一下子老了十到十五岁。就是这么快。”泰德弹了下手指，“就像在梦里人们一眨眼形象大变。”

泰德想起什么。他摇了摇头，哑然失笑。

“怎么了？”劳拉问道。

“我还记得曾跟你在这里，”泰德说着环顾四周的墙壁，“你的发型跟以前一样，这是我无法预料的。但是，天哪……我记得这些无关紧要的细节。你觉得这正常吗？幻想出这些事情？”

“我们聊了什么？我是说那次问诊过程中。”

泰德把手伸入裤兜里。他摸索着马蹄铁半圆形的轮廓。

“聊到我为什么放弃下棋。”泰德说。

劳拉感到吃惊。

“你口袋里装着什么？”

泰德取出马蹄铁。他双手紧紧握着它观察良久，认真的表情就像是要解决某个棘手的问题。劳拉低声说道：

“米勒在你放弃下棋前把它送给了你，对吧？”

泰德猛地抬起头，惊恐地睁大双眼。她报以真诚的微笑。

“我的记忆力很好，有什么办法呢。”劳拉说，“当你跟我说起米勒和马蹄铁时，我知道它在某种程度上对你非常重要。我并不知道你一直把它留在身边。”

“哦，这并不是米勒的马蹄铁。但是非常像。我在……我不知道具体是在哪里找到它的。我不记得了。”泰德撒谎。

在温德尔家的湖边！

“你之前跟我提起过林奇这个男人向你建议了什么？”

“天哪，那实在太疯狂了……他说他从属于某个秘密组织，专门招募像我这样的人负责伸张正义，比如因为体制错误而逃脱法律制裁的杀人犯等等。作为交换，他们允许我进入某种自杀循环；尽管他并不这么称呼它。”

“这样你的家人和其他人的家人就不用承受自杀带来的痛苦。”劳拉若有所思地说道，语气中略显赞许。

“没错。”

“我不得不说这主意很妙。但是骇人听闻。你是第一次听到这种事情吗？”

“的确是。”

“他想让你杀掉谁？我是说，伸张正义。”

“一个叫爱德华·布莱恩的家伙。他杀了自己的女友却逍遥法外。”

“啊是的，我在电视上看到过这则新闻。被害者的姐姐要求重审案件，说调查人员有失误。”

泰德记得崔西亚·彭德格斯特在亚瑟·罗比肖家里解释过这个问题。

“很明显公寓下面有一间洗衣房，管道的温度维持了尸体的热量。”

“你在那个幻境中做了什么，泰德？”

“幻境……听上去太可笑了。”

“我知道。”

“劳拉，你认为这些记忆碎片是我的真实经历吗？”

“我认为某些内容可能是的。不过让我们先集中分析你的记忆。

你对布莱恩做了什么？”

“我不得不杀死他。其实我今天想想那真是世界上最可笑的事情，在另一个时空杀掉布莱恩似乎显得理所应当。就像我选择自杀一样合理。于是我到了他家里；我记得屋内的所有细节，我肯定自己从未去过那里。我躲在衣橱里等那家伙睡着。然后我走到他的房间把他杀死。”

“你冷静地杀死了他？”

“不。布莱恩察觉到我的存在，令过程变得棘手。但最终我杀了他。”

“之后发生了什么？”

“嗯，接下来的事情更像是一场梦。我到了另外一个谋杀对象家里。他的名字叫温德尔，他当时应该是在等着我；反正他应该是那个循环的一部分。他住在一个宽敞的房子里，那房子掩藏在树林中央，旁边有私人湖泊。我躲在他家里伺机行事，待他一踏进房门我就向他射击。我以为温德尔没有家室子女，至少林奇是这么告诉我的；然而，几分钟后他的妻子和两个女儿就回来了。”

“你跟我说温德尔没有女儿。”

“我是这么认为的。林奇隐瞒了那部分信息，因为他知道如果事先说了我绝不会接受他的建议。”

“你怎么知道？”

“林奇后来向我坦白了。”

“这么说你又见过他？”

“是的。当我怀疑自己被骗时我去找过一个老同学，亚瑟·罗比肖，他是一位律师，我好多年没有见过他了。上学时他是个害羞的小男孩，几乎不与任何人打交道；我和其他几个同学总是欺负他整他。我猜那种事会牵绊人的一生。问题是当我到他家时他正在过生日。现场还有别的老同学，他们都是像亚瑟那样的失败者，我跟他们几乎算不上认识。”

“你等一会儿，”劳拉打断他的话，“你的公司里应该有几位律师。为什么不找他们？”

“亚瑟帮助我拟过遗嘱。”泰德说。但说出这句话时他明白自己并没有相关的证据。在他的幻境中，他将此事看作既成事实，罗比肖自己也表现得好像那并非两人很多年后的首次相见；然而……

“罗比肖帮你找到了林奇？”

“这一切的背后隐藏着什么，劳拉？”泰德再一次抱紧自己的头，“我就像是在醒着做梦。现在我仔细想想，在罗比肖家中的生日宴会上……还有一只动物，那只负鼠无处不在。”

劳拉坐直身体，警觉起来。

“一只负鼠？”

“是的。我好几次看到过它。第一次在我家门廊的桌子上，但我几乎记不清了；然后我在亚瑟家里看到它，它躲在一个旧轮胎里面；最后我去找林奇时，还在他办公室里见到它。”

“在办公室里？”

“它从一个档案柜里蹿出来。”泰德无奈地摇摇头，笑起来，“听上去太傻了，我的天哪。希望我所说的只是一场梦。”

“我们不妨认为我们正在回忆一个梦境，泰德。告诉我当你去林奇办公室时发生了什么。”

“林奇变老了。他跟我年纪相仿，或者更老。我不得不威胁他，他向我坦白温德尔的确有妻女，甚至更糟糕。”

“什么意思？”

“温德尔其实并不是自杀者，他是组织的成员，”泰德盯着水杯说道，“但是他……偏离了轨道。”

“他滥杀无辜？”

泰德心中一惊。劳拉的猜测听上去很疯狂，但一针见血。

“是的。因此必须制止他。”

“那为什么是你呢？”

终于到了面对问题症结的时刻了。如果要说这疯狂的故事与现实有什么联系，泰德恐怕那就是霍丽的不忠。其余的细节可能只不过是他潜意识里为了掩饰可怕真相而产生的恐怖幻觉。

“林奇跟踪温德尔，发现他有个情人……”

泰德说到一半语塞了。他双手紧紧握住马蹄铁；几乎没有意识到自己扯拽两端，好像要把它拉直。

“是霍丽，对吗？”

泰德默认。

“你想喝点水吗，泰德？”

“不，谢谢。”

“你今天和霍丽通话了吗？”

“是的，我们的交谈很友好。我什么也没跟她说。”

“我想我们今天先到此为止吧。”

泰德似乎没听见这句话。

“这一切究竟是怎么回事，劳拉？可能是我已经知道了？我是说霍丽的事情。我现在想来的确有些迹象表明……”

“够了。今天就到这里吧。”

“好吧。”

“我希望我们每天都见面，泰德。”

“没问题。”

“尽量休息。”

泰德站起身来。劳拉跟着也站起来。

“泰德？”

他看着她。

“不要出去，明白吗？”

“明白。”泰德说。这时他想起了什么。是另一个疯狂世界的某个细节：“你的儿子是童子军，对吗？”

“是的。”

“在幻境中他遇到了点麻烦，需要什么郊游的授权书。有人在问诊过程中给你打电话告知此事。”

劳拉微笑着。她指了指电话，从泰德进入咨询室开始电话从未响过。

“幸好什么也没发生。”劳拉说。

泰德向大门走去。他的手还紧紧地握着马蹄铁。

“卡米切尔说得有道理，治疗对我有帮助。”他更多是说给自己而不是治疗师听。

四

泰德看着那个他发现马蹄铁的地方。他站在通往温德尔家的小径上。那座建筑物在树林错落的枝椏间隐约可见，泰德抬起头审视它。他更加确信自己到过那里。他知道如果继续靠近，走进去穿越房子，他的记忆将与现实混杂在一起，到那时他将无法区分虚幻与真实。

他答应过劳拉会待在家里，但是他急需探明究竟。他闭上眼睛，几次深呼吸，从脑中翻出所有熟悉的细节：私人船坞，可以看到整个湖面的巨大客厅，屋后的游乐区。然而，他觉得自己应该是第一次踏上那片土地。

你当然来过这里！你杀死了温德尔。当你知道他是霍丽的情人时你丧失理智并杀了他。就是这么简单。然后你像所有精神病人一样，拒绝面对现实。

如果是那样的话，他马上就要知道真相了。他距离温德尔的家还有一百五十米左右。他故意把勃朗宁留在家里；右手紧紧握着马蹄铁，必要时可以用来自卫，但当时更多是为了给自己打气。

兰博基尼还停在原来的位置，这让他想到一会儿就能看见温德尔在湖中央愉快地垂钓。但事实并非如此。泰德站在船坞旁的岸边眺望，仔细地搜索宽阔的湖面，希望看到橙色的救生衣。根本没有温德尔的影子。他可能已经划到湖的另一侧去了，他想。他抬起头看到一台监控录像。他冲着它微笑问候。

大门紧锁；又一个与他上次来访时不同的细节。泰德走近一扇固定住的玻璃窗。玻璃上有涂层，他不得不手搭凉棚才能微微地看到些东西。他不怕被温德尔发现，实际上他正希望如此。他盯着门口的地毯出神，温德尔曾经就直挺挺地倒在那里，然而，他完全没看到曾有人失血而死的迹象。这样的细节让他感到恼火。因为他可以接受之前来过湖边别墅但事后不记得了，可是温德尔毙命于地毯上的景象究竟从何而来呢？

他绕着房子寻找另一个入口。他可以按门铃或敲门，但他更希望在面对温德尔之前先做些调查。如果林奇跟他说的都是事实，那家伙是个凶残的杀手，那么看到自己情人的老公赤手空拳只身出现时他的反应将不难想象。刹那间他有些怀念勃朗宁，虽然不携带手枪是理智的决定。他毕竟不是杀手。

温德尔也不在湖的另一侧；他的船停靠在船坞旁。泰德绕到屋后，试图打开可以容纳数辆汽车的车库大门。依然是徒劳。他想也许可以用马蹄铁砸碎玻璃，而就在此时他的目光转移到游戏区，就在房子后面的一个缓坡上。那里有一栋粉红色的美丽城堡，由贵重的喷漆木头搭建而成。一条边沿布满岩石的砾石小径通往城堡。泰德走上斜坡并站在那里观察。约摸两米高的建筑的四个角上各有一座塔台，壁上画着许多迪士尼公主：贝拉①、蒂安娜②、爱丽儿③……泰德认识每一位公主。他忍不住走了过去，透过一扇窗户窥视。里面有一张微型塑料桌，旁边有两把椅子。

“你是谁？”背后有人问道。

泰德听到身后传来的声音时脑袋还卡在城堡的窗户中。是温德

① 贝拉（Bella），迪士尼动画片《美女与野兽》中的角色。
② 蒂安娜（Tiana），迪士尼动画片《公主与青蛙》中的角色。
③ 爱丽儿（Ariel），迪士尼动画片《小美人鱼》中的角色。

尔。他从未听到过他的声音，然而他感到惊人的熟悉，那声音远比他的面孔更有辨识度。泰德举起双手表示自己没有攻击意图，同时慢慢地抽出脑袋。

“我是泰德。”他边转身边说道。无需过多解释，这是当然，温德尔一看到他就会认出他，若非如此，那就是在耍他。

但是温德尔扬起眉毛表示不解。他站在树阴下，穿着与泰德记忆中一样：牛仔裤、蓝色格子衬衫和橙色救生衣。他在树林里穿着救生衣做什么？

“你在我家干什么？你自己一个人来的？”他的不解似乎很真实。他的声音中隐藏着什么。

为什么我感觉如此的似曾相识？

“是的，我自己一个人来的。”

温德尔脸上再一次流露出不解。他不停地左顾右盼。

“林奇派你来的？”

泰德笑了。二人终于在同一个频道上了。

“听着，泰德，”温德尔说，“我不知道你到底是谁。如果林奇派你来杀我，那他太愚蠢了；你连只苍蝇都伤害不了。”

温德尔的右手突然变出一把手枪。泰德一直盯着他的脸，低头时武器已经在那里了。

“霍丽是我的妻子。”泰德反抗道。他脑中最先跳出这句话。

温德尔的脸色突变。他用另一只手摩挲下巴。

“有意思……”那男人说，“进去吧。”

泰德指向城堡。

“这里？”

“当然。我不会让你进入我的房子。这只不过是双重保险，”他指向手中的武器，“如果我们沟通得好，你就可以站着离开这里。我不希望破坏女儿的城堡。”

城堡有个双开门，小女孩不用弯腰就能自由通过，但是泰德几乎要跪着进去。地板上铺着橡胶革。除了塑料桌和两把椅子外，还有一个摆放茶具的架子。温德尔紧随其后，他们像闯入的巨人似的坐在椅子上。里面的温度比外面略高，完全不通风。温德尔将武器放在桌子上。

“这太搞笑了。”泰德冒出一句。

“这么说霍丽是你的妻子，”温德尔说，语气跟刚才一样让人难以捉摸，“而林奇派你来杀掉我。让我猜猜，他跟你说我和你妻子是情人关系，对吧？”

“他还告诉了我更多事情。”

“我懂了。”

温德尔思索片刻。

“我需要你告诉我林奇对你说的所有关于我的事情。”

“休想。”

“很有趣，”温德尔说，“我差点以为我不是拿着枪的那个人。”

泰德倒抽了一口气。他感到脑神经在跳动。他去湖边别墅是为了确认温德尔还没有死，现在他活生生站在面前，他却不知道该怎么办。他唯一清楚的是如果那家伙是个危险人物的话，为了霍丽着想他也需要调查清楚。

“林奇跟我提起组织，纠正体制错误和伸张正义什么的。他跟我说你已经失去方向，开始游离于规则之外自由行动。他让我干掉你。”

温德尔摇头否认。愤怒渐渐浮现在他的脸上。

“狗娘养的。”温德尔自言自语。

“为什么这么说？”

“根本就没有什么组织，泰德。”温德尔愤恨地说，“我在大学里认识了林奇，那只不过是他当时提出的愚蠢想法；那时我们非常团结。已经过去二十多年了。这期间我们仍然时不时见面，不过友谊逐渐褪色，直到几个月前他想拿过去的某件事情勒索我，什么事情并不重要。他根本就是愚蠢至极，因为要抓住他的把柄太容易了。他很聪明但是不懂得擦屁股。你明白吗？”

“不明白。”

“林奇才是你老婆的情人，我不是。”

“你说什么？”

“我雇了两个人去调查他，”温德尔解释道，“他们发现他总是和一个有夫之妇幽会，他们还偷拍了大量照片。我把照片寄给他，并告诉他如果下次再勒索我就休怪我不客气。我就知道这些。”

“描述一下照片的内容。”

“为什么？”

“拜托。”

“我不知道，我都没有仔细看过。”

“有没有一张在餐厅里？”

“有。那是一组从室外透过窗户偷拍的照片。他们分坐在桌子两边，他正在喂她品尝什么东西。”

泰德想起那张照片，他只看到一部分内容。如果温德尔跟他说的是事实，那么当时跟霍丽在一起的男人就是林奇本人。

“你还不明白吗？”温德尔说，“林奇找到了你，用组织什么的欺骗你，这样正好一石二鸟。”

那听上去有些道理，尽管如此，泰德并不想盲目信从。起初妄信林奇的话就没什么好处。

“为什么他想看到你死？”泰德靠在矮小且不舒服的椅子上

问道。

“除了因为我能够揭穿他的风流韵事？让我解释给你听。贾斯汀·林奇从我们认识之初就非常妒忌我，后来越发不可收拾，而且愈加明显。他的怨恨蚕食了我们的友谊，直至令其瓦解崩塌。你看看我住的房子，我开的车，我拥有的家庭；我的公司每年营业额高达上亿美元，而你肯定见过他工作的地方：在他肮脏的办公室里处理失婚女性无关紧要的案件和其他琐事。没人敢说我一开始没有帮助过他……然而每次我做出正确的决定时，他都会做出错误的决定。你觉得这个理由足以令他想要除掉我吗？但是那个懦夫都没有胆量自己下手。他去找你，还凭空捏造出一个组织。”

泰德陷入沉思。还有关键性问题没有解释清楚。林奇如何得知他想自杀？他在那么短的时间内编造自杀循环实在不可思议。他应该早就知道了。但问题是他是如何得知的呢。如果他一早就知道，为什么不放任泰德结束自己的生命，那样他和霍丽就解脱了。

你并不想自杀。

“你在想什么？”温德尔问。

“这一切太混乱了。”

“其实很简单，你相信我。贾斯汀根本不敢站在我面前向我扣动扳机，他没那个胆。他需要找人代劳，而他轻而易举地找了你。我奇怪的是他为何会觉得你能够得逞，很明显他所托非人。”

泰德觉得自己傻乎乎地受到了侮辱。在他的幻境中他像一名职业杀手一样干掉了布莱恩和温德尔。他甚至还麻醉了布莱恩的恶犬！

很遗憾，在真实世界里他唯一瞄准射击过的目标是靶场的黑色圆环。温德尔说得对：他没有能力杀人。

温德尔的理论只有一个漏洞：如果他们根本不认识，泰德怎么可能记得自己来过他家呢？

你之前不认识他。今天是你第一次来这里。

他脑中再次出现令人抓狂的想法。他想紧紧抓住刚到这里时的感受，当时他站在通往别墅的土路上，虽然尚未靠近，但是屋内外每一个细节都历历在目。那种想法是真实的。他想抓住它。突然他想到了马蹄铁；他想如果自己紧紧握住马蹄铁，就可以消除所有疑惑。他把手伸进口袋。

温德尔马上警觉起来。他闪电般抓起武器。

但是泰德很快意识到他的条件反射并非因为看到他伸手拿马蹄铁。

“我以为你是自己一个人来的！”温德尔紧紧盯着窗外控诉道。

“我是一个人来的。”

“那你被跟踪了。”

泰德从所在的位置无法看到温德尔指的是什么。他微微前倾用目光搜索……然后瞬间石化。一个身穿白大褂、皮肤黝黑的男人在房子一侧走着。是罗杰，泰德记得那个奇怪的家伙曾出现在布莱恩家里。溜走前他在客厅里发现了他。

“你认识他？”温德尔用枪对准他问道，“那家伙在我家里做什么？”

“我不确定是否认识他。”

“你不确定？”

罗杰悠闲地走着，手插在口袋里。到达房子拐角处时，他转身向湖边走去，离他们越来越远。

“我想他会离开的。”

“他离开去哪里？方圆三公里什么都没有。那家伙在这里做什么？！”

五

罗杰出现在温德尔家附近晃悠是幻境（泰德并不喜欢这一称呼，但又有什么关系呢）和现实之间的第二个直接关联。另一个关联是马蹄铁和在书桌上发现的字条。

温德尔几乎把他推搡出城堡。

“你认不认识那家伙？”

“是的，我应该是在某处认识了他。”

温德尔叹了口气抬头望向天空，仿佛那里有答案可以解释泰德的行为。他抓住他的衣领。

“听着！”温德尔目光灼灼地把脸靠向泰德的脸，“你觉得那家伙是在跟踪你还是在盲目地找你？”

“我认为是第二种情况。”

温德尔放开他。他揉着自己的下巴，向城堡一侧看了一眼，目光定在游戏区的白色卵石上出神。

“你跟我来。”

两人钻进树林里。

“我们去哪？”

“我想给你看看我车上的某样东西。但是最好不要被那家伙发现。”

他们深入森林以便隐藏身形，接着绕过房子来到私家车道上。此刻罗杰应该在房子后面，因此看不见他们。他们向车子尾部走去。当他们靠近时，后备厢自动打开了。

里面的几个盒子过分整齐地摆放着。温德尔选择其中一只并打开盖子。他取出一个文件夹递给泰德。

“这是什么？”

“快点，”温德尔晃动着文件夹催促他，“有个家伙在我家附近晃悠，我们没有多少时间。”

泰德接过文件夹。跟林奇给他的文件夹一模一样。他翻开夹子，首先映入眼帘的是那张在餐厅偷拍的照片。温德尔没有撒谎。在那张照片里可以清楚地辨认出当时陪着霍丽的男人就是林奇，他正在用勺子喂她品尝什么。毫无疑问那是近期拍的；霍丽更短更清爽的发型是最好的证据。他翻看下一张照片。他们俩漫步在一条羊肠小道上……手牵着手！第三张……

温德尔从他手中一把抢走文件夹。

“没必要看下去了。”

泰德双手打开停在空中，仿佛仍然抓着文件夹，无法做出反应。

“这下你信了吧？根本没有什么组织；一切都非常简单。林奇骗了你，他想诬赖你杀死我顺便把你除掉。我们会对付林奇的。但不是现在。”

泰德什么也没说。温德尔晃动他让他回到现实。

“听我说。你往那个方向走。穿过树林就可以走到大路上。有点远，但是我不希望那家伙看见你。你知道他叫什么吗？”

“罗杰，”泰德咕哝道，“我想是罗杰吧。”

“好。我会对付我们的朋友罗杰的。”温德尔拿出武器。

泰德双目圆睁。

“你要对他做什么？”

“他在我的地盘上。”温德尔露出一丝微笑，“你别担心，不会吓他一大跳的。我晚些打给你。”

泰德向树林走去。他从肩头回望温德尔离去。他意识到温德尔跟他说会打电话给他，可他根本没有给过他号码，想到这他忍不住笑起来。冥冥中他觉得那不是个问题。

六

小厅里，原先的玻璃门被一堵木墙取而代之。尽管泰德从里面只能看到一扇小窗户，但是他知道从外面看墙壁是粉色的，上面画着迪士尼公主们。

他几乎是在摸索着前进。现在是晚上，他在从小窗处漏进来的光线指引下前行，耳边只能听见花园中海浪那催眠曲般的翻涌声。他来到窗前，弯下腰透过窗户望出去，就像在温德尔家时那样。

海洋用泡沫状的舌头舔舐着花园的斜坡。广阔水面上的白色浪花在蓝色月光下闪闪发光。泰德从小窗中伸出手臂不断摇晃，直到运动感应装置被激活，那盏唯一的街灯照亮门廊。没有负鼠和霍丽的影踪。然而，烧烤架旁边装着国际象棋的木盒还在那里。

泰德尽可能远地伸展手臂，可当他试图抓住盒子时，却刚好事与愿违地把它推远了几厘米。他跪在地上，调整好姿势，将肩膀挤入窗口，直至窗框卡住他的脖子和肋骨；他再次尝试伸手够木盒，由于面孔挤在墙壁上他只能盲目地摸索，眼前只有屋内的一片漆黑。手指碰触到盖子的一角，他赶紧用指尖勾住，总算把盒子拉近了些。他都没有停下来想想为什么自己对棋盒那么感兴趣，但是他觉得自己必须把它打开。盒子理应靠近些，然而他的指腹似乎每次都只能触碰到同一个部位。他的脑中产生诡异的错觉，似乎盒子正在无垠的海面上漂流，渐渐远去。每次碰到盒子时，他都想象着自己的手臂是可以无限延长的弹性肢体，它从城堡的小窗伸出去直至盒子那里。可无论他多么努力，无论他怎样伸展手臂，盒子总会再次远离，让他几乎够不着。

他一次次像个疯狂的游泳运动员一样激动地挥动手臂乱抓一气，他的手指变成利爪，一次次抠到木盒边角却又让它从手边溜走。他感到无能为力，窗户继续对他酸痛的身体施加压力，他的脸颊已经开始麻木。

他灰心丧气，任由手臂垂落，肢体立刻恢复了正常的长度。他让自己挂在窗户上休息片刻，手臂垂在墙外，身体靠在墙内，喘着粗气。他再一次探出头去，棋盒还在烧烤架旁边，没有移动过位置，盒盖也完好无损。

泰德听到一阵声响，他抬起头。海面上浮起一个昏暗的块状物，是一块滴着水的壳子，泰德马上认出那是汽车顶棚：是他小时候父亲的那辆红色野马。车尾慢慢浮出水面，尽管破旧的躯壳覆满海草，但仍可辨识。车身浮到一半停在那里。这时，后备厢仿佛被施了魔法一样自动打开，泰德的内脏都吓得一抽。他不想看到里面藏着的东西。

罗杰从房子的一侧走到车旁。他的手臂伸向野马的后备厢，仿佛在邀请谁与他共舞，一只手从里面伸出来握住他的手。霍丽从后备厢里艰难地爬出来。那很合理，因为她少了一条腿。她穿着泰德最喜爱的比基尼，跟贴在冰箱上的照片里一样，只不过那红色看起来有些黯淡。她的皮肤苍白而松软，干枯的面庞已经失去人类的所有生气。有可能她即便拥有消失的肢体也无法正常移动。罗杰牵引着她。

他们走到门廊这里，有些艰难地爬上楼梯。就在此时霍丽仿佛意识到了眼前的粉色墙壁。在目光扫过每一位公主时她的脸上逐渐展露出温暖的笑容。但当她的目光转移到窗口并与泰德目光相对时，幸福感瞬间消失。她用责难的眼神凝视着他，目光中充满怨怼，这让他产生把头缩回屋里去的冲动，当然他不配做那样的决定。霍丽用意味深长的眼神惩罚他，然后走向烧烤架的位置，她的每个动作都需要依靠罗杰，而他似乎对泰德丝毫没有兴趣，只是认真地完成自己的陪伴任务。

霍丽向罗杰指了指棋盒。他弯下腰，用双手小心翼翼地捧起它。他庄重地把棋盒递给霍丽，后者将其拥入怀中，仿佛抱着一个新生儿。她非常小心地用力抱紧棋盒，同时抛给泰德一个警告的眼神：*盒子是我的！*她转过身缓慢地走着，罗杰关切的目光一刻也不曾离开她。泰德看到她瘦骨嶙峋的憔悴身躯时心中一阵绞痛，那跟他记忆中润滑细腻的胴体毫无相似之处。

霍丽和罗杰回到海里，她再次钻进野马的后备厢，车还在同一个地方，像一头张开下颌的怪物罐头。后备厢盖上前，霍丽最后一次回过身望向泰德，面无表情。

泰德只能把身体躲进城堡里。他只能醒过来。

七

“在小姑娘们的城堡里？”劳拉惊讶地问道。

“是的。”泰德说道，他讶异于引起治疗师注意的竟是这个细节，“就梦到这些，我也不清楚为什么，大概是城堡引起了我的关注，我想到自己的女儿们会多么想拥有那样一座城堡啊。温德尔出现后，让我跟他一起进去。为什么你会在意这个细节？”

劳拉莞尔一笑。

“我不知道。我想他在没有弄明白你在那里做什么之前不会让你进入他的房子吧。”

“当然。”

“你可以给我描述一下那座城堡吗？”

泰德皱起额头。

“这重要吗？”

“我很好奇你为何一开始会去靠近城堡。因为你跟我说它在比较远的角落里。”

“是的。约摸五十多米。与森林的交界处有一个游戏区。我注意到城堡的原因是：粉色的墙壁上画着迪士尼公主，一个挨一个环绕整座城堡站着。四个角落各有一座塔台，屋顶是尖的，窗户上有飞檐，各种细节都很别致。”

“你刚跟我说你的女儿们可能会希望拥有那样一座城堡，所以你才会走近观察。你为什么会觉得她们不曾有过类似的东西？”

“呃，我的女儿们拥有过很多东西。我没觉得有什么不好。”

“但没有过那样的城堡。为什么？”

通常问诊的过程不会朝那种方向发展。泰德有点迷糊了。

“让我换个方式问你，”劳拉说，“你的生活品质不错，我确信你给辛迪和娜丁买过各式各样的玩具。然而，当你看到如此美丽的城堡时，你想到的是她们未曾拥有过那样的宝贝。”

“我不明白为什么这一点很重要。很简单，当我看到城堡时，我想到了她们……我想她们，我认为走过去让我感觉自己离她们更近，想象着她们如果看到城堡会说什么之类的。我想这个解释很合理。”

劳拉沉默不语。

“我不知道，劳拉。我以为我们会聊别的东西，比如林奇和霍丽。”泰德摇头表示不解，“我需要你帮助我理清思路。”

“是的，你说得对。我们谈谈那个吧。”劳拉露出一个灿烂的微笑，“这么说温德尔告诉你组织什么的只不过是他和林奇在大学期间的疯狂想法，而随着时间的推移二人的关系越来越疏远。”

“是的。很显然林奇试图用什么把柄威胁他，我不知道具体什么把柄，温德尔转而暗中调查他，发现了霍丽的秘密。”

“你相信他的话？根据你跟我谈及的情况，温德尔并不是个可信的人。”

“并不需要我相信他。我们从城堡里出来时他带我去看了照片。铁证如山。”

“他让你进入他的房子了？”

“不。照片在车上。”

劳拉保持沉默。终于她开口问道：

“你对此做何感想，泰德？”

“我并不生气，如果你是指这个。我们的婚姻触礁，责任在我。昨晚我又梦到了她。”

接下来的几分钟内泰德描述了他梦到的屋后门廊的场景。当他提到粉色城堡时劳拉马上有了兴趣；眼中闪烁的光芒明显表示她知道自己的论断是有道理的。那座城堡有着独特的重要性。泰德唯一秘而不宣的细节是陪伴霍丽从海里走出来的那个男人。他没有准备好提及罗杰。暂时还没有。

“棋盒的出现很有趣，”劳拉说，“那是与你的过去密切相关的事物。你说霍丽捡起了盒子，很有戒心而且妒忌地看着你。”

“是的。那感觉非常糟糕。”

“确切地描述一下你的感受是什么。”

“就好像棋盒本来是她的，而她发现我故意把它夺走。霍丽从未见过那盒子；我也好多年没有见过它了。但是的确，我认为那代表着我的过去，某个时期的我自己，霍丽对于一个代表我自己的东西感到很妒忌，这对我而言很重要，即便那只是一场梦。我恐怕如今的现实与之截然不同。”

他过度沉浸于交谈中，直到那一刻都还没看过一眼诊室。天空晴朗无云，上午的阳光恣意地射进来；透过方形窗户进入的光线占据了房间大部分空间。劳拉那天没有拉上窗帘。泰德定定地看着窗户，玻璃上反射的强光令他目眩。当移开视线时，他看到劳拉的脸上有一个黑色的方斑，然后慢慢消融。

“然后呢？你刚才打算跟我说棋盒。”

泰德点点头。

“棋盒原本属于我的爷爷埃瓦尔德。那是一个这么大的长方形盒子。”泰德用手比划着尺寸，仿佛盒子就摆在膝上，“材质是非常细腻、深色、有光泽的木头，每一面都有半副棋盘。像书那样翻开它，两面并拢后便可形成完整的棋盘。”

泰德像做美梦般吐露着记忆深处的每一个细节。

“棋子摆在里面，”他继续道，“每个棋子都有自己的格子，用天鹅绒隔断，格子的大小刚刚好，可确保棋子不受任何压力。我记得其中一个隔间因为某种原因有些膨胀了。里面放的是一枚白兵。我知道应该以某种特定的方式打开盒子，以便让盛放白子的那面落在下方。那枚兵是我从格子里取出的第一枚棋子：右侧第二枚。”

“你跟我谈论国际象棋时脸上总会闪烁光芒。”

“是的，我想那是因为我把它与我早期的童年联系在了一起，那时我很快乐。米勒死的时候我就彻底放弃下棋了，家里的生活像地狱一般，我母亲的病越来越重，而我的父亲一直虐待她。他搬去跟情人同居，剩下我一个人跟母亲住，她的病就在那时开始恶化。我在最艰难的年纪孑然一身。变故太残忍。”

“你父亲从此弃你不管？”

“差不多是这样。起初他试图来看我，被我拒绝了。那时我正在叛逆的青春期，跟所有人置气。最糟糕的是家里还有一位根本不在乎我是否生气的母亲。她生活在自己的世界里。出于种种原因，我母亲也变得叛逆；她总是认为我父亲的不忠令她失去战斗力，使得疾病赢得胜利，掌控了她的生活。那些年太可怕了。后来不得不把她送进医院。”

泰德顿了顿，露出谜一般的微笑。

“你很擅长你的工作，劳拉，”他语气友善地说，“你知道解哪颗纽扣能够让一个人脱掉衣服。”

她也笑起来。

“那些年棋盒怎样了？”

“我知道起初它被收在家里的某个角落。我记得有一次我从学校回家的路上发现一堆杂物，棋盒就在当中。里面有些东西还有用处，但是我母亲突发奇想要扔掉它们。她经常那么做，她说那些东西里面寄生着昆虫什么的。我拿回棋盒藏在卧室里某个不会被她发现的地方。她后来肯定还是找出来了，因为后来我再也没见过它。”

“你跟我说你母亲被送进了医院。”

“是的。快满十八岁时我终于找到了生活的平衡。我放弃了愤世嫉俗、满腹牢骚的坏小子角色，进入大学。远离家庭让我得以摆脱那些不顺遂的时光，我因为成绩优异而脱颖而出，甚至跟母亲和平相处。在医院里见她感觉完全不同；她在那里被监控起来，按时服药得到保障。”

“你记得自己曾在过去梦到过棋盒吗？”

“不，老实说我从未梦到过。另外，最近那情景已经不是第一次出现在我梦里了，或者说几乎不是。我想我家门廊里肯定发生过什么，一些我想不起来的事情。”

泰德的语气透着神秘。他并不只是在讲述梦境，还有更深层次的东西。

“你为什么会这么想？”

“我的记忆里有一处空白，劳拉。仿佛我的脑子用了许多重复的记忆或者说现实的片断填补进去，我不知道。”泰德双手撑住脑袋，他感到很无助，“我家门廊里发生过某些事，我想跟温德尔有关。我肯定去过他家。我需要……”

“冷静下来，泰德。我会帮你整理记忆的。”

泰德呆若木鸡。他抬起目光，用不可思议的神情看着劳拉。

“我说什么了？”

“整理，”泰德重复道，“那正是我的感受。你觉不觉得肿瘤……”

劳拉看了看手表。

“我想今天就到这里吧。”

八

泰德在广阔的停车场里等待温德尔。四十年前那里有一家赫赫有名的打字机工厂，可现在剩下的只有一栋被遗弃的大楼。

“你在这里做什么？”温德尔看到他时倏地停住。

泰德耸了耸肩膀。

“我需要和你谈谈。”

“你怎么找到我的？”

“你是这里的主人，对吧？”

的确如此，温德尔通过代理人买下这家工厂。他在四周垒起几米高的围墙，上面布满带刺的铁丝网，正门上了几把锁。厂房四周空无一物，然而停车场里却有破碎的酒瓶，墙上还有涂鸦。

“你在这里做什么，泰德?”温德尔无奈地问道。他站在车门旁。

“我刚才说过了。我需要和你谈谈。”

温德尔向四周张望。

“你跟穿长袍的那个人一起来的?”

“我自己一个人来的。”

温德尔点点头，走到大楼的一个转角处。

“跟我来。”

犹豫了几秒钟后，泰德跟上了他。绕过转角后他看到温德尔面对着一扇金属门，他略微弯腰，手里还拿着串有二十多把钥匙的钥匙链。他用其中一把钥匙尝试开门，没成功，于是轻轻地踢了金属门一脚并低声咒骂，这个动作让泰德想起自己的父亲，孩童时期父亲总是对谷仓大门做这个动作。终于，温德尔找对钥匙并打开门走了进去，让门敞着。泰德走近一些，一开始他只能看见一片矩形的黑影，几乎无法辨识温德尔的面孔。当眼睛适应了昏暗的光线后，他发现那是一个工具间，比卫生间大不了多少。里面摆着一个堆满杂物的工作台，周围的架子上摆放着玻璃瓶、油漆罐和布满灰尘的物品。就算不进去泰德也闻得到空气中混杂着密闭房间和溶剂的气味，他不禁皱起鼻子。温德尔打开了唯一的灯。

“进来。”他命令道。

这家伙怎么回事？为什么总喜欢在古怪而逼仄的地方谈事情？这个小房间里几乎没有落脚的空间！

“你要关上门吗？”

作为回应，温德尔伸手抓住门把手。自然光形成的矩形被压缩至完全消失。发黑的灯泡需要几秒钟才能重新照亮小房间。

溶剂的刺鼻气味加上室内闷热的空气让人感觉非常不适。温德尔穿着一件皮夹克，他应该感觉自己像在受炮烙之刑吧。

“你想知道什么，泰德？”他几乎没有动嘴唇，面孔就像石头雕像。

二人相距半米。泰德靠在其中一个架子上，他担心自己会休克。

“那我就开门见山吧。我知道你骗了我，我想知道原因。昨天在你家里你装作不认识我。但其实我们早就认识了。”

“啊，是吗？在哪里？”

“你知道我无法回答。你装作不认识我是因为你知道自己可以侥幸过关。”

“很遗憾我不得不说你搞错了。”

“我没搞错。”泰德笃定地说。事实上他并没有确切的证据反驳温德尔，但是如果想要试探他，就必须步步紧逼。有时候，在国际象棋的博弈中，当你部署进攻时，你并不十分清楚是会成功还是会自取灭亡，但重要的是你的敌人并不清楚这一点。“我的记忆已经开始恢复了。”

温德尔脸色大变。内心的不确定出卖了他。

“他听到你了……”温德尔往后退了一步，撞在一个不怎么牢固的架子上。上面的物品摇摇晃晃但并没有掉下来。

“我知道自己之前去过你家。”泰德试探道。

温德尔的表情依旧满怀期待。

“我也知道我家门廊里发生过什么。”他继续道。

这下他的反应非常明显：面露不快，嘴唇噘起，鼻孔张开。片刻后，他做出激烈的反应：一拳捶在工作台上。

“妈的，泰德！你把一切都搅乱了。”

“够了，温德尔，不要再耍花样了。我跟你说实话吧，我的脑子里有一片空白，好像有些事情被打乱了。”

温德尔摇头否认。

“谁告诉你的？希尔医生？”

这下轮到泰德无比讶异了。

“你认识她？”

“拜托，泰德，我们就这样算了可以吗？你最好打开那扇门就此离开。相信我这是你最好的选择。这段时间我都在保护你。”

他们看着对方，沉默良久。

“你想知道我的看法吗？”泰德声音颤抖。

温德尔摊开双手望向天花板，仿佛拒绝没有任何意义。

“我认为组织的确存在，”他继续道，“我也曾是其中一员。我想很久以前林奇招募了我，那时我还年轻……”

“别再提什么狗屁组织了！”温德尔的叫声在小房间里回荡，“我跟你说了，那只是林奇在大学期间为创意写作课的一篇愚蠢故事虚构的点子。跟我们一点关系也没有。”

泰德打量着其中一面墙壁，上面有一块摆放工具的面板。他随手抄起任何一个工具都可以威胁温德尔并逼他说出知道的一切。

“你想用螺丝刀捅我的脖子？”

泰德哼了一声。

“把你知道的一切都告诉我。不要再耍花样了。告诉我你所谓的保护我指的是什么。”

温德尔无奈地摇了摇头。

“我看出来你是不会放弃的了。如果你打算那样做就不会来这里了。”温德尔顿了顿，“你还记得昨天在我家出现的那个家伙吗？”

“罗杰。”

“他们正密切监视着你，泰德，他和那位医生劳拉·希尔，你居然愚钝到对她知无不言。但我也不怪你，是他们故意骗你入局。”

“等一下。我彻底糊涂了。他们是谁？你怎么会认识劳拉？”

“劳拉·希尔和卡米切尔在明处。”

“卡米切尔？”

“没错。听着，泰德，你的失忆症或者你身上发生的任何事情对你而言都是一种福气。你说得没错，我们的确认识，你来过我家无数次。林奇也是。一切本来还算顺利，直到蠢蛋林奇跟霍丽搞在一起。问题就是从那时开始出现的。”

温德尔用拇指向身后指了指。泰德太过关注他讲述的内容，所以并未给予这个动作足够的重视。

"我们和林奇做了什么？"

"跟那个愚蠢的组织没有丝毫关系，你不要再抱着这个执念。那可怜的家伙曾经有过各种愚蠢的想法，相信我……跟你妻子的纠葛只是其中一桩。"

"你刚说他*曾经有*。"

"对我而言林奇已经死了。"

泰德点点头。

"听我说，泰德，你的脑袋里有些信息，"温德尔微微向前倾，用食指点了点泰德的额头，"让你受到了牵连。我不否认，也让我受到了牵连。原本是安全的，没有什么值得担心。但是后来霍丽背叛了你，跟林奇在一起了，你知道了此事……这让你……呃，有些精神错乱。"

泰德决定继续跟他玩下去。

"某个时刻我觉得自己曾经想过自杀，"泰德说，"但并不是因为霍丽出轨。我脑子里长了一颗肿瘤，温德尔。你所说的精神错乱……是因为他妈的一颗肿瘤。"

如果温德尔听到肿瘤感到很震惊，那么他完全没有将其表露出来。

"劳拉·希尔在你脑中寻找那段信息，"温德尔低声说道，"她的每一轮问诊都在试图这么做。他们担心你自己有所觉察，因此一直在监视你。"

"那你为什么不告诉我？！如果那则信息真的能够保护我不被他们伤害，那样做不是最合理的吗？"

"我没说过我知道那是什么信息。"

两人互相凝视着。最终，温德尔开口说道：

"这样最好，泰德。听我一句忠告：不要跟劳拉·希尔交谈，一刻也不要相信她。你知道一旦她认为你怀疑她会怎么做吗？她会把你关进薰衣草纪念医院，跟那些彻底的疯子关在一起。她有权这样做，我向你保证。你尾随我至此实在是危险。你可能已经过分越界了。”

“你怎么会这么了解她？”

“因为你脑中藏着的那个秘密，泰德，也可能毁掉我和林奇。我们已经尽量避免走到今天这步田地。我们失败了。”

泰德敲了敲脑门。头疼是真实存在的，他思索着。他本打算说些什么，清晰的刹车声打断了他。困惑的眼神表明二人均没有想到会有人出现。温德尔把门打开几厘米，强烈的光线瞬间充盈了整个房间。他们走出去，手臂遮在面前保护眼睛，但是温德尔并没有往前走，前方有至少三扇车门正几乎同时被关上。几米外有一个活动盖板，那是从外部通往地下室的入口。如果来访者决定不进入建筑物而是绕行的话，将会看见他们就站在活动盖板旁边。然而，这种情况并没有发生，他们用了不到一分钟时间便爬下了一段摇摇晃晃的梯子，并再次陷入一片黑暗中。

九

地下室是一片打字机的坟墓，有些打字机暴露在桌子上或架子上，虽然完好无损却覆满灰尘和蛛网，另一些则已经有不同程度的损坏。此外还有车床、吊梁和其他旧机器。墙壁上部的狭长窗户实在太脏了，光线几乎透不进来。

他们摸索着在杂物迷宫里前进，时不时被地上的东西绊个踉跄，一边还得拨开沿途的蜘蛛网，并被灰尘刺激得打喷嚏。泰德对温德尔的责备充耳不闻，他爬到一张靠在墙边的桌子上，想要够到其中一扇窗户。他用袖子使劲擦拭窗玻璃，很快就看到另一侧有两个人影正并排走向大楼。他们都穿着长袍，至少可以看出领队的那个男人皮肤黝黑。

“是罗杰！”他小声说道。

“我刚说什么来着！”温德尔扯住他的手臂，“从那里下来，不要再探头了。”

在这片空气浓稠、地面肮脏且积满古怪杂物的“未来之城”里不知前行了多久，他们走到一截木梯前。

温德尔率先爬上去。他快速找出正确的钥匙并打开门，但在跨出门槛前，他转过身，伸手拦住泰德。

“你最好待在这里。我先去后面解决一件事情，然后再对付你的朋友们。”

泰德想起了温德尔在工具间里的那个手势，提到林奇时他指了指工厂内部。

“你不要再探头了。”温德尔提醒道，随后便走出去并关上门。

泰德听见门闩的声音。他懒得去尝试拉门把手或者尖叫着让温德尔放他出去，而是转身缓缓走下楼梯，并紧紧抓住扶手。有什么东西引起他的注意，他停了下来。

地下室角落里的一堆垃圾突然坍塌，金属件与水泥地面的撞击声震耳欲聋。泰德没看错：有东西在阴影里移动。

他走下剩余的几级台阶，目光没有从发生坍塌的地方离开过。他来到楼梯底部，向前迈出几步，他担心着即将发生的事情，他知道那件事随时有可能发生。他走到一台古老的车床旁，不敢探头去看后面躲着什么；他惊恐而无奈地等待着，直到不可避免的事情来临……负鼠从机器一侧探出它尖尖的脑袋，嗅了嗅空气，打了个哈欠，拖着自己壮硕的身体爬向泰德。

一对鼠目在地下室里四处张望着，长长的尾巴蜿蜒在身后。

泰德赶忙往后退，接着撞在了刚才踩着以便向外窥视的桌子上。他爬了上去。负鼠从下面望着他，心平气和。

什么？

泰德转过身。透过玻璃他看见罗杰和另一个男子并不在刚才的地方，已经离他非常近了。就在这时，他清楚地看到温德尔与他们会合，和他们握手并简单地交谈着。温德尔指着大楼做了个手势。

罗杰和同伴点点头。

泰德弯下身子。他坐在桌子上，双腿压在胸前，抱住自己的脑袋，用尽全力怒吼。负鼠换了个舒服的姿势继续热切地看着他，他再也忍受不下去了。他闭上双眼。

他看到自己的书房。感受到勃朗宁的重量。外面有敲门声。

他睁开双眼。

依旧是笼罩在阴影中的地下室。还有那只负鼠。

他把手伸向裤兜。他取出马蹄铁仔细观察，用双手紧紧握住它。

门打开了。罗杰在另一名护士的协助下走进来。他手中拿着一支注射器。负鼠挪开身体给他让路。

第三章

一

被称作薰衣草纪念医院的精神病医院位于波士顿，在其辅楼的现代化C馆里收治着四十名极具危险性的病人。泰德·麦凯坐在轮椅上被推往那里，他的脖子微微倾斜，嘴角悬挂着口水。护士长罗杰·康诺斯推着轮椅，由最信任的一名手下为其开路，这位神情严肃的年轻人名叫亚历克斯·麦克马纳斯。病房位于东翼，需要通过一道关卡才能到达。该区负责安检的警卫看到他们靠近时扬起眉毛，高举手臂示意他们止步。

“那是谁？”

“西奥多·麦凯[1]。”罗杰回答。

警卫把手中的报纸放在桌上，扫了一眼面前的监控录像显示器，这是离开监控室之前的常规动作。他走过去，透过栏杆打量他们。

“我没有收到任何入院通知，罗杰。”他语气略显不安。他在医院工作还不到一年，通常都是严格按制度流程办事。

“希尔医生正在与马库斯沟通。”

马库斯·格兰特是C馆主任。

警卫不知该如何回答。他上白班时很少收治病人，而且每次都提前数日接到通知。

“没有入院通知我不能让你们进去。抱歉。”

“我们在这里等着。”

警卫点点头，对眼前的情况依然感到不安，他仔细观察泰德，病人的头歪向一侧，眼皮低垂，挂在下巴上的口水足有五厘米长。他穿着规定的灰色病号服，手脚都被固定住。有短暂的瞬间他的瞳孔似乎微微聚焦，但体内注射的镇静剂显然会令他接下来的几个小时继续恍惚。

“这家伙什么情况？”他问道。

那个馆里关着的好几个病人都曾经是杀人犯、强奸犯或者双重案犯，有些人甚至在媒体上名噪一时。警卫对西奥多·麦凯这个名字没有任何印象。

“能否至少先让我们把他带去房间里？”麦克马纳斯显然有些不爽。这是他第一次开口。罗杰依旧紧紧地抓着轮椅，同时回过头不满地瞪了他一眼。

“他是希尔医生的病人。”罗杰仅仅这样解释了一句。

“那个东西必须留在外面。”警卫指着泰德双手紧握的马蹄铁说。

“我们回头再说。”

① 西奥多（Theodore）是泰德（Ted）的名字全称。

二

马库斯·格兰特是C馆的主任，五十岁，很可能有一天会成为院长；因此他每天废寝忘食地工作。他至今单身，没有子嗣（而且各种迹象表明他将来也不会有），成为薰衣草纪念医院的最高领袖已变成他唯一的精神支柱。他还没有完全放弃认识一个值得与之共度一生的女人，但何必自欺欺人呢，那种事情离他越来越远了。有时候他宁愿放弃希望，把精力放在日常工作上……但有时又觉得无比空虚。某个环节出了错，也许是他自己，又或许只是他运气不佳，很有可能两种情况同时存在。他跟错误的女人维持过艰难的关系；当知道他们没有未来时，他费了好大力气才与那些女人彻底决裂。举个简单的例子，就说说他现在和卡门的关系，那女人比他小一岁，离异，有两个二十多岁的孩子在外地上大学。卡门开朗、活泼、精神自由。成熟、空巢、房子没有抵押贷款以及轻松的理发师工作，所有这一切和其他某些因素使她成为一个非常单纯的女性，她准备好享受每一刻，体验每一刻。但是除了性爱和屈指可数的轻松时刻，马库斯并没有对她真正产生过兴趣。他们之间没有深层次的关联；卡门是个肤浅的女人，没有任何野心，最糟糕的是她不理解工作在马库斯生活中的地位。*亲爱的，你工作太辛苦了，你应该像我在理发店那样，我已经学会安排自己的工作和生活，我甚至还有富余的时间。*马库斯有过类似的经历：一段没有未来的关系。又一次。有时候很容易就知道一段关系有没有未来。跟卡门的关系，他早就知道没有未来。

“我可以进来吗？”劳拉·希尔从门框处探头进来问。

马库斯从他自己的不幸中迅速抽离，脸上立即绽出笑容。

“真是稀客啊！快进来。”

马库斯站起身来绕过办公桌。他本打算亲吻劳拉的脸颊问候她，但是她站立的姿势令他只能推把椅子给她坐。那一刻并不算十分尴尬——马库斯一直都很绅士——但是她的信号非常明确。

“你吃过午饭了吗？”劳拉问道。

马库斯正要坐回自己的椅子上。

“还没有，”他略有期待地回答，“你想和我一起出去吃？”

“不。我不打算吃午饭了。我必须告诉你那件事不能耽搁。”

马库斯点点头，感到有些沮丧。跟劳拉的关系总是那样。她每次伸出胡萝卜又马上收回；她可以连续重复上百次，而马库斯次次都会掉入陷阱里。也许是他总在幻想那是胡萝卜吧。

最近他们之间的关系更加紧张。马库斯对劳拉的好感是显而易见的，尽管他从未直接表白过。她的感受似乎并不相同。当与卡门的恋情告吹时，马库斯开始巧妙地接近劳拉，并散播与卡门感情不和的信息，终于有一天劳拉开始向他释放（胡萝卜）信号：一个微笑，臀部的摩擦，落在背上的手比预期的停留得更久……有两三次他想更进一步，邀请她出去共进晚餐或在医院以外的地方约会，但她总是一次次推脱，尽管从未断然拒绝。马库斯甚至揣测劳拉的态度是因为想彻彻底底忘记前夫。*一颗钉子拔另一颗钉子*。马库斯不想获得安慰奖，但他似乎坚信她表现出来的令人着迷却又令他不知所措的娇媚是在告诉他让他再等等。

一定是这样。

还有另一个问题马库斯选择回避，那就是劳拉从二人良好的关系中获益良多。她在医院里进步很快，马库斯不止一次在院长马克米尔斯医生面前为她说好话。

劳拉目光坚定地看着他。

“我有个不情之请，马库斯。”

他心中一惊。她之前也请他帮过忙，但从未使用过不情之请这种字眼。

“只要在我能力范围之内……”

“我需要C馆收治我的一位病人。”她直截了当地说。

马库斯松了口气。

“那不是个问题。我们还有五间空病房。我马上把文件发送给莎拉以便……”

“我现在就要。”

劳拉的目光放射出美杜莎眼神般的威严，死死地盯着他。

“现在是什么意思？”

接收新病人的内部流程需要几天时间。马库斯可以加快完成他那部分流程，但即便如此……

“我的护士长现在就在馆内，和病人在一起。我需要你马上授权收治。”

你要想想清楚啊，马库斯。千万不要给出错误答复啊。

否则她会让你石化……

“劳拉，你疯了吗？他们怎么现在就去那里？”

“在前厅。你的警卫没有让他们进来，尽管他们说了那是我的病人。”

“当然不会让他们进来！”马库斯站起身来，“我真不敢相信。他们出现在那里已经陷我于不义了。我求你现在就让他们从我的馆里离开。”

马库斯走到房间里唯一的那扇窗户旁，办公室在二楼，他可以看到整栋馆的庭院，那里空无一人，除非有人在按规定清扫落叶。他揉了揉额头。他不想转过去，因为他知道一旦这么做就等于让步了，而她的疯狂请求有可能会毁掉他的事业。他仔细听着劳拉如何从椅子上站起来。他期待开门的声音，但并没有听到。他等到的是她香水的甜腻气味，接着是她紧紧贴在他耳边呢喃的声音。

“看着我，马库斯，拜托……听我跟你解释。”

他转过身。

那种深邃的眼神和她指尖在马库斯手心的轻柔碰触再次出现，拇指摩挲的幅度让人难以察觉。

“我知道我在求你什么，”劳拉低声地说，“若不是我认为你是我唯一的希望，我不会来求你的。”

她在说什么？

马库斯抽身躲开。劳拉的碰触、她身上的香水味和她具有穿透力的目光让他感到混乱并变得顺从，他的大脑已经无法维持正常运转。

“劳拉，拜托你。”他边说边走向办公室另一端，试图寻求办公桌的庇护。她的目光紧紧跟随，神情黯淡，似乎在强迫马库斯回到她身边并安慰她。她的面部表情瞬间从娇媚转为无助。

“你不信任我，这让我很受伤。”

“我当然信任你！你至少得告诉我那个病人是谁。为什么你需要如此突然地收治他？”

“他是个很特殊的病人。”

“我不明白。他是你的熟人？”

“不。”劳拉回到她的座位上，“我暂时还不能跟你谈论这个病人。说来话长，我跟你说过罗杰已经带他来到C馆。他需要马上入院接受治疗。如果我不这么做，他随时可能崩溃。”

“天哪，劳拉。”马库斯也坐下来。他双肘撑在办公桌上，用手抓住头并紧闭双眼，内心一次次挣扎拒绝。

但当他抬起目光时，他惊讶地看到劳拉脸上转瞬即逝的一丝微笑。

“什么事这么有趣，劳拉？”

“你刚才的手势……那不重要，我自己想笑罢了。”

“跟你的病人一样。”

“的确如此。”

马库斯开始强化自己的信念。他没必要屈服于劳拉的手段。如果她敢向他提出这样无理的请求，那是因为他曾经容忍她获得本不属于她的权利。接下来又会怎样呢？

“如果你的病人不能待在公共馆，我没有理由怀疑你的职业判断，我相信莎拉也会理解的。我们现在就跟她谈谈，一起跟她解释。我给你最大的支持，但仅限于此。”

劳拉沉默片刻，判断着眼下的局面。

“没有医学委员会的评估莎拉不会批准将病人收入C馆的。你很清楚这一点。”

“我不知道该对你说什么。我也没有这个权力。”

劳拉再次站起来。她走到马库斯旁边，身体靠在办公桌上。从那里她可以一边透过窗户看到外面一边直视他。

“我告诉你怎么做。”她语气严肃，“你把签了你的名字的入院表交给我，我来填写完整并亲自带去C馆。如果有人发现，我会说那是从你办公室里偷出来的。”

马库斯瞠目结舌。

“你为什么要这么做？”

“你知道我的工作方式，马库斯。我根本不在乎官僚的流程，也没打算在这个狗屁医院里发展事业。对我而言病人比什么都重要。这个病人尤为重要。如果我今天不把他收入C馆我就功亏一篑了，我不允许这种事情发生。”

“如果他一定要进入我的场馆，我需要你跟我谈谈这个人。”

“我会的。给我几个小时，我会告诉你想知道的一切。”

“你打算什么时候跟莎拉说？”

“可以的时候我自会说。入院表在哪里？”

他们一起离开办公室。马库斯的秘书正在吃午饭，他们很幸运。

“在这里，”他从档案夹里取出一份文件递给她，“你看到我从哪里取出来的了。”

她点点头。她把表格放在桌子上。

“我需要你在上面签字，马库斯。”

“什么？！你刚刚说过会模仿我的笔迹签字。”

“不，我后面解释文件来源时会这样撒谎。现在我需要下面的人毫不怀疑。我不能一开始就模仿你的笔迹。你像往常那样签就好了。”

马库斯再一次掉入陷阱。

“鉴定师可能……”

“马库斯，我跟你说过我会说那是我模仿的！为什么你总是那么婆婆妈妈？我在请你帮忙，真正危险的是我屁股下面的位子，是我在冒生命危险做这一切。你在工作中总是畏首畏尾，你已经变成一个十足的官僚派。”

哎哟。

“我马上签。”马库斯从他秘书的办公桌上抓起一支圆珠笔。

他把文件递给她，上面有他的亲笔签名。

“我就知道你靠谱。”劳拉挤出一丝微笑。她走过去，二人的脸颊相距不到二十厘米。她要亲吻他了吗？她的瞳孔快速转动，审视着他的脸庞。

她没有吻他。

三

劳拉·希尔把表格交给警卫，没有多做停留。那男人开始嘟哝着她应该先把表格送去行政办公室，但话还没说完她便回答说稍后会送去的，眼下最重要的是把病人送到他的房间。警卫噤声不语。

劳拉、罗杰和护士麦克马纳斯一起向病房走去，他们还要通过两道安检和公共活动室，里面有几个病人饶有兴趣地看着他们。他们在里面碰到了C馆的护士长罗伯特·斯科特，罗杰和他私交甚好。他很官方地跟他们打招呼，随即告诉他们房间已经准备妥当；究竟怎么回事他心知肚明，不会向他们提任何问题。至于他自己嘛，如果希尔医生和格兰特医生已经达成共识绕过某些规章，他会选择袖手旁观。

病房非常现代化，一面是玻璃墙。房门可以通过遥控打开或者通过密码进行控制。斯科特把名卡插入槽内，输入密码，门轻轻地滑开。劳拉把轮椅推进去；罗杰和麦克马纳斯抓住泰德的腋下让他坐到床上。马蹄铁从膝上滑落，在瓷砖地板上啪啪弹跳数次。劳拉弯腰捡起马蹄铁，盯着它沉思片刻后放回泰德手中。镇静剂的作用开始减弱，他可以弯曲手指抓住那金属物件的一端。

“你们让我跟他单独待一会儿。”

两个男人不安地互相看着对方，最终点头同意。泰德的手脚都被绑住，手指几乎无法动弹。

罗杰和麦克马纳斯在走廊里跟斯科特碰头。后者紧紧地盯着病房。如果那位女医生发生什么状况就该他承担责任了，事实上他对那家伙毫不了解，他有可能在伪装自己，企图伺机掐死那女人。馆里有些病人会做出这种事情，如若给他们提供丝毫可乘之机，那就更不必说了。

在玻璃墙另一侧，劳拉靠近泰德。

“我们明天再聊，”她说，“你试着休息一下，你待在这里会很舒服。”

泰德的眼皮继续低垂，目光散漫。当劳拉转身离开时，他稍稍抬起眼睛目送她离开病房。

麦克马纳斯晚些回到这里，跟另外一名护士一起帮他换上新的灰色病号服。泰德任由自己的身体侧着卧倒。病床还算舒适。

夜里他多次醒来，意识模糊。从床上他可以隐约看到昏暗的走廊和对面的房间，房间里有一个约摸五十岁的男人正面带厌恶地盯着他。

四

“喂！他妈的有人吗？”

泰德再次拼命地拍打玻璃墙。这让他想起林奇，后者曾几乎以同样激烈的方式敲打他家的门。

他转过身。马蹄铁在床上；他睡觉时紧紧抓着它，就像一个孩子对待自己最喜爱的玩偶那样。他知道不可能用它砸坏玻璃，那肯定是防弹玻璃，但他打算用它制造出比拍击和呼喊更大的噪声。他拿起马蹄铁，准备好投掷第一击，对面房间的那个男人刚才一直坐在床上用书挡着脸，这时突然轻轻抬起头说道：

“那不是个好主意。”他语气平静。隔着两层玻璃，他的声音被削弱很多。

“你总算吱声了。”泰德说。在百般折腾之前，他曾先试着唤起邻居的注意，但那家伙选择充耳不闻。

“一刻钟后会有人来的。”他回答，声音依然平静。

前一天晚上那男人站在玻璃后面用极度仇恨的表情看着泰德的情形像梦魇似的回荡在他脑海中，与此刻的平静和嘴角浮现的笑容形成鲜明对比。他是个英俊的男人，皮肤黝黑，头发非常短，跟修剪整齐的胡须一样花白。看上去像是全宇宙最无害最可靠的那种人。

“一刻钟，嗯？你怎么会知道？”

那人一只手握着书，伸了伸另一个手臂。灰色衬衫的袖子缩上去，露出腕上的手表。

“用手表。”他说。

“很好笑。”

“七点钟是解手的时间。我希望在他们来之前可以读完这章，但没料到你一大早就唠叨个没完。”他把书放在旁边，“我叫迈克·道森。”

“七点才可以解手？我现在要尿裤子了！这个病房里连个狗屁厕所都没有。”

迈克笑了。

“这有什么好笑的？”

“你跟他们一样称这里是病房。真正的病房在大厅的另一侧。我们表现不好时才会被带到这里。”

一阵沉默。一个秃头男子从玻璃隔间里怯生生地看着泰德。被发现时立即缩回目光。

“我是泰德。”

“欢迎来到薰衣草，泰德。别担心，我没有不守规矩，只不过我晚上总是不安稳。”

“他们带我来的时候你不在这里？”

“不。我来的时候你已经躺在床上了。”

“你认识希尔医生吗？”

道森揣摩着该如何回答。

“是的，但是她不经常来这里。她大部分时间待在主楼里。”

“今天她会来，我跟你保证。”

“如果你这么认为的话。”

泰德盯着马蹄铁，犹豫片刻之后他把它扔回床上。

“那是什么？”

“没什么。一个纪念品。”

“那种东西在这里很有用。但是我给你一句忠告：不要经常拿出来。如果另一边的人注意到那东西对你而言很重要，那这东西对他们也就很重要了。这里的规矩就是如此。如果你把它弄丢了，你就再也找不回来了，相信我，因为它们知道如何寻找藏身之处。”

迈克·道森用食指指着太阳穴并旋转着。

“我会记在心里的。即便如此，我并不打算认识另一边的人。今天我就要从这里离开。”

迈克站起身来。他站在床边伸着懒腰，手臂和腿都打开，脊柱向后弯伸。他打着呵欠走到玻璃旁。灯光更好地照亮他的面容，现在的确像是泰德晚上在睡梦中无意瞥见的那张脸。

“没人能决定自己何时离开这里，泰德。”他认真地说。

五

七点整，来了两名男护士。病人们沉默着依次走出来，泰德看得目瞪口呆，他拍着玻璃要求那两个男人给他一个说法，皆是徒劳。馆内其他同伴饶有兴趣地打量他，包括那个光头男人在内，只有他的手脚被铐起来。道森的头微微一点跟他告别。

就剩下泰德一个人安静地待着。也许疯狂地尖叫和拍打玻璃正中他们下怀。他坐在床上，在皱巴巴的床单里翻出马蹄铁。他等了很久，时间仿佛定格在那里，他的膀胱快憋炸了，在体内压抑着再次尖叫的冲动。

就在泰德任由身体卧倒在床上时，一位护士走过来。

“早上好。”

泰德坐起来。

“你是谁？”

“我叫亚历克斯 · 麦克马纳斯。你在C馆接受治疗期间由我负责。现在我需要问你一个问题，泰德：你需要这个吗？”

护士拎起一堆镣铐。

“希尔医生在哪里？”

“她晚些会来跟你聊聊，她让我先告诉你。”

“多晚？”

“我不知道。”

泰德走到玻璃旁。他压低声音说话。

“有些事情不大对劲，亚历克斯。你刚说你叫亚历克斯，对吧？我不知道发生了什么。他们去找我，在我毫无意识的情况下把我带到这里。我的妻子和女儿们今天旅行回来。我必须得离开。”

麦克马纳斯弯下腰，把镣铐放在地上。他在门旁的控制面板上按下一组代码，然后取下一把别在腰带上的钥匙开门。从走廊外面传来一个人的声音，男护士朝着那个方向做了个手势。门打开了。

“希尔医生今天会来跟你聊聊，可能下午吧。”

“她必须早点来……”泰德开始激动。

“等一下，”麦克马纳斯打断他，“不要质疑我对你说的话。那将使事情变得更糟，对你没有任何好处。等一下我们去卫生间，我带你和其他人一起去。几个小时后希尔医生会来看你，你可以问她任何问题。别跟我浪费时间了。”

泰德点头赞成。

他们一起向走廊尽头走去。那里大门紧锁，麦克马纳斯毫无顾忌地背对着泰德拿出钥匙开门。他们来到公共活动室。里面有一台关着的电视、几张桌子和一些家具，家具上面摆放着书籍和贴有标签的盒子。几株室内观赏植物和透过四扇落地窗射进来的自然光令这个空间显得舒适无比。

“其他人在哪里？”

麦克马纳斯好奇地看着他。

“在吃早饭。”

泰德盯着其中一个阅览区。

“我有东西落在房间里了。”他突然语气担忧地说。

“你别担心，我们回去的时候它还会在那里。”

泰德想起迈克·道森跟他说过在薰衣草东西很容易彻底消失。

他们走到淋浴间。一个穿着绿色制服的男人接待了他们，给他们递上毛巾和一身换洗衣服。麦克马纳斯坐在一条木凳上，他可以从分隔墙上方看见泰德。

“无论我去哪你都要跟着吗？”

麦克马纳斯耸了耸肩。

泰德谨慎地脱下衣服，整齐地叠好摆放在身旁另一条木凳上。他走到淋浴下面打开水龙头。温度刚刚好。

“罗杰是你同事吗？”泰德问道，任由热水顺着他的脸颊流下。

“是的。我想他晚些会来。”

“他跟踪我好多天了。”

麦克马纳斯沉默不语。泰德开始打肥皂。说话时没有看着护士。

“你不知道，对吗？”

“你具体指什么？”

“我是说他一直跟踪我。我发现过他两次。我想他也去过我家。”

再一次没有得到回应。

“这足以构成起诉的理由，”泰德继续说，“我的律师们会很高兴。我清楚自己的权利，知道半夜被弄晕并带到这里已经公然触犯了我的权利。我决定等希尔医生是因为我想听她亲口告诉我为什么这样做。你没什么要说的吗？”

“我不知道要跟你说什么，朋友。他们告诉我你刚进来的这段时间由我负责，仅此而已。并非你一人如此，我们对待所有病人都一视同仁。”

“我不是病人。”

“好吧。我们对待所有来到这个馆的人都一视同仁。有些人不会轻易适应变化。新面孔对于他们熟悉的环境而言是一种变化。现在我们去吃早饭，你可以认识一下其他同伴。”

墙壁上有一个奇怪的洗发水装置。它是一个嵌入墙壁的半球形，很难被取下来或造成任何伤害。泰德按了一下，粉红色的香波从下面喷射出来。

“我很荣幸已经认识了对面的同伴。”泰德说着按摩起脸上的泡沫。

“谁？”

“道森。”

“啊哈。他在这里已经待了十年；如果你对道森印象还不错，那么跟其他人相处也不成问题。”

“你还是说得好像我会留在这里。”

泰德关上水龙头。他迅速走到凳子旁，裹上浴巾。

“你确信他们会把我关在这里，对吗？”

“我跟你说过了，我一点也不了解你。”

“好吧。”

泰德默默地穿上衣服。穿好后他坐在凳子上。麦克马纳斯离他约摸六米远，坐在靠墙的凳子上。

“准备好了吗？”护士终于忍不住问道。

“这个要怎么处理？”他指着脏衣服问。

麦克马纳斯指了指一个空篮子。

他们走出去时，泰德请求麦克马纳斯帮他到房间里取一下马蹄铁。

六

当他走进公共活动室时，里面的交谈声戛然而止，有人面露错愕，也有人流露出猜忌的神情。某档娱乐节目的主持人是唯一没有感到紧张气氛的人，继续在电视机里问滑稽的问题。

C馆护士长罗伯特·斯科特向其余的病人介绍泰德。他对大家说他不希望看到有人惹麻烦，然后转身离开。麦克马纳斯从隔壁房间透过一个铁丝网窗户监视着活动室。还有一位护士陪着他。

活动室内明显分为三组人：一组聚集在电视旁，人数最多；另外两组围坐在桌子旁，分别在下国际象棋和打扑克牌。唯一被孤立的是迈克·道森，他坐在飘窗上看书。看到泰德时他挥手示意，但紧接着便沉浸在自己的阅读中不再理会他。泰德走向活动室中央，试图靠近正在下棋的那帮人，他不确定这样是否唐突。

随着其他人不再关注他，屋内的喧嚣声再次出现。打牌的人们喋喋不休，而看电视的那帮人则一阵阵地爆出声响，回答电视里的提问或者讨论些什么。泰德走到阅读区，开始翻阅图书，注意力却巧妙地转移到下棋的两个人和围观的那群人身上。他距离他们大约三米远，可以时不时地看到棋盘。对阵刚刚开始，开局方式不属于任何派别，他对此并不感到惊讶。他假装看小说标题，脑中却在排阵布局。黑子胜出。

其中一个打牌的人身形瘦削、面目可怖，他率先提醒大家泰德正在阅览区流连。他用颤抖的手指向他，打牌的同伴们回头看他，仔细观察良久，一边打量一边大笑奚落，接着又回到游戏中去。

约摸二十分钟后，泰德之前从房间里看到的那个名叫莱斯特的瘦小男子跟同伴从花园里走进来。他没有戴镣铐，一看到泰德在活动室内马上发了狂。

“他偷了我的设备！”他尖声叫道。

泰德刚转身，莱斯特便迅速穿过活动室，迈克·道森从窗台上跳下来拦住他，隔壁房间的护士一阵慌乱。现场的一些人放声大笑，对于即将发生的事情欢呼喝彩。莱斯特一遍又一遍重复着对他的指控，疯狂地扭动身体却无法前进半步。迈克用身体挡在他前面，已足以阻拦他。

“没人偷你的东西，莱斯特，”迈克平静地说，“你快滚出去吧。”

“我要杀了他！他拿了我的设备！”莱斯特额头涨得通红，颈部动脉爆起，他挥动着手臂，像拳击手似的移动双腿。

陪着麦克马纳斯的那名护士转身走出小房间，一脸疲惫地现身。他用双手示意大家安静。他是个大块头，面容酷似维京海盗，丝毫不用担心小个子莱斯特的疯狂，他一只手就可以把他撂倒。然而，道森才是控制局面的那个人。

“冷静一点。”他坚持说。

“他是昨天晚上进来的，”莱斯特一边说着一边像头困兽似的扭动身体，“我看见他了。他偷走了我的设备，我现在没办法跟别人交流了。”

泰德继续面对阅览区，同时留意着投射在他身上的目光。也许是听到了那个“偷”字，他不自觉地把手伸向口袋里摸索马蹄铁。莱斯特察觉到他的小举动，立即炸锅。

“就在那里，在他口袋里！你们快去检查！”

护士摇头拒绝。迈克向莱斯特跨近一步，用手指顶着他的胸部斥责他。

“没有人拿走你的设备，”他严厉地说，“你如果不想惹麻烦的话就让我安静地看书。”

恫吓发挥了作用。莱斯特继续扭动身体，不过这次是出于紧张。他声音扭曲。

“但是，迈克，没有设备我没办法沟通。他们需要我通报信息，你知道的呀。”

“关我屁事。让他们乘坐‘千年隼号’[①]来找吧，如果他们这么需要那玩意儿的话。你赶紧滚到花园里去，我不想再在这里看到你。听清楚没有？”

莱斯特点点头。无法抑制的怒火瞬间消失。他低着头，走开了。

迈克向护士做了个手势并面带微笑。*不必谢我*……接着他向泰德递了个眼色，回到窗台继续阅读。

泰德走到还在下棋的那桌人旁边，棋局有所推进，但没那么有趣了。下白子的那个人明显领先，现在死死盯着棋子，仿佛试图用意念移动它们。轮到对手出子，他非常放松，目光在棋盘和他的一小群观众之间游移。泰德的出现似乎令他感到不舒服，然而他什么也没说。

“好了，斯凯奇，我可没有一整天时间跟你耗！我会让斯科特给我们搞一只双盘表，这样我就可以更快地干掉你们了。”

斯凯奇不为所动，继续全神贯注地思考着如何出子。面对一个有

---

① 千年隼号(Millennium Falcon)是《星球大战》系列作品中一艘宇宙飞船，它的主要驾驶员是船长汉·索洛和副驾驶员楚巴卡。在电影中，千年隼是一艘经过汉·索洛大幅改装的YT－1300型货船，其特性能够很好地服务于汉的私人事务。千年隼是星战电影及星战其他形式文艺作品中出场次数最多的飞船之一。除了在经典三部曲中具有举足轻重的地位外，它还在前传第三部中客串出场，而在星战为数众多的小说及游戏等作品中也处处可见它的行踪。

经验的对手，他胜出的概率几乎为零，泰德想着，如果他把马从 F5 移到 H6 或许还有一丝希望。

三位旁观者中的一位说道：

“你已经心中有数了，对吧，洛洛？”他用拳头击打手掌，“你会像只苍蝇那样被捏死，斯凯奇……”

“住口，”另一位旁观者喝止道，“你连怎么移子都不知道。这是国际象棋，你知道吗？”

所有人都大笑起来，除了被提及的那个人和斯凯奇，后者继续全神贯注，终于，他不确定地拿出藏在桌子下面的手臂并做出行动。他的手指靠向 F5 位置上的马。他有两个可能的目标：带来一丝希望的 H6 和自毁前程的 H4。

他最终选择 H4。

“你不是我的对手，斯凯奇！”洛洛说着推出一枚兵，非常危险地靠近王位，“看你这下怎么反抗。”

斯凯奇再一次陷入沉思。

泰德决定离开。等待劳拉到来的时间仿佛永无止境。

他向大门走去，发现道森已经不再看书，眼睛一直盯着他。他也不知道是不是好主意，但还是走了过去，也许是想感谢他刚才阻挡了莱斯特吧。

“你早就知道了，对吗？”道森突然问道，“马走 H4。”

泰德没有立即明白他是什么意思。理解后他耸了耸肩。

“我年轻时下过一段时间国际象棋。”

“我也是，但一点也不专业。”道森承认道，“也许哪天我们俩可以切磋切磋。”

他在试探他。

“当然。”泰德继续向前走。

“等等。”

道森观察着他。

“让我陪你出去。莱斯特还在那里。”

就在那时泰德意识到屋内再次被寂静笼罩。除了电视主持人的声音外，所有人仿佛都在关注着他们俩之间的交流。他想起麦克马纳斯早上在浴室对他说的话。*如果你对道森印象还不错，那么跟其他人相处也不成问题*。

花园非常宽敞。几个形单影只的病人散布在小径上，花坛修剪整齐，绿树成阴。莱斯特和一小群人偎在篮球场的一个角落里，有人坐在凳子上，其余的人站着，他们立即对这两个男人产生了警觉。

“这么说你不知道为什么自己会在这里？”迈克说道。

泰德怀疑地看着他。在清晨的阳光下，他看上去仍然像是世界上最明智的男人。如果不是因为前一天夜里发现道森一脸疯狂地盯着他看的话，他很难理解这个男人究竟在薰衣草做什么。

跟你一样，你也在这里啊。

他们向最远处的一个长凳走去，长凳就在一棵巨大的松树下面。

“是不是？”迈克坐下后继续追问。

“并不是我不知道。”泰德的语气略显无奈，“希尔医生这几周一直在诊治我。我长了一颗肿瘤……无法治愈的那种，我的医生认为心理治疗可以帮助我克服它。公平地说，他没说错。我本以为跟希尔医生交谈无济于事……但事实上的确有效果。一点点效果。可是现在她做得太过分了。”

篮球场上，莱斯特和其他人开始打球。篮球在水泥地上弹跳并发出特有的刺耳声音。

“希尔医生违背你的意愿把你关起来了。”

“是的。”

迈克把手伸进口袋里取出一包烟。他递给泰德一支，被拒绝了。

“我本来也不抽。”迈克用金色的打火机把烟点着。他深深地吸了一口。然后，他盯着指间夹着的烟，语气神秘地说：“有时候我想我吸烟只是想让自己区别于之前在外面的那个自己。”

泰德的目光落在打火机上。迈克注意到这一点，说道：

“当你渐渐获得了他们的信任，事情便会越来越好。现在我在这里的日子相当平静。只有夜晚折磨着我。”

“你为什么会在这里？”

“他们没告诉你吗？”

泰德摇摇头。

迈克低下头，显然还没张嘴就已经心绪不定。

“我杀了最好朋友的家人。”

远处继续传来篮球的撞击声。

“我当时病得很厉害。”迈克继续说道，他现在弓着背，人几乎缩成一团，前臂搁在膝盖上，眼睛盯着地面，“如果发生集体越狱事件，或者因为某种疯狂的原因他们允许我离开这里……我会拒绝。”他语气苦涩地补充道，“我朋友的女儿得以幸存……让我在这棵松树上吊死对她而言太不公平。那太便宜我了。”

泰德沉默不语。

“你知道吗？疯掉并不会对现实造成太大影响。”迈克继续说道，“我想说的是，那并不能让你获得解脱。你虽然没有入狱，却被关进这种地方。但是总有一部分的你要承担责任，要为没有制止另一部分的你而负责。因为一部分的你知道这一点。它知道一切。”

这让他想起温德尔在废弃工厂的小房间里说的话……

你的脑袋里有些信息，令你产生错觉。

迈克若有所思地顿了顿，抬头望向天空，仿佛在努力回忆令他无法平静的过去的细节。他用手指敲着太阳穴，惊恐地圆睁双眼看着泰德。

“大脑就像一个魔盒。花样百出。它总是设法给你提示。也会给你一条出路。一扇门……”

快打开门。这是你最后的出路。

泰德的思绪停在头顶的松树上，想象着迈克·道森的身体悬挂在枝头，随着一阵微风吹过在空中摇摆。

“我想你说得有道理。”

迈克面露微笑。又一个友善的表情，充满同情。

“也许正如你说的那样，明天你就不在这里了。又或许你还在，我们再坐在同一张凳子上。所有人迟早都要打开那扇门。”

迈克·道森站起身来。他抻抻胳膊鼓起胸腔，背部的关节咔嚓作响。

七

劳拉在一间评估室里等他。泰德双手被铐住，等待麦克马纳斯找到正确的钥匙开门让他进去。

“门开着。”里面有个声音说道。泰德立即听出那是谁。

劳拉·希尔的脸上露出温暖的笑容。她身旁的罗杰则表情严肃，瞪圆的双目冰冷得像两轮月光。

“希尔医生……我们总算见面了。”泰德问候道。

“你可以继续称呼我劳拉。”

“当然，劳拉。感谢今天晚上请我入住希尔顿，你实在是太慷慨了。”

他被护士带着来到医生的桌子旁，坐下前露出锁住手腕的链条。

“请坐下，泰德。”劳拉说道。她丝毫没有去在意手铐。

他仔细观察着那个房间，里面其实并没有很多东西：墙上贴着具有镇静作用的青色瓷砖，防火板材质的桌子，六根荧光灯管构成的无影灯和一扇深色玻璃窗，窗内肯定藏着一台摄像机。透过玻璃反光泰德看到麦克马纳斯点头示意然后走开了。

“你觉得怎么样，泰德？”

“不，不，不要说什么‘你觉得怎么样，泰德’。我感觉糟透了。我想知道自己在这里做什么。我现在就想知道。”

劳拉垂下目光，摆正面前合着的文件夹，清了清嗓子。她脸上的笑容已经消失，看上去真的不好受。她的头发像往常一样束在一起，架着长方形的眼镜，穿着白大褂。

“我等下会跟你解释，但首先请相信我，我需要知道些事情。罗杰和我只想帮助你，而且……”

“好了，好了，不要拐弯抹角了，你想让我回答你什么？”

劳拉深吸了一口气。

“昨天你告诉罗杰说我们会把你关进薰衣草纪念医院，说你早就知道一切了。那是什么意思？”

“我觉得不需要作过多解释了，不是吗？我指的就是这个。”泰德再一次亮出被束缚的双手。

“谁告诉你的？”

“谁告诉我的重要吗？事实摆在眼前。”

“是温德尔吗？”

一阵沉默。

泰德想起他和温德尔在废弃工厂的工具间里的对话。

她会把你关进薰衣草纪念医院，与失心疯的病人们关在一起。她有权这样做，我向你保证。

“够了，劳拉，轮到你回答问题了。”

劳拉和罗杰交换了一个泰德不知如何解释的眼色。医生点点头，翻开面前的文件夹。她把文件夹转过去给他看，就像林奇在他家客厅里做的那样。只不过这一次并非犯罪记录，而是他自己头部的核磁共振成像。他马上认出那是卡米切尔在诊室里给他看过的片子，他的名字印在每一张片子的角落。

“你认出来了？”

“当然。肿瘤就在那里。”泰德指着某个比周围略微暗淡的区域。

“你没有肿瘤，泰德。”

你为什么不感到惊讶呢？

医生转过身，冲着深色玻璃方向做了个手势。片刻后评估室的门被打开。

“你好，泰德。”

卡米切尔走进来，双手插在兜里，带着传达坏消息的人脸上特有的愁容。

卡米切尔也掺和在里面。

“我恐怕希尔医生刚才所说的一切都是真的。”他说道，人仍然站在门槛处。

他缓缓靠近，绕过桌子坐下。现在他有三位对话者了。

“是我请卡米切尔来薰衣草亲口告诉你这件事的。”劳拉解释道。

那男人严肃地点点头。

“从来就没有什么黑影。”卡米切尔平静地说道，“当第一份结果出来时我就说过你的大脑非常健康，头疼应该有别的原因，我们一起来探明究竟，就像过去几年你每次病痛时我们做的那样。然而你却性情大变，只有当我跟你说我们会再做一次病理分析确认结果时你才开始冷静下来。我想这样可以争取到一些时间，因为你的大脑里没有半点肿瘤的痕迹，而且我知道分析结果还是会一样的。”

泰德静静地看着他们，面无表情。

“你一点都记不得了吗？”劳拉插进来问道。

“你们修改了结果。我怎么知道那些片子是我的脑部扫描？”

“我很抱歉。”卡米切尔作出道歉。

“那么头疼和那些混乱的片断又是怎么回事？”泰德第一次释放出绝望的信号，“肿瘤可能比较小，或者在核磁共振无法捕捉到的位置。我读过相关研究，你们别想骗我。”

“我们会继续开展治疗来帮助你……”

“帮助我！你什么也不懂，劳拉，我最后几次去见你纯粹是奇迹。如果一切都按计划进行的话，现在我早已倒在我家书房里，头上顶着弹孔。”泰德笑道，“这太可笑了。如果不是他妈的林奇捣乱的话。”

他把手握成手枪的形状顶在太阳穴上，口中模仿射击的声音。

两位医生面面相觑。

“怎么了？”泰德不耐烦地问，“不要再把我当成疯子了！”

他像弹簧似的跳起来，椅子向后滑去。屋里的每个人都面无表情。他们围成圈看着他。

“我真不敢相信。”泰德自言自语道。他一边走着一边将双手放在腹部，眼睛则看着亚麻油地毡。

“你拿着马蹄铁？”劳拉问。

泰德突然停住脚步，他发疯一般摸着裤子口袋。马蹄铁坚硬的轮廓就在那。他把马蹄铁从口袋里掏出来，用手指夹着它，仿佛在看一件强大的护身符那样盯着它。

“你还记得跟我聊过它，对吗？”劳拉继续说道，“聊起米勒，你的国际象棋老师，还有卡帕布兰卡和阿廖欣在布宜诺斯艾利斯的那场冠军赛……”

罗杰看准时机靠近泰德，把他引到椅子旁。他似乎并没有完全意识到这一举动。他的目光依然停留在马蹄铁上。

“我是在温德尔家找到它的。”泰德着迷地说道，面对那块弯曲的铁时，他像被催眠了一般。

“泰德，看着我。”

他抬起头。

“这里的规矩非常严格，像马蹄铁这种容易伤人的金属物件是绝对违反规定的。但是我会允许你留下它。你感到混乱时，我希望你能够集中注意力在它身上，想起米勒，想起国际象棋比赛，可以吗？”

“想起那些美好的时光。”他喃喃自语。

“没错，”劳拉满意地说道，“那些美好的时光。”

愤怒已消失得无影无踪。泰德再次低垂目光，视线从马蹄铁上挪开，马蹄铁仍被他用手指捏住放在膝盖上。

“是因为霍丽？她……和林奇幽会，不是温德尔，是林奇。我看过照片了。他们在一家餐厅里。”

“你现在不要去想那个，泰德。我不知道你想自杀的理由是什么。但我们会弄明白的。”

泰德像一个受到惩罚的孩子。他的神情突变，仿佛想起了什么。他看着劳拉，眼中出现真实的恐惧。

“霍丽和孩子们还好吗？”

“她们很好。她们在佛罗里达的父母家。”

“她们计划周五回来的，今天是星期几？”

劳拉没有回答。她把仍然敞在桌子上的文件夹合上。卡米切尔医生因有事要忙提出告辞，他向泰德点头致意，并告诉他自己会回来看望他，希望他坚强，让他安心待在这里。

恐惧并没有从泰德眼中消失。

“这些记忆意味着什么，劳拉？”

“我们会慢慢研究，不过我恐怕找不到全部答案。我现在不想催促你。你一定要照我说的做。我们后天再见面。这次将只有你和我，跟以前一样。”

劳拉报以同情的微笑。

“是霍丽把我关在这里的？我不是傻瓜，我知道这需要她事先同意。她知道吗？她知道我要在书房里做什么吗？”

“她不知道。”

“那样最好。”

“但是你明白你需要在这里待几天，对吗？”

“我想是的。”

不，你不相信，但是你要跟着游戏走。一切都像温德尔预言的那样。他才是唯一对你真诚的人……他才是唯一给你证据的人。

“你将在最安全的房间里过夜，但是明天我将命令他们给你分配一个普通房间，你在那里会更舒服。麦克马纳斯告诉我你跟道森志趣相投，那太令人赞叹了。他一向蛮挑剔的。”

“我不知道那是否叫志趣相投。我们一早在花园里聊天。他告诉我他为什么在这里，仅此而已。”

“他在一天里就告诉了你大部分人这辈子都不可能听到的事情。”

泰德耸了耸肩。他最不需要跟疯狂杀手志趣相投。

八

夜色已深。最高安全级别房间周围的走廊上，交谈声早就停止了。泰德躺在床铺上休息，双手垫在脑后，眼睛盯着天花板。想离开薰衣草的焦虑感已经消失。他不知道劳拉是否对他百分之百诚实——可能没有——但是有太多的疑虑需要处理。难道真的是他编造出了脑袋里的肿瘤吗？两个支离破碎的现实在他的脑中同时存在；在其中一个现实中他杀死了温德尔，在另外一个现实中他不仅没有杀死他，还和他交谈……*在粉色城堡里交谈！*这显然有问题，为什么要否认呢？

而且你不要忘记布莱恩。你躲在他家等他。他发现了你，但是你最终闪电般地解决了他。

他需要睡觉，平静地消化这些事情。胸口可以感受到马蹄铁带给他的平静压力。他闭上眼睛，准备任由睡梦吞噬他……突然，他睁开眼睛，坐到床边。马蹄铁从他胸口弹开并掉落在地上，发出一连串金属撞击声，在平静的最高安全级别区域里，这声响听起来就像一阵密集的钟声。走廊的另一端有人让他安静一点。泰德走到玻璃墙边。莱斯特从迈克·道森的隔壁房间里看着他。

“你从来都不睡觉吗，莱斯特？回到床上去！”他厉声说道，那声音令秃子大吃一惊，“迈克，你醒着吗？”

再一次有人让他安静一点。

“你给我闭嘴，白痴！”他冲着昏暗的走廊吼道。

迈克房间里的一盏床头灯被打开。他爬起来，看起来不像是睡着过。

“你最好小点声。”他提议。

泰德点点头。

“你睡着了？”

邻居摇头否认。

“我失眠，所以答案是没有。出什么事了？”

“我有问题问你。”

“说吧。”

“活动室里的国际象棋……看上去很新，尤其是那张卷轴棋盘。”

“那张是六个月前拿来的，”迈克说，“几年前有过另外一张，但后来不知道去哪了。”

六个月！

比他去见卡米切尔医生时还早。

泰德坚信那套国际象棋是为他出现的。还有什么比国际象棋更能让他感受到家一般的亲切呢？他看了看马蹄铁，它还在地上。

“是希尔医生带来的吗？”泰德问。

“我不知道。你就是想知道这个？我还以为是多么重要的事，让你连明天都等不到。”

迈克重新躺回去，关掉灯。

过了一会儿，泰德也效法他，但心中已添信念。那套国际象棋是为他出现的。从六个月前开始。

九

早上，麦克马纳斯把他带往分给他的新房间。房间在C馆二楼，他们需要先穿过一条铺着地毯的走廊，那走廊跟最高安全级别区域清冷的玻璃过道完全不同。泰德穿着灰色的裤子和衣服，手没有被铐住；事情开始变得不一样了。从侧面的一扇门里，斯凯奇——泰德记起来前一天在下棋的那群人里见过他——面带让人无法理解的表情看着他。

“让我给你一句忠告，”走到走廊尽头之前麦克马纳斯说道，“抓住这个机会，不要做傻事。你像是个聪明人。”

听上去似乎是一句真诚的劝诫。泰德郑重地点了点头。当他们走进房间后，他稍微明白了护士那句话的含义。跟前两晚硬邦邦的床铺相比，这里堪比希尔顿酒店的客房。他想起之前跟劳拉开的那个玩笑，不禁哑然失笑。

房间很宽敞，有一扇大落地窗，阳光肆意地投射进来。里面有两张床，每张床旁边都有一张书桌和一个小书柜；所有物品都对称布置，除了里面那扇通往浴室的门。房间另一半属于他的新室友迈克·道森，那里到处堆满书籍，墙上挂着剪报、照片以及所有能令房间勉强算得上舒适的物件。麦克马纳斯向泰德解释说迈克很长一段时间没有和别人同过屋了。

光秃秃的床垫上有一个纸箱，上面用黑色记号笔写着泰德的名字。

“太好了！他们把你的东西拿来了。”

我的东西？

麦克马纳斯告辞，留下泰德一个人。他沿着想象中的分界线走到落地窗旁边，那条线把有人居住的丰富多彩的道森世界与荒凉的摆着纸箱的他的世界隔开，他连纸箱里装的是什么都不知道。唯有一片矩形阳光将两个如此不同的世界融合到一起。他眯起眼睛以减轻眩光，慢慢地，篮球场和穿过花园的小径在其眼前浮现。有一会儿，他用目光追随着一些病人蹒跚的脚步。

他后退几步，观察新室友的物品。书桌上方一块面板上贴着的剪报吸引了他的注意。他往那个方向迈出一步，但是停了下来。他选择走到浴室门那里。

“迈克？”

“嗯？”声音从另一侧传来。

“我是泰德。我需要一支圆珠笔或其他可以割断打包带的东西，有人给我拿来一个纸箱。我从你桌上拿一支笔，你介意吗？”

沉默。

“迈克？”

“你当然可以拿支狗屁圆珠笔。让我安静地拉屎看书。”

“对不起。”

没有回答。

也许道森不像所有人说的那样糟糕。他走到书桌旁。这次他没忍住瞟了一眼其中一篇文章。标题是：

安德烈娅·格林在威尼斯艺术双年展上获提名

他转身走开。万一迈克此时从卫生间走出来，他们之间貌似开端良好的关系将无可避免地遭到破坏。他走向纸箱。他用圆珠笔末端弄坏打包带，翻开箱盖。里面有一沓叠好的衣服，书籍，一堆封口的塑料袋，他一眼就认出来的台灯，和……一条蜿蜒至消失的粉红色触须。

泰德打了个寒噤。他放开箱盖，跌跌撞撞地往后退，直至撞到迈克的床，并倒在上面。他的眼睛死死盯着纸箱。里面有东西在移动，他不光看见了，而且物品碰撞发出的噪音再清晰不过。泰德没认错；那不是什么触须，而是负鼠粉红色的尾巴。

他感到呼吸困难。那不可能。跟负鼠的照面应该只出现在噩梦里……

你确定吗？它不也出现在了亚瑟·罗比肖家中？

此时迈克从浴室里走出来。他马上意识到有什么不对劲。

“箱子里有什么？”他说着朝那个方向走去。他本打算碰那只纸箱，但是最终反悔了。“是老鼠吗？”

“不是。”泰德说。箱子不再动了。

迈克迅速地打开箱盖并保持距离。他慢慢地靠过去，把手伸进去取出台灯，然后是一只袋子，接着是另一只……

“这里什么也没有。”他看看四周，感到奇怪。

“我看到一条尾巴。纸箱在动。”

迈克看着他，眉毛高耸。

泰德站起来，使劲摇头。

“我跟你保证……”

迈克举起一只手打断他。

“你看见了什么？”

“什么也没有。”

“你看见了什么？”

泰德思考着。

“我好像看到了一只负鼠，但可能是幻觉。”

“你第一次看到它？”

这问题让泰德一惊。

“你什么意思？”

“问题很简单。”

“是的。”泰德最终回答道。

迈克把手抬起来揉着下巴。

“一只负鼠……”他低声说。

“怎么了？你也见过？我是说之前。”

“没有，但是午饭后你要告诉我所有有关负鼠的事情。”

他神秘的表情消失了。他把走出卫生间时扔在床上的书捡起来，躺下继续阅读，别无他言。

十

泰德端起午餐盘，上面盛放着鱼排配豌豆色拉，他选了最远的一张桌子坐下。C馆的食堂不是很大，因此无论如何他都无法获得理想的安静角落。隔壁桌的四名病人关切地看着他，并试图友善地跟他搭讪。他对他们说自己不想说话，他们表示接受。事实是他需要思考。他意识到自己太轻易就同意了留在薰衣草，这让他有些生气，就好像在内心深处他知道自己需要被关起来似的。但难道不是这样吗？他的大脑就像无序的七巧板；他曾经因为一颗不存在的肿瘤想过自杀。他甚至有可能已经杀了两个人！是因为那样他才被关进C馆吗？他跟道森一样是个杀人犯吗？他有太多问题了，不应该纠结于自己同意被关进精神病院这一想法。他甚至都没有精力去争取见见霍丽，还有两个女儿。他当然想她们，尤其是辛迪和娜丁；对她们的思念令他痛苦无比……但是他能对她们说什么呢？他该如何向霍丽解释？如果他脑袋里没有肿瘤，他有什么理由做出那样的行为呢？

他安静地吃着饭，沉浸在自己的思考中，目光涣散地望向其中一扇窗户。隔壁桌又有人跟他说话，但他充耳不闻。病房里发生的小插曲令他不安。什么时候才能结束？他在纸箱里看到负鼠，视线分毫没有离开过那里，直至迈克再次去寻找，但它却已经消失不见。跟罗比肖家的情形一模一样，当时那小家伙躲在轮胎里。每次看到那只可恶的畜生时他都以为是真的，但后来才相信自己只是在做梦，或者更糟糕，只不过是他在凭空想象而已。他现在应该想什么？他聚焦涣散的目光。他在做梦吗？他集中注意力于他吃饭用的塑料刀上面，像科学家那样观察它，观察每一个细节，圆形的手柄，锯齿状的刀片……他把刀使劲摁在托盘上。刀被压弯了，最终咔嚓一声断成两截。隔壁桌传来两三阵笑声。泰德检查断刀的两个部分，用手指移动它们……他真的在触摸塑料碎片吗？

他叹了口气。他无奈地看看剩下的鱼排，然后再看看断裂的刀。

正要离开时，莱斯特不知从哪儿冒出来并坐在他旁边。他不像之前那么心烦意乱了。

“我知道你跟我的设备没有关系，”他用和解的语气说道，“我已经找到它了。”

“我一点也不在乎。”

莱斯特的眼睛酷似咕噜[①]，又大又圆还透着股狡猾，泰德盯得越久，越觉得它们在变大。如果他把一块刀片插进其中一只大眼睛里会怎样？

“我昨天听到了你跟道森的对话，”莱斯特继续说道，“你问他国际象棋的事。”

泰德本来正要起身。他又坐了回去，并点点头。

“我从我的房间听见你说话了，”小个男人重复道，“你问他国际象棋是什么时候被拿来的。他告诉你是六个月前。”

的确如此，迈克尔[②]是这样告诉他的。他有可能在撒谎吗？

“是这样吗？”

莱斯特揉了揉下巴。他的大脑在快速计算着。

---

① 咕噜（Gollum）是英国作家托尔金（J. R. R. Tolkien）小说《魔戒》中的虚构角色，帮助佛罗多·巴金斯一行人穿越沼泽，带领他们穿过西力斯昂哥隘口。

② 迈克尔（Michael）是迈克（Mike）的全称。

“是的，是真的。但我知道是谁带来的。”

“谁？”

“呃，事实上……”

“谁？！”

泰德一把抓住莱斯特的衬衫领子把他拉到面前。有些病人扭过头来看。坐在其中一张桌子上的护士长罗伯特·斯科特抬起头来；他看着二人，直至泰德跟他做了个手势，表示他们正在进行友好的交谈。

“是谁，莱斯特？”泰德再次问道。

那个小男人应该是在泰德的眼睛里看到了什么，因为他在前一天所表现出的热情洋溢此刻已所剩无几。

“是希尔医生。有一天她和那个皮肤黝黑的护士来了，把那玩意儿交给斯科特。我看见了。”

泰德审视他良久。

“我不相信你。你当时在哪里？”

“在走廊上。他们就在那里交接的，当着所有人的面。好吧，不是所有人，我不在其中，但是他们根本没注意到我。希尔医生不经常来这里，她每次来的时候都跟着那个皮肤黝黑的护士，我想他叫罗杰。她把国际象棋交给斯科特，只不过一开始我并不知道那是国际象棋；我跟踪他到活动室，他把棋盒放在架子上，和其他玩具放在一起。”

“那是六个月前？”

莱斯特激烈地点头，并补充道：

“我当时也怀疑过。”

“怀疑过什么？”

“我昨天还听到你跟道森说的其他内容。你问他六个月前他们怎么可能知道会把你带来这里。”

"那跟你没关系。"

"当然有关系。他们知道很多事情。他们有微型麦克风和摄像头。"

泰德摇摇头。继续跟那个疯子说话已经没有意义。他第二次想站起来，但这次莱斯特抓住他的胳膊。泰德可以轻松地从他手中挣脱，但是看到莱斯特脸上凄凉的表情，他同意让他把话说完。

"你觉得他们会在棋子上装麦克风吗？"

"不，莱斯特，那些棋子上没有什么麦克风。"

莱斯特的脸色大变，露出困惑和惊恐的表情。

"你怎么会这么肯定？"

继续谈下去已经没有意义。

十一

迈克在松树下的长凳上等他。这次他没有看书也没有吸烟，他的目光跟着泰德，直到他坐在自己身边。

“莱斯特又惹事了，嗯？如果他再骚扰你……”

“我自己会照顾自己，”泰德打断他的话，“我手中也有王牌。”

“嗯，我听说了。”

篮球场上空无一人。在午后阳光的照射下，地面上残留的蓝色油漆像一个个水洼。迈克指向其中一个篮球筐，一个超重病人正绕着篮球架的钢柱转圈。

“那人叫埃斯波西托。他也看见它们了。”

有那么一瞬间，泰德根本不知道他的室友在说什么。他环顾四周，心想他指的可能是某个特别的人。

“看见谁了？”

“那些动物。”迈克严肃地说，他的目光投向埃斯波西托，后者还在绕着钢柱转圈，现在的速度飞快。他的表情跟蒂莫西·罗比肖驾驶超音速旋转木马时的表情几乎一样。

“你看见了什么动物？”迈克问。

“我跟你说了：一只负鼠。但那肯定是场梦，我坐到床上，闭了一小会儿眼睛，然后……”

“你我都知道那不是梦，泰德。你确信那是只负鼠？”

“或者是非常相似的动物。你看到了？”

“没看见过负鼠。我见过一只老鼠和一只龙虾。我们的朋友埃斯波西托，在那边像陀螺一样旋转的那位，看见过两个大家伙：一只鬣狗和一只山猫。有几个家伙之前在这里看到过其他动物，但是没人见过负鼠。”

迈克的目光继续停在篮球场上，仿佛在思考可行的解决方案。

“迈克，你明白那些动物并不存在，对吗？”

“你别这样看我。我知道那些动物在这里。”他敲敲脑袋，“但是那并不意味着它们不存在。”

泰德咂着舌头。他想站起来走开，迈克把手轻轻放在他的膝盖上。

“等等。”

“我想忘掉那只该死的负鼠，迈克，真的。我需要整理自己的思绪。我昨天和希尔医生聊过了，事情变得越来越混乱。我现在最不需要的就是增加混乱。”

“我明白。让我告诉你一件事情。马克米尔斯医生是这家医院的院长，她从一开始就负责我的案子。进来几年后我跟她提过那些动物。她笑了，我们时不时会谈论它们，尽管她从不问我太多。她是位非常优秀的女性，成为院长前治疗过很多病人，我坚信她知道那些动物是真实存在的。我有两三年没见过它们了。”

“你具体……是从什么时候开始看见它们的？是从……”

“从我杀死他们……？是的。”

那你杀了谁，泰德？温德尔？布莱恩？还是把他俩都杀了？

“我当时绝大部分时间都能看见那只龙虾。”迈克说，“它比正常的龙虾大得多，而且更勇敢，因为它靠近我时态度带着挑衅。我总有种奇怪的感觉，就是它可能会突然跳起来一口把我吞进嘴里，一想到这些我就觉得恶心。起初我没有注意到，但是很久以后我发现每当我要偏离自己的道路时那只龙虾就会出现。它就像是一种……守护神。老鼠是另外一种守护神，不过它更可怕。”

泰德浑身一阵发麻。他也害怕负鼠。

“看看这个篮球场，”迈克继续说道，“中轴线两边完全不同。真实的世界和疯狂的世界之间也是如此，泰德。你要么清醒，要么不清醒，没有中间地带。要么为这支队伍打球，要么为另一支队伍打球，如果你被关在这里而且运气好的话，如果药物对你起作用而且医生对你做出了正确诊断和治疗的话，也许你可以幸运地从一支队伍转移到另一支队伍，至少可以维持一段时间。但你不可以同时为两支队伍打球，你明白吗？”

“我不相信那是疯狂。”

“你要相信，因为那就是。那就像是另一个维度，如果你愿意这么看的话。一个有着自己的规律的世界。就像梦境一样。难道你不做梦吗？”

“你认为那些动物属于另一个世界？”

“并不确切。你看到篮球场中间的圆圈了吗？它是个中间地带，所以我喜欢刚才的类比；这不是我现在刚想到的。有很多次我坐在这里思考所有问题。那个圆圈是连通两个世界的大门，你不应该待在那里，因为正如我说的那样，你不能同时为两支队伍打球。然而有些人，比如你、我或埃斯波西托，他们待在那里的时间太久了，那样肯定不好。”迈克顿了一下，用令人不安的语气进行补充，“圆圈是危险的，因为那里同时存在两个世界。”

埃斯波西托不再绕着柱子转圈，他正从一边跑向另一边并享受眩晕带来的快感。他张开手臂，面朝天空，就像一架肥胖的飞机。

“那些动物负责带我们远离圆圈，泰德。”迈克说道，再一次用上让他显得像是世界上最明智的人的语气。

“为什么只有某些动物？”

“我不知道。”

“迈克，我不想你误会，但是你说那个圆圈是危险的，假设那是真的，还有什么比彻底疯狂更糟糕？”

“让我问你一个问题，泰德，你什么时候见过负鼠？”

“好几次。”

“跟我说说其中一次。”

“那是在一个梦境中。我待在自己家的客厅里，花园里的某样东西引起了我的注意，那是一个夜晚。我透过窗户望出去，我的妻子就在那里，穿着一件泳衣，用一种不可能的姿势保持着静止状态。此外，她还少了一条腿。负鼠就待在门廊里的一张桌子上，正在啃噬我妻子的腿。”

回忆起那个场景，泰德一阵哆嗦。

“真是一个古怪的梦。”迈克承认道，“从那以后，你见过你妻子没有？”

“为什么这么问？”

“或许这并不是最好的例子。”

泰德失去了耐心，他抓牢迈克的前臂。

“为什么你要问我有没有再见过她？你是不是知道些什么？”

迈克仍旧保持着平静。他等待那只手松开他的手臂，然后不慌不忙地开了口。

“你瞧，我并非这方面专家，完全不是这样。我所知道的一切都来源于我的自身经历以及我在这里调查到的一切。在埃斯波西托之前，还有过另外一个家伙。他的名字叫里奇。他是五年前走的。”迈克做了个面朝天的动作，“是他第一次跟我提到动物和圆圈的事，只不过他是用的另外一种方式。他的话我当时一个字都不信，就像你现在一样，但是后来我想到了那只龙虾，因为某种原因，我的大脑几乎把它给忘了，于是很多事情开始说得通了。你知道吗？当我朋友出事时……”迈克的脸色瞬间变得暗沉，“当……我做那些事的时候，我脑子里一片混乱，甚至是几个月后，我依旧难以分清现实与虚幻。证据就摆在眼前，但我拒绝接受它们。其中一项证据表明我杀害了我朋友家的女佣，那个迷人的女人名叫罗萨莉亚，我早前就认识她了，她还有个年幼的儿子。每次想起她时，我的心都碎了。警察在她房间里找到了她的尸体，他们知道她是我犯下的连环谋杀案的受害人之一。我说服自己接受这一事实。一切都说得通。可是，我突然想起那些天里发生的一件事，它一直被我遗忘在某个角落，又突然冒了出来。我当时待在自己家的门廊里，独自一人喝着啤酒，那该死的龙虾突然冒了出来，就停在我的膝盖上。我差点被吓死。我一掌挥开它，接着它便落在了门口。然后，它爬进了屋里，慢条斯理地爬着，而我知道自己应该跟着它。你能相信吗？我就在那里，跟着一只龙虾走进自己的家，因为我确信这只该死的龙虾想要向我展示些什么。”迈克笑着摇了摇脑袋，“就这样，我们来到一个闲置的房间，它停了下来。当我想起这些时，我总觉得那是一场梦，就跟你的情况一样。那个房间的门跟平时不一样，门上有个猫眼，我理所当然地用眼睛探视了一下。于是，我看到了令人毛骨悚然的画面：那儿有一个我认识的孩子，他正野蛮地举刀砍向罗萨莉亚。我挪不开双眼，就像梦中会发生的那样，时间被不断地拉长再拉长。”

迈克停了下来。那模样绝非作伪。

“有人用刀砍了那个女人。”泰德总结道。

迈克点了点头。

“我对于那段时间的记忆从未清晰过，我无法否认可能是我自己谋杀了那个女人……但是心中总有一个声音在告诉我，我没做过。我没杀过她。”

“那么你是想说，关于那只龙虾的事，在你家里……”

泰德话说到一半停了下来。他再次想到了霍丽，她静止在家里的花园中，还被截掉了一条腿。

“刚才你问我还有什么比彻底疯狂更糟糕，”迈克说道，“答案就在那里。当你失去理智的时候，一切还在这里，在你的脑袋里……可当你身处那个圆圈中时，两个世界将同时存在……”

泰德思索了一秒钟。

“你的意思是，假如我梦见我的女人少了一条腿，那么她将神奇地……”

“我知道这听起来很蠢。我想要给你的建议是，如果再次见到那只负鼠，请躲远一点。就像我之前跟你说的，那些动物会在圆圈里转悠，在两个世界的交界处转悠。”

两个人沉默了一会儿。不知何时，埃斯波西托已经走了，他的位置改由莱斯特、洛洛、斯凯奇以及其他几人占领。

“我一见到你就知道你也看得见那些动物，”迈克说道，不像是说给泰德听，更像是在自言自语，“很奇怪。”

十二

劳拉在评估室里等着他。她面前摆着一个笔记本和一台手提电脑。

“有必要这样吗？”泰德露出手铐。他刚走进来。

“恐怕是的。”

泰德重重地落在椅子上。麦克马纳斯陪他从房间走到这里，然后默默地走开了。

“你有没有思考过我们聊的事情，泰德？你相信肿瘤并不存在吗？诚实地回答我。”

“关于肿瘤我没有想太多。”

劳拉摘掉眼镜，她揉了揉鼻梁，仿佛想要摆脱不舒服的感觉。

“麦克马纳斯告诉我你跟一些病人已经相处得很好了。”

泰德沉默不语。

“你有什么想对我说的吗，泰德？”

“事实上，是的……公共活动室里有一套国际象棋。是你带来的？”

劳拉的笑容一抖。其实她的眼睛已在瞬间出卖了她。

“我想它会让你更舒服，”她承认道，“你可以和你的朋友们玩玩。”

泰德摇头否认。他抬头盯着天花板看了许久。

“你六个月前就拿来了。”他平静地说。

劳拉惊讶得张大嘴巴。

“你不要否认。我知道这是事实。现在我想知道你如何在六个月前就知道我会来这里。”

“冷静一下，泰德。”

“我很冷静，非常冷静。你只要告诉我为什么你还没认识我时就把象棋带来了。是卡米切尔吗？他跟你说的？这一切都是他计划的一部分？你他妈的跟我一次说明白。”

劳拉俯身尽可能靠近他……他的眼神说明一切。他吓坏了。

“我们俩七个月以前就认识了，”劳拉柔声说道，“你从那时起就进了这家医院。”

泰德仔细研究她的神情，徒劳地寻找能够出卖她的表情。什么也没发现。他站起来，被铐住的双腿挪着大步向后退。

“我知道有许多信息需要消化，不过我本来就打算今天跟你说清楚的。”

“我三天前才来这里。”泰德笃定地说。

“你过来。坐下。我要给你看些东西，所以我把电脑带来了。”劳拉翻开手提，等它跳出休眠状态。她重新戴上眼镜，在桌面上搜索文件夹。此刻泰德回到自己的位子上等待。减轻焦虑感的唯一方式是从口袋里取出马蹄铁，他把它放在膝盖上紧紧抓着。

“今天是星期四，2013 年 4 月 18 日，”劳拉盯着屏幕说道，泰德暂时还看不到屏幕上的内容，“你于去年 9 月 20 日入院。嗯，当时不在这个馆，在 B 馆，我是那个馆的主任。我本人负责处理你的案子。”

她把电脑转过来以便两个人同时看见屏幕。视频由房间角落的监控录像拍摄，那个房间和之前隔离泰德的区域很像，只不过少了玻璃墙。泰德坐在床铺上，手脚戴着镣铐，有节奏地前后晃动身体，对着空气指手画脚，偶尔点点头。他穿着蓝色衬衫和裤子。长方形屏幕的角落里记录着日期。当然那有可能是假的，可是，泰德为什么丝毫没有印象呢?

“你进来时是这个状态，泰德，我恐怕一开始情况并没有太大好转。”

泰德无法将视线从屏幕上移开。

“我在跟谁说话？”他喃喃地说，指着屏幕里的另一个自己。

“谁知道呢。可能是林奇？”

泰德移开目光。他用乞求的眼神看着医生。

“我一点也不记得了。”

“我知道。让我再给你看点东西。你马上就明白了。”

劳拉关掉视频。窗口显示一长列其他文件。她点开其中一个文件，屏幕上跳出一段新的视频。这次泰德认出了那个地方：劳拉的私人咨询室。那里有书桌、书柜、一张矮茶几，上面摆着一杯他从未碰过的水。泰德穿着蓝色制服，手脚被铐住。突然他听到了自己的声音，吓了一跳。这段视频有声音。

“谢谢你见我，劳拉，”录像里的泰德说道，“我和同伴出海的计划取消了。”

“我很遗憾你没能成行，”医生回答，“我很高兴见到你。”

“昨天我做了一个噩梦。”

简短的交谈后劳拉让他描述梦境。

“我当时在客厅里，透过落地窗望向门廊。桌子上有一只负鼠在啃食霍丽的腿。霍丽不在那里，只有她的腿，但是我知道那腿属于她……”

角落的日期显示图像拍摄于去年 9 月份。劳拉按下空格键暂停视频。她关掉窗口，在同一个文件夹里选了另一个文件打开。只有劳拉的衣着改变了，现在她穿着一件红色毛衣，泰德感觉自己有点模糊的印象。

“谢谢你见我，劳拉，”录像里的泰德说道，“我和同伴出海的计划取消了。”

泰德双目圆睁。他绝望地瞥了一眼屏幕角落，证实了自己的想象：日期是 2013 年 1 月，比前一段录像晚两个月。

“昨天我做了一个噩梦。”泰德在视频里说道，接着开始讲述相同的细节……

“够了。”现实中的泰德喃喃道。

劳拉中断视频。

“那是我在 B 馆的办公室。过去七个月我们每两天进行一次这样的谈话。前三个月我们谈话的内容都停留在我所谓的第一周期。你的大脑产生妄想，所有的记忆都围绕于此，你和林奇的碰面，他建议你加入自杀俱乐部，你先杀掉布莱恩进入那个循环，作为交易的一部分你还需要杀死温德尔。”

泰德不记得跟劳拉透露过这么多细节，但是很显然他说过。他不再摆弄马蹄铁，它现在躺在他的膝盖上，被遗忘在那里。

“你还好吗，泰德？”

他点点头。

“好的。在第一周期你杀死了布莱恩，之后你去了温德尔家。你在他的湖边别墅杀死他，但是接着你发现林奇对你隐瞒了他的家庭状况。于是你决定去找他，为此你去找了罗比肖，你的老同学。你记得这些吗，泰德？”

“嗯。”

“林奇是个不知名的律师，但是你找到了他，并在他的办公室跟他对峙。他跟你说温德尔其实是组织的成员，是个危险分子，因此他必须死。你知道他利用了你，事情变得不好收场……”

“劳拉，这太疯狂了……我不知道是否想要你告诉我这一切都是我在他妈的一间五平米房间里想象出来的。我真的杀了他们中的某个人吗？因为那样我才在这里的吗？”

“你听我继续说下去，泰德……”

“不！你回答我。我杀人了吗？”

“没有。”劳拉果断地说。

泰德点点头。

“这么说那些事都不是真的？”他满怀希望地问道。

“恐怕比那更复杂。”

泰德想象不出更加复杂的事。

“在前三个月，”劳拉继续道，“我根本没办法让你放弃第一周期。那种记忆大概会持续一周，有时是两天，然后你就像重启一样回到初始状态，在你的书房里准备给自己一枪。头一次发生这种情况时我不知道该如何反应，我怕自己操作失误。但是随着你的记忆周而复始，我渐渐得到经验，我可以更加准确地向你提问，就这样我慢慢了解到所有细节。第一周期大概重复了十五次；有些细节你更愿意说，有些则不然。接着，有一天发生了这件事……”

劳拉找出一段新视频。日期是 12 月 19 日。她往前拖了几分钟然后点击播放。

影像中的泰德说：

“那家伙出现在我家门口。我从没见过他，即便如此我知道他就叫林奇。更疯狂的是我记忆里曾发生过一模一样的场景，我知道那家伙要跟我说什么……”

劳拉暂停视频。

“你离开了那个周期。”医生说，“相信我，一开始我不明白为什么，也不知道你是否彻底离开了。结果是否定的，当你再次重启时，你又回到初始周期，再一次回到所有事情的起点。”

“天哪，劳拉，究竟发生了什么？”

劳拉露出一丝乐观的微笑。

“卡米切尔医生让你来见我时，在你身上发生了严重的事情。你可能曾试图自我了断，但是并非因为肿瘤，我真的不知道原因是什么。你屏蔽了那段记忆，现在的这些记忆取而代之，你一次又一次地重复经历它们。”

“我需要恢复那些记忆。”

“事实上我觉得我们已经取得了重大进展。你在第二周期时意识到前一个周期，因此事情变得不一样。你警觉到自己被欺骗，你去了温德尔家，没有径直向他射击而是跟他交谈，你记得在哪里吗？”

“当然，在他女儿们的城堡里。”

劳拉点点头，若有所思。

“这个细节一直让我留意。温德尔在那里告诉你他和林奇在大学里就认识了，那个所谓的组织并不存在，林奇精心策划了所有事情，为的是除掉温德尔。”

“温德尔给我看了照片，”泰德极其敏锐地想起这个细节，“霍丽和林奇一同在餐厅里。那段记忆应该是真的。”

劳拉点点头。

“有可能。每一个周期都代表你对现实的一种扭曲的看法。一种对其进行调整的方式，以便让它……”

“不那么痛苦。”泰德补充道。

“恐怕是的。”

泰德使劲摇头。

“还有些事情我不懂。如果霍丽和那个家伙背叛了我，我一点也不会怪罪她。我们之间的关系并不顺利。我越这么想就越肯定我不可能因为这个理由捏造出那些……”他突然停了下来。

“怎么了？”

“你跟她聊过，劳拉？你这段时间应该跟霍丽聊过。这……七个月。她跟你确认过？我是说，她偷情这件事。”

“我倾向于再晚些讨论这件事。我希望你明白，即便我几乎确信那些周期不会再循环往复，我们也不能冒险。我们应该慢慢接近事实，一步一个脚印地向前走。因此最初的这几天非常重要，我不想一下子给你灌输太多信息。你需要思考我们接下来会在这里讨论的事情；在以后的问诊过程中我们一起搞清楚过往的日子里发生了什么。”

“我可以见她们吗？”泰德绝望地问，“我非常想她们。”

“我可以想象，泰德。我是一位母亲，我知道你的感受。”

“问题是已经过去这么长时间……”

“你没什么好担心的，我跟你保证。”

泰德点点头。就在这时，突然有一块拼图归位。他第一次想到罗杰。

“罗杰，那名护士，我见过他几次，在布莱恩家，还有温德尔家。”

“你跟我说过了，一开始那让我很担忧，我不知道那样是好是坏。B馆的日常活动并没有干扰到你的妄想，除了罗杰，我想是因为他跟你关系密切吧。他的角色很像这里的麦克马纳斯。有几天我请另一位护士负责你，但是没有提醒你任何变动。我猜测罗杰是你用来构建那些记忆的又一个元素。”

“那些记忆太真实了，劳拉，”泰德难以置信地说道，“这一切太怪异了。”

“大部分记忆都有很坚实的现实基础，泰德。你只不过是改变了它们，按照自己的意愿重新排列组合。”

“我第二次见温德尔时，他跟我说你们想把我关进这里。”

“那对我们而言是意外的好运。”

“我不懂。”

“听我给你解释。”劳拉合上电脑放在一旁，“你只有几次到达过第二周期。你几乎总是停在第一周期然后从头开始。那太让人沮丧了。我不知道你为何会过渡到第二周期。直到有一天我发现了原因。关键在于你的过去，泰德。我注意到进入第二周期的那几次谈话中正好都提到与你过去相关的话题，你的童年，特别是跟米勒学习国际象棋的经历。就好像那些过往推动你前进，从第一周期的谋杀事件中脱身进入第二周期，这时你不再是杀人犯，你的婚姻并不幸福但是你能接受。你看出来没？”

泰德想到了米勒。的确，他很高兴想起他过去的象棋老师。

“我鼓励你跟我谈米勒，”劳拉继续说道，“有一天你跟我提到他车库里的马蹄铁，你在那里接受训练，以及你们如何将它作为比赛的护身符。你还跟我讲述了阿廖欣和卡帕布兰卡在布宜诺斯艾利斯的那场世界棋王争霸赛。你讲得非常激动……当时我就想如果有什么办法让你紧紧抓住过去，也许你可以一下子从那些周期里直接跳脱出来。”

泰德抓住马蹄铁，把它放在桌子上，以便劳拉也可以看见它。

“国际象棋，”劳拉解释道，“从一开始就很重要，但是我没能看出来。它一直在你跟我讲述的梦境中。”

“我在温德尔的家里找到了马蹄铁。”

“不。是罗杰给你的。你把它也放进了你的幻象中，因为它对你而言太重要，你不能弃之不理。这招果然有效。现在就看接下来会怎样，你将如何跳脱第二周期。有一天，当罗杰去你房间带你去吃晚饭时，你跟他说你已经知道一切，说我们想欺骗你，说你知道我们要把你关进薰衣草纪念医院。”

泰德忍俊不禁。

“听上去挺好笑。”他承认。

劳拉也笑了。

“罗杰马上向我汇报，我们看到了把幻象和现实联系起来的机会。我请别人帮了几个忙；这个馆的主任是我的朋友，我不需要过多解释就跳过了内部流程。我们把你带来这里，两个世界顺利对接。”

两个世界。

那听上去太像迈克·道森的无稽理论。

“马蹄铁非常重要，泰德，我建议你随时带在身边。”

“现在要做什么？”

“你已经从危险的抗拒漩涡里脱身，但是还有很长的路要走。我们需要重组你最后这段时间的生活，了解发生了什么，你选择遗忘了什么。”

泰德沉默了一会儿，接着说道：

“我想看看这段时间我待过的地方，还有你的诊室。”

医生感到奇怪。

“你指那些视频？”

“不，亲自去看。”

“我不知道那是否明智。”

“我需要亲眼看见。”

十三

马库斯跟卡门分手了。终于！一想到是因为劳拉在医院咖啡厅告诉他自己跟前夫之间的关系彻底决裂了他才迈出这决定性的一步，他就感到羞愧，但事实如此。对他而言卡门不是女人；美好的性爱不足以弥补她令人厌恶的轻佻、尴尬的沉默，或是她的指责。马库斯对于现在这位前女友的冷淡已经无法掩饰，而她似乎并没有太在意，这在某种程度上让事情变得更糟了。他通过电话跟她摊牌，她说她理解，让他不必担心，他随时可以打电话约她做些有趣的事情，她并不恨他，他也不必太过认真，生活是用来享受的。总而言之，她一点儿也不在乎。再见了，卡门。马库斯刚满五十岁，就算孤身一人也并不意味着他已经准备好与世界上卡门这样的女人共度余生。也许等到六十岁吧。

他希望恢复的一个习惯是每周日的电影时间。他在客房里搭起一间小观影室，跟卡门刚确立关系时用过一次。后来她坦言密闭空间令她不舒服，他接受了。无法相处的因素列表上又多了一项。

马库斯有两集录好的《绝命毒师》，那是他最喜欢的剧集。他用微波炉炸了些爆米花，从冰箱里抓起一瓶啤酒走进客房，开心得合不拢嘴。观影室里有六个座位分列两排。他坐在后排中间的位置并伸直双腿；他把爆米花和啤酒放在旁边的位子上，从身后的窗台上拿起几只遥控器。其中一个用于控制灯光强度，另一个用于展开幕布，当然还有一个用于控制播放器和投影仪。他把光线调至最弱，启动银幕。随着一阵令人欣慰的嗡嗡声，白色的矩形幕布缓缓落下。幕布刚刚触底时手机响了。

看到是劳拉打来的电话，他的烦躁感瞬间消失。

“太让人惊喜了！”

“你好，马库斯。”

短暂的沉默令马库斯稍感不安。

“薰衣草出什么事了吗？”

“不。我想……你现在有事吗？”

“完全没有。”

“你想跟我吃午饭吗？”

马库斯不得不沉默一会儿才控制住自己洋溢的热情。

“当然。”

“我想跟你聊聊泰德·麦凯的案子，然后我需要你陪我进行一次简短的问诊。”

“没问题。你激发了我的兴趣。”

“那样更好，不要失约哦。”

约会

“我一个小时后去接你？”

“太好了。”

挂断电话后，马库斯盯着白色幕布呆坐了十分钟。

十四

马库斯开着车，心如乱麻。他有没有误解劳拉电话里的意思？他不想再次会错意。劳拉当然知道他对她的感觉，即便这种感觉不是相互的，或者曾经不是相互的，但是近期形势已经发生了变化。二人现在都恢复单身了。

她邀请你共进午餐！她用了“约会”这个词！

“但是她语带戏谑，”他在后视镜中寻找自己的眼睛，“你知道的，对不对？”

她知道你喜欢她……她给你打电话，是因为你最近对她若即若离。难道她没有让你知道她的婚姻已经彻底结束了？

的确如此。

他在中午之前来到她家。劳拉没让他进屋，说她得抓紧时间，他们需要在两点钟赶到一个地方，因此最好尽快吃午饭。她亲吻了他的脸颊然后径直走到车旁，把马库斯一个人晾在大门旁，他很庆幸自己没有买束鲜花或者做其他类似的傻事。甚至他的着装——白色羊绒裤、淡蓝色亚麻衬衫和一成不变的圆顶礼帽——跟她的牛仔裤和格子衬衫比起来都显得太过正式。劳拉的头发束成一个发髻，妆容比平时更淡。

你想要一个信号？那不就是。这跟浪漫毫不搭边，朋友，她只是需要跟你聊聊麦凯的案子，让你陪她去天晓得什么地方。

他们在罗马内利餐厅吃的饭，餐厅在通往牛顿维尔的路上，有一个露台面朝查尔斯河。劳拉没跟他提过牛顿维尔有什么，他也没有多问。他们点了金枪鱼色拉。事实上是劳拉先点的，马库斯效仿她，心里巴巴地念着留在家里的爆米花，同时提醒自己必须减掉过去两年里新增的十公斤体重。

因为如果减掉那十公斤肉，她肯定就会拜倒在你的脚下。

有时他跟劳拉有发展机会的念头会令他觉得自己很愚蠢。那不仅仅是因为十公斤肉或是十二年的代沟；劳拉的身上散发着一些特别的东西，她的存在感从未消失过，马库斯每天都能在医院里看见她，希尔医生总能引起周围人的赞叹。她为什么要关注他？

"这么说麦凯有好转？"马库斯说。他在开往罗马内利餐厅的路上曾尝试用各种话题开启交谈，但均告失败。劳拉只想跟他谈令她痴迷的案子。

"是的！我有好多事情要跟你说。我几乎肯定他已经摆脱那些周期了。让他恢复记忆只是时间问题，我确信。"

"你给他看过在个人办公室里录下的跟……有关的内容了吗？"

马库斯一下子想不起来那个名字了。

"林奇？还没有。还没到时候。我给他看了薰衣草病房里的视频，还有我们几次问诊的视频。过程很艰难，我发誓有一个瞬间我以为我们又要回到起点了。但是没有，他似乎把一切消化得很好。"

"我很高兴。快吃点，劳拉，你都没碰过色拉。"

她看看盘子，仿佛不知道它在那里。她戳起一小块金枪鱼慢慢放入口中。

"你听了我的话不要生气，劳拉，但是我认为你投入太多精力在这个病人身上了。"

她笑了，耸耸肩。

"我就知道你要那么说，"她漫不经心地说，"我在想我可以写一本书。"

马库斯脸上露出不可思议的表情。

“真的吗？”

劳拉突然神情严肃。她看看两边，轻轻地俯身向前。

“你要我对你坦白吗？”

马库斯神经一紧。

来了。

“我没有让你进屋并不是因为我们时间紧张。我想说的是，我们的确时间有限，但是我本来可以让你进去坐一会儿，相信我，本来我是这么打算的。从我跟你通话时起我就对自己说我需要整理一下客厅，里面散落着所有有关泰德的记录。照片、文件、剪报等。”劳拉像个顽皮的女孩一样笑起来，“一次性全部收拾干净！我时刻这么提醒自己，直到你按响门铃。可我连收拾一下自己都没来得及。”

“你还是可以让我进去的。”

“我知道，我们之间存在这种信任。但是里面真的是个烂摊子。沃尔特一整天都会跟他爸爸待在一起，我猜我便放任自流了，你知道的，我已将这套房子据为己有。”

“你要告诉我什么故事？”

“对了！我们来这里就是为了那个。”

劳拉又吃了几口色拉，嘬了两小口可口可乐把它们送下去。她似乎急于一股脑把话都讲完。

“泰德曾经是个象棋神童。他青少年时期放弃下棋，但是，我恐怕棋手的一些思维模式他无法摒弃。”劳拉顿了一下，她似乎并不完全满意于自己的解释，“这几个月我看了许多纪录片，甚至还读了几本传记。昨天我又看了一遍博比·菲舍尔①的纪录片；我想你知道他

---

① 博比·菲舍尔(Bobby Fischer，1943—2008)，美国国际象棋手。

是谁，对吗？”

“当然。你那时还是个孩子，不过1972年的时候，他打败俄罗斯人成为世界冠军时引起过一阵可怕的骚动……”

“斯帕斯基[①]。”

“我都忘了。当时是件大事，那是在冷战期间，苏联对阵美国。我没有看他们的比赛，但是我记得媒体的密切关注。菲舍尔成为了民族英雄。他怎么了？”

“你什么都不知道？”

“不知道。我从来不关注国际象棋的新闻，说实话。”

“我长话短说，那段历史真是不可思议。话说1972年，菲舍尔争夺世界冠军之际开始流露出妄想症的迹象。他当时二十九岁，在那之前一直被视为古怪的天才，但是他的病症开始越来越明显。他对下棋的要求越来越苛刻，有一次都没有现身比赛，还总是对那些极荒唐的事满腹牢骚。他说电视台的摄像机会释放出某种辐射伤害到他，甚至要求把它们撤出现场，还说俄国人使用某种技术分散他的注意力。交战持续数周；他们打了很多场比赛。当然菲舍尔最终赢得了比赛，加冕世界冠军。然后……他就消失了。”

“消失了？”

“他接下来二十年都没有下过棋！他从地图上消失了！他躲在各种地方，从没有公开露面过，人们甚至多次怀疑他究竟是活着还是死了。要注意，他当时正处在事业和名气的巅峰时期。如你所说，他就是个民族英雄。国际象棋是他的生命，他一生痴迷于此，其他几乎什么都没做过。成为世界冠军时……他却放弃了，就这么突然。”

---

① 全名鲍里斯·斯帕斯基（Boris Spassky，1937— ），苏联国际象棋手，后加入法国籍。

“我都不知道。你说他二十年后回归了。”

“没错，但仅仅是因为一位百万富翁赞助了一大笔奖金让他跟斯帕斯基进行一场冠军回访赛，在1992年的时候。他再次胜出。那是一次非常短暂的回归。他甚至没兴趣参加必须参加的世界冠军头衔答辩会。由于他没有出现，他不再是冠军。那时他开始变得反犹，时不时在电台发表一些反犹太人和美国的可怕言论。当他宣布将在南斯拉夫复出比赛时，我们的政府发出一份文件警告他不许在那里参赛，否则将把他扔进监狱。他根本不在乎。他在新闻发布会上宣布仍然会参赛，并公然朝警告信吐了口唾沫。他的状态很糟糕。犹太人和美国人是他经常谈论的话题。”

“太可惜了。他后来入狱了吗？”

“美国撤销了他的签证，因此他在日本被捕入狱，在他居留日本期间。他没有地方可去，是冰岛，那个他首次与斯帕斯基打冠军赛的国家，在某种程度上出于怜悯给了他居留权。引渡他的情形相当壮观。他最终死在那里，在2008年的时候。”

“他从未接受过治疗？据你所说，他得的是急性精神错乱。”

“我不知道。奇怪的是他不是唯一一位患急性妄想症的天才棋手。历史上还有几位。当然国际象棋本身不是病因，这一点很清楚，但是这些人的思维结构的确不适合纠缠此类问题。下棋本身就存在妄想的成分。”劳拉紧张地笑着，“你无时无刻不在预判可能根本不会出现的威胁，并虚拟出无限的可能性。他们的大脑分析着各种变数，每一种可能的招式都可能产生无数种结果。如果那样的思维结构被应用在棋盘以外的地方，结果是灾难性的。”

“我不知道自己是否完全听明白了。你认为类似的情形发生在了麦凯身上？”

“像菲舍尔这样的棋手，其共通之处在于他们突然放弃下棋。其他人退休了，以非职业棋手身份继续下棋、参与表演赛，等等。但是出现精神分裂或妄想症行为的人会非常轻易地放弃这项活动。我怀疑在那种情况下可能产生某种转移。大脑需要继续计算变数，不能就这么突然停止运转；它们一直没有停歇过啊！这些奇才从早幼时期就开始下棋，一旦停止下棋……他们便从棋盘上跳脱出来。泰德的案子比较奇怪，因为他在青少年时期就放弃下棋了。他接下来过了二十年正常生活，直到这个步骤突然被激发。”

“也许他一直处在潜伏期，当现实生活给他机会进行相同的理性分析，他便会重新启动那种思维结构。你所说的他的问题，无论那是什么，启动了这一机制。”

“很有可能。泰德在过去几个月经历了两个截然不同的周期，一环套一环，每一个周期都重复数次。也许周期这个词并不准确。也许应该叫变数。”

“你查到过类似的案例记载吗？”

“仅仅查到一些没有坚实科学依据的理论。”劳拉看着自己吃到一半的色拉。她说得太激动了，又把它忘了。

“你认为是马蹄铁令他离开那些周期，就像拴住现实的船锚之类的。”

“的确如此。当他从第一周期离开时，他幻想出第二周期，一个全新的变数，虽然不真实但更加贴近现实。例如，在第一周期里泰德没有意识到妻子的不忠。在第二周期里，他承认自己跟她之间的关系有问题。”

劳拉看了一眼手表。

“我们要走了？”马库斯问。

“跟他们约在半个小时后见面，但我们已经在附近了。”

“约了谁？”

“你马上就知道了，截至目前我都赶在泰德之前了解所有细节，还有几件事情他尚不知情。但是有很多细节我并不明白，其中一个就是爱德华·布莱恩在整件事里的角色。”

“你不认为也许他只是利用了自己从电视里听到的信息吗？我想说，那件事尽人皆知，于是他的大脑利用那段信息塑造出自己需要谋杀的人的形象。”

劳拉点点头。

“是的，我也是这么想的。然而，今天我看了那几次问诊的记录，有个细节引起我的注意……它可以帮助我们知道事情是否像你说的那样，还有没有更加复杂的联系。”

“什么细节？你不要吊我的胃口。”

劳拉站起身来。

“走吧，我路上给你解释。”

十五

泰德跟其他人一样从报纸和电视上获悉布莱恩案件的细节，这种假设再合理不过了。杀害阿曼达·赫德曼的人被当地媒体连日报道。被害女孩的姐姐名叫梅丽莎·亨格勒，是个非常戏剧化的女人，她折腾好久让《波士顿星报》的记者报道整个事件，事情一下子炸开了锅。这个案件包含所有吸人眼球的元素：一宗恐怖的谋杀案——起初有人说凶器是一把锤子——接着是布莱恩被宣布无罪的剧情大逆转。亨格勒聘请一位专家调查妹妹的死因，搜集新的证据，核实现有信息……她果然发现惊人内幕。没有人准确地知道位于阿曼达公寓下面的洗衣房总管是否真的造成尸体腐败加速，从而导致死亡时间判断失误，但是必须承认这给整个故事带来出人意料的逆转。新证据使得亨格勒的专家、辩方和检方之间正面交火。公众舆论立即分化成几派，尽管大部分人选择相信那女人的版本。

布莱恩的家正在挂牌出售，劳拉跟房产中介约好去看房。她当天早上几乎凭直觉给他打了电话，对方说那天是她的幸运日，他就在附近，很乐意当天下午带她看看房子。劳拉接受了他的提议，她当然知道他恰好在附近之类的话不是真的。事实上那栋房子不会很好卖。

“我叫乔纳森·霍华德。”中介脸上挂着与对面庭院海报上一模一样的笑容自我介绍。

劳拉伸手问候。

“我是劳拉·希尔，他是马库斯，我的丈夫。”她转过身，脸上露出调皮的表情。

“太好了！”霍华德一边向大门走去一边说道，“这栋房子相当棒，两位马上就可以看到。你们有孩子吗？”

“嗯，有一个。”劳拉立即回答。

“太棒了。你们是本地人？”

“不，”马库斯扮演黑脸，“但是我们知道这栋房子的故事。”

霍华德的表情瞬间闪现微妙的变化，但是笑容立即又绽放出来。

“哦，那个啊。是的，那家伙不得不搬走，但他在这里住的时间不长，房子本来不是他的。值得庆幸的是人们都很理解，因为现在已经有几位客人看中了……毕竟，谋杀案又不是发生在这里，对吧？”

劳拉跳出来缓和气氛。

“当然，我一直这么跟他说。”

霍华德有一点说得对：这房子很漂亮，即使现在空空如也一样看得出来，很难想象布莱恩那样卑鄙的人曾住在里面。劳拉尝试脑补出原本摆放家具时的场景。他们快速地转了一圈，获得证实的一个细节是底层的确有一间客房。这能证明泰德的确去过那里吗？可能吧。

他们来到二楼的主卧室，劳拉密切关注着中介，他穿过房间走向一个大更衣室，并让他们跟上。很显然他认为那间更衣室对于劳拉而言是张王牌，因为他神情夸张地钻进去并急于给他们介绍，催促她想象一下履鞋摆放在架子上、服装悬挂在相应的隔间里、珠宝罗列在镜子下方的梳妆台上的情景。随着中介的介绍，她的注意力不断加强，尽管理由跟他想的完全不同。泰德在曾经的几次谈话中告诉劳拉他选择藏身于底楼的客房，因为主卧室里没有躲藏的地方，然而这里明明有一间巨大的更衣室，那是等待布莱恩的绝佳藏身地点。这恰恰证明了她的疑惑，那就是泰德从未来过那个房间。

“我可以拍几张照吗？”她一边从口袋里取出相机一边饶有兴趣地说，“我想知道我姐姐看到照片时的表情。”

“当然可以！”霍华德鼓励道。

马库斯正好从试衣间走出来，不解地看着她。

当他们走到底楼时，劳拉把马库斯拉进客房。

“可以让我跟我先生聊几句吗？”

“当然！”

霍华德走开了。

马库斯看着她。

“你为什么要拍照，劳拉？我们要谈什么？”

她穿过客房，打开橱门，蹲下来看搁板底部。她呆若木鸡。

“怎么了？”马库斯走过来，在她旁边蹲下。

那里粘着巴斯光年的贴画，那是《玩具总动员》里的人物，泰德在问诊过程中提过，贴画会在黑暗中发光。

“快关上门。”劳拉请求道。

他们俩跪在最里面的墙角边，像两个玩捉迷藏的小朋友。马库斯几乎没时间问自己如果中介此时打开门并发现他们俩把自己关进了衣橱里时会作何感想。

当衣橱内完全暗下来时，巴斯的轮廓微微亮起。劳拉打开橱门。

“我不明白。”她说着走出去。

马库斯也站起来。

“你不明白什么？”

“那张贴纸。泰德描述得非常详尽。”劳拉疑惑地说，“直到刚刚我都还认为布莱恩的桥段是他妄想出来的，他根本没有来过这个房子。楼上房间的某些细节与他的描述不符，但是这个……这个证明他的确来过这里，还把自己关在衣橱里。”

“你跟我说过在他的故事里他杀死了布莱恩。这件事很显然没有发生过。”

劳拉思考着，在空房间里来回踱着。

“在第一周期他杀死了他，在第二周期没有。”

“也许他有这个意图。”马库斯大胆猜测。

劳拉看着他，眼神中掺杂着狐疑和惊恐。当她终于开口时，低沉的声音显得若有所思。

“那完全说不通。泰德曾经来过这个房子跟其他细节风马牛不相及啊……”

敲门声把他们吓了一跳。

“希尔先生希尔夫人！你们没事吧？我相信如果你们对房子感兴趣的话我们可以商量一个很好的价格。我可以去谈谈……”

劳拉打开门。她佯装不快地看看中介。

“我先生不太满意，”她严肃地说，“就像只有他说了算似的。”

她绕过中介径直向大门走去。

马库斯跟惶惑的霍华德站在走廊里。他为他感到惋惜；毕竟劳拉刚刚利用他来看了房子，但她压根没有买房的打算。他立刻觉得自己应当负责。

“很抱歉。”他说。那绝对是真心的歉意。

“如果您有什么不满意，我们可以重新改造……房东会同意的，我保证。”

马库斯把一只手搭在他的肩上。

“很遗憾浪费了您的时间。真的。”

十六

这是他与道森同住一间的第一个夜晚，只不过他的室友现在不在房间里，而是在C馆的最高安全级别区域。他对于目前的孤寂感到庆幸。他躺在床上，观察着这个陌生空间里的各种灰暗轮廓，特别是分列在屋内唯一一扇窗户两侧的书桌。在他的桌子上霍丽和女儿们的照片尤为显眼。照片是三年前圣诞节拍的，当时他们的婚姻还算顺遂。尽管在微弱的月光下泰德只能分辨出相框，但他可以回忆起照片里的每一个细节，甚至记得拍照时的场景。所有人都面带笑容，除了娜丁，她惊讶地指向一旁。那是一张自拍照片，泰德设置好相机后跑到自己的位置上，娜丁突然看到邻居家的猫，它总是习惯来拜访他们并寻找免费食物，它逃出来的时候嘴里叼着霍丽为晚饭准备的鱼。除了娜丁谁也没看见，而她看见阿南德时惊讶的表情也被永远定格下来。从那时起泰德就把照片放在了自己的书房里。

“现在你也来到了这里。”他对着照片喃喃自语。

他继续疑惑地看着书桌，无法相信自己来到了这里。但是与前几日不同，起初他毫无归属感，现在他感觉自己应该待在这里。他不得不承认，劳拉在评估室给他看的视频深深地触动了他。他掉入了自己大脑设下的陷阱中；怪不得别人。但是现在已经有所进展了，不是吗？因此劳拉才把视频放给他看……

或许她已经给你看过三十次了。

“不，”他又对着照片说，“这是她第一次放给我看。”

他需要握住点什么。

接受自己应该待在这里是非常重要的一步。他已经感觉到了。他觉得如果自己想继续好转，明白大脑为什么构造出错误的现实，他就需要待在薰衣草。

周期。

那背后隐藏着什么？

想到女儿们从好几个月以前就没有见过自己也让他很难接受。自杀的念头是如何闯入大脑的？*抛弃她们*……实在难以想象。现在他清晰地看到这一点。

“无论爸爸发生了什么，”他微微前倾，坚定地看着照片，“他都会克服的，为了你们他会好起来的。”

他露出微笑。

然而片刻后，他的笑容消失了，仿佛被施了魔法。他从床上跳起来，无比惊恐。有一扇闸门被打开了……他跑向房门，来到走廊上。廊灯都熄灭了，周围一片死寂。泰德迫切需要尖声呼叫麦克马纳斯的名字，但是他突然想起麦克马纳斯那晚不当值。他来到走廊尽头，当值的护士正在看电视。泰德从未见过他，至少他这样认为，事实上那男人看见他似乎非常害怕。他抓起桌子上的对讲机，按住按钮准备说话。

“不，不，”泰德举起双手解释道，“什么也没发生。我只是需要跟希尔医生谈谈。非常重要的事情。”

护士把对讲机从嘴边拿开；他继续疑惑地看着泰德。

“你可以明天跟她谈话，”他说，“现在快去睡觉。”

“那不能等。她跟我说过的。她说如果我需要跟她谈话，我可以给她打电话。她是这么对我说的，真的。”

泰德的眼中满是乞求和恐惧，保安在薰衣草纪念医院工作了许多年，很少见过这种眼神。

十七

劳拉的客厅里的确一片狼藉；她没有撒谎。马库斯惊叹于散落在地毯上的报告、剪报，甚至还有喝了一半的咖啡。她笑了，感觉很好笑。

“我跟你说过了……沃尔特跟他爸爸在一起。每次他去他爸爸那儿……”她用手划过客厅。

“可为什么散落在地上？”

她笑起来。

“童年时养成的习惯。我以前跟姐姐住一个房间，我们只有一张书桌，被她霸占去学习了，我只好趴在地板上学习。我挺喜欢的。大学里我也这样做。”

劳拉把文件叠成一摞放到桌上。

“这个案子难住你了。”

“要咖啡吗？”

“好的。”

几分钟后他们坐在客厅的桌子旁喝着咖啡。劳拉若有所思。

“劳拉，给我解释一下病人是如何构思对布莱恩的谋杀的，你跟我说过的所有细节中这一点我最不理解。”

“在看见布莱恩家中的贴画之前，我一直坚信所谓的谋杀没有任何事实基础。”劳拉解释道，她翻查着桌子上堆叠的文件夹，“你看看与案子相关的剪报有多少，所有这些都是泰德入院前的新闻。如果假设他的大脑对于沸沸扬扬的案件产生了回应，这是非常合理的。”

“但他是如何将其混入自己的妄想中的呢？”

“他认为自己被某个自杀组织招募为其中一员。目的是通过制造谋杀现场减轻给亲人带去的痛苦。每一个自杀者接力并杀害下一个自杀者……进入这个链条的代价是为不合理死亡的人伸张正义；这是一种复仇。”

马库斯鼻头皱起。

“很复杂又十分吸引人。”

“的确如此。有三个特征元素将第一周期和现实联系起来。第一个是自杀。我确信泰德曾经有过轻生的念头；他甚至已经尝试过。另一方面是家人的痛苦。这一点他强调过很多次，证明他非常在乎自己轻生造成的后果。第三个方面也是最让我不安的一点，是他去过布莱恩的家。这一点与事实不符。”

“我正要跟你说。如果那个组织的那个人……叫什么来着？”

“林奇。”

“如果林奇仅仅向他提议伪造自杀，似乎更合理些。但是为什么要让他杀害其他人呢？”

“我不知道。我们现在知道泰德的确去过布莱恩的家，可能是偷偷溜进去的，就像他第一周期回忆的那样……我不知道该怎么想。可以肯定的是他因为某种理由去过那里。”

“据你所说，那些周期是对他入院前发生的真实事件的一种扭曲。”

“是这样的。每一个事件都有自己的事实基础。现在我们知道连他去过布莱恩的家都有事实依据。”

“如果泰德真的想以复仇的心态杀掉他呢？如果他像跟你说的那

样躲在他家里伺机动手，但最终没有得逞呢？”

劳拉思索着。她喝下最后一口咖啡。

“那不合理。那会推翻一切推测。”劳拉揉了揉鼻梁，“我原以为差不多都清楚了，到现在为止。”

“也许我们放大了贴画的重要性。泰德曾经在某种机缘下见过它，也许很久以前，而这个细节被存在他的大脑中。我们知道那栋房子过去的主人是谁吗？”

“真希望我之前想起来问那个中介。”劳拉遗憾道，“我可以打电话问他，虽然我怀疑他看过我们的表演后不会再愿意合作。我感觉答案就在我们面前。”

马库斯保持沉默。劳拉望向天花板，仿佛那里有答案。

“我正在整理一份文件，里面包含所有泰德在问诊过程中讲述的细节。每次问诊时我都以不同的方式提问，就像在完成一幅拼图。我已经完成了第一周期。你有兴趣看看吗？”

“当然。你可能正需要全新视角的审视。”

劳拉的眼中显露出一种特殊的光芒。

“怎么了？”他问。

劳拉继续用谜一般的眼神看着他。

“怎么了？”他重复道，“我嘴上有甜甜圈吗？”

他用手指去擦嘴角。

“没有，傻瓜。”劳拉轻轻地拉开他的手指，“跟你聊聊对我帮助很大，仅此而已。”

“我荣幸之至。”

他稍稍靠近。场面并没有变得尴尬。他放低声音。

“我们让它等到明天吧，也许那样我们会看得更清楚。或者事情比看上去简单得多：泰德得知自已的妻子与那家伙有染便失控了。

他现在怎么样？”

“林奇还在昏迷。诊断结果并不乐观。”

“泰德知道吗？”

“不。他还以为是温德尔做的。”

“温德尔……”马库斯笑道，“这很好笑。”

“你别笑，”她佯装不快地说，“我很担心他知道真相时会如何反应。这是最后一扇还没打开的门。也是最危险的一扇。”

“你打算把他接回你的馆里吗？”

“目前还不想。他不断在好转，我不想让他反复。何况他似乎已经跟一些病人相处得不错了，比如道森。”

马库斯深吸了口气，绷着脸。

“真是个好室友。”

“马库斯？”

“嗯？”

“我很高兴你来了，真的。”

劳拉把手按在他的手上。马库斯看着她，不知所措。

他有机会倾身去亲吻她，然而情绪被不合时宜的电话铃声扰乱了。劳拉走过去接电话，回来时神情大变。马库斯知道，只要跟前夫交谈她的情绪一定会降至冰点。她根本不需要说刚才跟他通过电话。

“沃尔特一会儿就到……”她一边摇着头一边愤恨地说。

马库斯站起来。他认为这句话是在提醒他离开。其实劳拉更多的是说给自己听。

“他应该履行父亲的责任，我根本没办法让他跟儿子待他妈的一整天。我几乎要向他苦苦哀求。今天他本来要先带他去玩，然后再带他和他的表兄弟们在公园里玩一下午。可现在他给我打电话说突然出现工作上的应酬。今天是星期天啊！”

“冷静一下，劳拉。”

“我不懂。我真的不懂啊。就一天而已。还有什么比看见儿子更重要呢？”

马库斯几乎打算提出留下来并计划一下怎样带小沃尔特玩了，但是他觉得这样会强迫她做决定。他试图安抚劳拉，说些无关紧要的事情分散她的注意力，甚至想让她继续讨论案子，皆是徒劳。

“有时我想他是故意这么做的。他知道对沃尔特冷淡会让我受不了。他非常清楚这一点。他似乎非常享受于给我打电话说他有突发状况……混蛋。”

十八

沃尔特是一个聪明敏感的男孩，某些方面显得很孤僻。周末的时候劳拉为他准备洗澡水，她在浴缸里装满水和泡沫，拿来他最喜爱的一个玩具，坐在边上陪他聊天。几年前玩弄的塑料鸭子已经被军舰、太空飞船和变形金刚取代，几个月前沃尔特还相当严肃地跟她说自己再也不能裸着身体了，有她在场的情况下自己需要穿上泳裤。劳拉同样严肃地回答说她赞成。

她在他的头发上打香波，小心翼翼地拨开泡沫以防流入他的眼睛，沃尔特则激动地回忆着白天跟爸爸做过的事情。在他的讲述中，斯科特就像是无所不能的上帝。他说很遗憾爸爸突然有应酬不得不离开去工作。听到这些劳拉嘴唇紧闭。沃尔特提到父亲时崇拜的语气既激昂又伤心；无论他如何令他失望，多少次临时取消计划，不出席学校的活动，或者不履行诺言，沃尔特总能够理解。劳拉不止一次跟斯科特因为这些事情争吵，每次他们之间发生冲突时该死的斯科特就会拿沃尔特的理解作为筹码。“听着，我跟沃尔特谈过了，他非常理解。”劳拉回答说即便一个九岁的孩子出于对父亲的崇拜全盘接受他所有愚蠢的借口，也不意味他有权表现得像个不负责任的混蛋。但是那条路她已经来来回回走了很多次，一切如故。斯科特会张开双臂望向天空道出这种言辞：“不要跟我来那套心理学的屁话……那孩子很聪明，可以理解所有事情。”劳拉每次都用同一段内心活动结束不愉快的对话：自认倒霉吧，谁叫你当初嫁给他这种人……下次千万不要再选骑摩托车的叛逆小子。

不会有下一次了。

“妈咪，水凉掉了。”

“那你该出来了。”

沃尔特取下塞子，他们一起看着泡沫慢慢沉下。劳拉打开喷头让儿子冲洗。冲干净后她用浴巾裹住他的身体，擦干他的头发，然后给他穿衣服。

“我为你感到骄傲。”她对他说。

“因为什么？”

因为你从不抱怨有那样的父亲。

“因为你的一切。”

一个小时后沃尔特睡着了。劳拉决定听从马库斯的忠告不再去想泰德。她身体的某个部分请求她重新翻看那些记录着她的明星患者讲述如何夜访布莱恩家的视频，但是她强迫自己暂时放下。她给自己倒了一杯葡萄酒，从她简陋的小说书架上拿起罗宾·库克[1]的书。这是她收到的一份生日礼物。翻开第一页时，马库斯工整的字迹跳入眼帘：这本书的女主角让我想起你。你看了就会明白……她盯着那句话愣了好一会儿。她非常确信之前没有看到过那句话，这说明她之前看都没看过一眼那本书。她想象着马库斯把书交给她时，或者几天后，焦虑地等待她对于那本书、故事里的女主角及其跟她的相似之处作出反馈。她的生日已经过去七个月了。她摇摇头。她意识到对马库斯的所作所为让她显得就像一个……最好想都别想。

① 罗宾·库克（Robin Cook，1940— ），《纽约时报》排名第一的畅销书作家。他的作品畅销全世界三十二个国家。

她开始阅读。刚看到第一段她就停下来。

乱放电的贱人。

“我不是个乱放电的贱人。”她冲着酒杯自言自语。

有点像。

“不。”

就在她终于被故事情节吸引时，突然手机响起来。她本能地看了眼手表；已经十点多了。她迅速跑到厨房餐桌旁接通电话。从医院打来的电话。一位在C馆值晚班的护士不耐烦地说她的一个病人想跟她通话，记录中显示……

“好，好，帮我接通吧。”

“劳拉，”泰德喃喃道，“她们都死了，对吗？霍丽、辛迪、娜丁……都死了。”

“泰德，发生什么事情了？”

“我全都明白了。我在自己的房间里，突然想通了真相是什么，一下子全明白了。她们……她们都已经死了。”

“你的妻子和女儿们没有死。”劳拉保证道，“你听见我说什么了吗，泰德？我会跟你撒那种谎吗？”

“我不知道。”

“这种事情我是不会欺骗你的。”

“但是那……”

“她们现在很好。”

片刻沉默。

“泰德？”

“我需要见她们。”

“我们可以明天谈这个吗？”

“不。我需要见她们。”

"泰德，我跟你保证一件事情：明天一早我就跟霍丽通话。我会告诉她你有所好转，你想见她们，看她如何回答我。"

又是片刻沉默。

"她们为什么不想见我？"

劳拉后悔刚刚喝了那杯红酒。酒精和困意令她无法按照意愿控制局面。

"她希望等你好了再见女儿们。"劳拉说，"这段时间……你还记得我给你看的视频，对吗？"

"是的。"

"你正在进步。你应该坚强。我会跟霍丽解释的，看她怎么说，我会尽量说服她最好让你见见女儿们。她们肯定也想死你了。但是你明白你的痊愈对于她们而言多么重要吗……"

没有听到回答，劳拉继续坚持道：

"你明白的，对吗，泰德？"

"很抱歉打电话到你家里。但是我刚才真的以为……"

"不要这么说。你别担心。明天我会跟霍丽谈谈，然后我们一起看看她怎么说，这样可以吗？"

"谢谢，劳拉。"

他们互相道别。劳拉在厨房里待了一会儿，思绪无法平静。她知道早晚要面对那一刻。

十九

玻璃门还在原来的位置；这次没有换成粉红色城堡。如果不是因为无际的水面——泰德似乎已经习惯了——一切看起来都一如往常。就连棋盒都还在烧烤架旁边。泰德想起上回在梦里看到霍丽跟罗杰一起从海面浮出来，她拿起棋盒，回到海洋深处之前向他投来怨恨的目光。现在他像前几次一样面对着玻璃门，想伸手打开门。他犹豫着，知道由于梦境诡谲他无法穿越自家客厅这个荒谬界限。然而移门很容易就打开了。运动传感器打开门廊里的灯，泰德停下来看着四周。海面很平静，没有波澜，也没有海边咸湿空气的味道，相反，他闻到来自森林的强烈湿气。

“你还不明白吗？”

声音吓得他一缩。他转向右边。门廊延伸向很远的地方。沙滩折椅上坐着罗杰，他穿着白大褂，脸上带着灿烂的笑容。

“明白什么？”

护士把目光转向大海，昏暗的海面与夜幕相连。他没有回答。

“明白什么？”泰德重复道。

他慢慢地做了一个手势，用手扫过广袤的水面。

你还不明白吗？

门廊的灯突然灭了。泰德摇晃着手臂想再次打开廊灯，海面上一个淡淡的灰斑吸引了他的注意力。起初他以为那是一艘巨大的船，但随着眼睛适应四周的昏暗他马上就明白了。他看到的不是船或者什么漂浮物。那是对岸。

你还不明白吗?

所以这次没有海浪，也没有海风。那不是大海，而是湖面。想到这他意识到延伸至远方的不是门廊，其实是船坞。而且这个船坞很眼熟。当然了，他在温德尔家。他看到船就停靠在那里，是他第一次看到那个男人时的那条船。

他之前肯定见到波浪冲击草坪的情景。

“之前我……”他说着转向罗杰。

但是罗杰不在那里，椅子上空无一人。他慢慢靠近，第一次转身看温德尔那座超现代化的房子。他看着玻璃门，它把他从自己家客厅传送至他不甚了解的男人的居所。他走到沙滩椅旁边时看到上面有东西。起初他以为那是罗杰的白大褂，他被传送至别处，却把衣服留在这里。但并非如此，那是霍丽红色的比基尼。泰德蹲下去拿起它，感受着潮湿的布料，仿佛他的前妻刚刚把它脱下来放在那里。

前妻。

他的心脏怦怦乱跳，焦急地在湖面上搜寻她的踪影。他想象着她赤裸着身体游弋在湖面上。

但是霍丽并不在那里。只有她的比基尼。他任由自己瘫坐在椅子上，双手紧紧把泳衣抓成一团。他把它捧到面前，鼻子埋进去寻找妻子独特的味道。

前妻。

你还不明白吗?

他这样呆坐了很久，感受着穿过树丛的瑟瑟寒风和蟋蟀的鸣叫声。树林里的某种东西显得熟悉而镇定人心。过了一会儿，他站起身来，走到木头栈道旁，顺着缓坡走到湖边。他绕过房子。他在对面发现了黑色的兰博基尼，安静得像一个沉睡的巨人。

当时他感觉自己看到窗户在动。眼角似乎捕捉到一个快速闪过的剪影。也许罗杰还在那里……

他走向大门，并不确信自己愿意撞上那个护士，他试着拉动门把手，沉重的大门打开了。

他看到了自己。在房子里等他的泰德站在印度地毯中央，手里的勃朗宁正对着他的脸。电光石火间他们的目光交错。他们其中一个人惊讶得倒抽一口气，火药被点燃，子弹倏地穿过泰德额头中央，他瞬间重重地倒在地毯上。很奇怪，尽管子弹把他击倒了，他只感到额头有轻微的刺痛感。但他试图举手摸自己时，他发现自己的手臂像瘫软的触手一般耷拉在身旁。血水模糊了他右眼的视线，不过他仍然可以看见另一个泰德来回踱着。

他的胸膛震动起来。另一个泰德有所察觉，俯下身来翻查他的衣服，直到发现手机。他取出手机，屏幕即刻映入眼帘，他可以看见霍丽的面容。

另一个泰德突然看着他。

“谁是霍丽？他会扰乱我的计划吗，温德尔？”

他手中可以感觉到霍丽那团潮湿的比基尼。他试图抓紧它，仿佛那团东西可以牢牢拴住现实和他的记忆。但是手指不受控制。他只能感受……

现在另一个泰德疯狂地走动着，明显很忧虑。他读着手机接收到的信息，脸色大变。

我们马上就到。今天的垂钓该结束咯。

外面，清晰的马达声宣告皮卡正在靠近。另一个泰德走到窗户旁向外张望。

“妈的！”

不多久车停了下来。泰德瘫在地毯上，他努力转动自己的眼球，但是刚才走过的大门还是无法进入他的视野。他看到另一个泰德穿过客厅走向厨房拱门试图从侧门逃走。那时他清楚地在大门另一侧听见辛迪和娜丁的声音。泰德希望她们不要进来，不要看到他瘫在那里头上顶着弹孔……他有一瞬间感到了希望。

“门上那张纸是什么？”辛迪问。

“是个字条，”她姐姐说，“上面写着妈妈的名字。”

泰德从另一侧可以清楚地听到她们的对话，他瘫在地上，头上顶着弹孔。

“上面写着什么，妈妈？我们也想知道。”

一阵沉默。

“你为什么哭了，妈妈？”

二十

泰德坐在平常那张长凳上。他快速吃完早饭，现在正一个人待着。迈克是最先出来的病人之一，他向其靠近，看上去情绪不错。

“似乎我要开始跟你分享我最喜欢的角落了。”迈克随身带着自己的书。

泰德没有回答，他目光涣散地看着篮球场。

“你不会想跟我说生活就像一盒巧克力吧？”迈克说着在泰德身边坐下，“不想聊聊？”

他翻开书开始阅读。过了一会儿他感到有人在轻轻拍自己的腿。迈克顺着泰德的目光望向薰衣草的后门，罗杰在那里招手让他过去。

“怎么了？”迈克不明白同伴的反应。

“你能看见他吗？”泰德轻声问道。

“看见谁？那边没有人，泰德……”迈克讪笑道，但当看到泰德的脸色瞬间变黑他意识到这不是开玩笑的好时机，“我当然能看见他！那个总是跟你的医生在一起的B馆护士。罗杰什么的……”

泰德松了口气。

“你还好吗，朋友？”

“嗯，嗯。”泰德站起来，“我们待会儿见。”

他向罗杰走过去。前一晚的梦境让他深感不安。

你还不明白吗？

劳拉在评估室等着他。泰德低着头走进去，几乎在拖着脚步。他并不像她预期的那样着急听到家人的消息。

罗杰做了个手势引起他的注意：

"您确定不想……"他指指手腕。

劳拉摇摇头。她决定是时候开始放弃手铐了。

"您想让我留下来吗？"罗杰提议。

"不需要。"

护士似乎心存疑惑，但是最终还是走开了。泰德坐在惯常的位子上。

"泰德，看着我……你希望我们换个时间谈话吗？"

"不，不。我今天特别需要和你谈谈。我正在努力整理自己的思绪。"

"你今天吃药了吗？"

"当然。你的朋友们也不给我其他选择啊。"他打趣道。

劳拉笑了。

"我在想他们是否给过你什么镇静药物……我在你的病历上没看到。"

"没有镇静药物。"

"我以为你会迫切希望谈谈霍丽，也许……"

听到这个名字泰德的脸上点亮充满希望的笑容。他情不自禁。

"你跟她通过话了吗？"

"是的。霍丽明确要求我跟你说她不会阻止女儿们见父亲；她知道你有多么爱她们，她们也一样。辛迪和娜丁非常想你，但是她们理解你正在医院里康复。"

"也许你昨天说得有道理……应该再等等。我只想知道她们一切都好。"

“我认为最好再等几天。你的进步相当快。是什么让你改变主意的，泰德？”

“昨天我做了同样的梦，我在自己家的门廊里，但是这次发生了别的事情。我可以离开房间穿过门廊，一直走到海边，只不过那不是海，而是湖。”

劳拉在口袋里翻找便携式录音笔。泰德从来没有梦到过离开房子，这可能意味着……

她越来越感到兴奋。她把录音笔放在桌子上，让他尽可能细致地描述梦境。泰德开始讲述。醒来后记忆丝毫没有褪去，完整地停留在脑海中，生动得就像他刚刚看过的一场电影。

他唯一保留的细节——因为他认为那无关紧要，也因为他感到特别痛心——是他在椅子上找到了霍丽那件湿漉漉的比基尼。

结束后，劳拉关掉录音笔，将其重新装回口袋。她拿起笔记本做记录。

“劳拉，这段时间你跟霍丽、卡米切尔医生，我想还有其他相关的人都谈过了。你找到温德尔了吗？”

劳拉咽了口唾沫。这问题让她感到吃惊。

“泰德，这个梦可以帮助你看清事实。”

“我不明白。”

“一言难尽……但你就是温德尔。”

二十一

劳拉从一开始就知道温德尔并非真实存在，而是泰德脑中幻想出来的一种自我投射。霍丽已经证实过湖边的别墅属于他们，有一段时间他们几乎每个周末都去度假，虽然近期——自从他们的婚姻出现状况开始——更多是泰德只身前往。是他喜欢垂钓，他拥有那辆像对待孩子般悉心照料的黑色兰博基尼，他拼装了那个多次在问诊时提到的迪士尼公主城堡。

是泰德自己在大学期间认识了林奇。他们那些年以及后来的一段时间里关系密切。再后来他们没那么频繁见面了，但从未彻底断绝联系。霍丽向劳拉保证当她和林奇开始约会时，她跟泰德的婚姻已经破碎，他们已经表示过需要给它画个句号。如果说他们至今都没有迈出那一步，那是因为他们想找适当的时机告诉女儿们。

霍丽和林奇行事非常谨慎，却犯下唯一的错误：他们在一家餐厅共进晚餐时被拍到了。他们想享受一个正常的夜晚，不要躲躲藏藏，因此他们决定分别驾车前往十五公里外的贝佛利。为了感受真正的自由，他们竟然愚蠢到选择了靠窗的位置。每当有人路过并打量两人时，他们都将之当个笑话来说，霍丽对劳拉讲述这段往事时语带懊悔。她和林奇都没有发现自己被来自波士顿的一名私家侦探跟踪了。

霍丽坚称泰德比她更早就放弃了对她的爱。泰德一向非常矜持，还有些孤僻，对霍丽除外；然而，最近几个月他对她开始保持距离，还有些拘谨。无论泰德如何努力掩饰，一切都非常明了。他们性生活的频率越来越少，几近消失。他不再主动找她，这几个月反倒是霍丽主动向他示爱，她相信低迷的欲望可以重新被点燃，就像快要熄灭的篝火中在最后一刻被放入一根神奇的柴火。但是为了得到几分钟机械的疯狂而百般乞求令她感到非常痛苦。霍丽试图欺骗自己，相信泰德每天晚上的借口：要么是工作，要么是女儿们还没睡着……但突然有一刻她看见了，她感觉到了。他不再爱她了。仿佛有人取下了她的眼罩。因为泰德每个月会出差一次或者两次去拜访重要的客人：重要到需要公司总裁亲自去拜访。他们都是七位数的客人，他总是这么告诉霍丽，他们真的非常重要，他需要通过直接接触及时了解他们的投资情况。泰德每次至少离开三天，通常是一个星期，回来时心情大好，给女儿们带回礼物，表现得很亲和……甚至有一晚他刚出差回来“勃起队长”也屈尊光临。

但是过不了多久一切就回归原样。他再一次表现得令人难以捉摸，喜怒无常，渴望离开去湖边钓鱼。霍丽不知道他在外面是否有别的女人，或者有几个女人，但她意识到丈夫离开自己时会变得开心。

霍丽并不觉得自己十分高傲，不过她还是不得不去核实他出差的真实性。她往公司打电话，跟泰德的秘书、他的合伙人交谈，一切都天衣无缝。要么是他思虑周全，要么是他真的没有撒谎。当然，谁出差需要一个星期？他告诉她自己还趁机去钓了钓鱼，这一点她可以跟丹佛的一家钓鱼俱乐部核实。很显然，如果泰德真的撒谎了，他比她要小心谨慎得多，几个星期后她居然和情人坐在餐厅靠窗的位置，暴露在所有人的视线下。

最终霍丽选择放弃。毕竟，就算泰德欺骗了她也无法从根本上改变眼前的局面。还有一点：她几乎没有察觉到自己已经渐渐不再爱他了。没过几周她便开始默默地接受了丈夫的这种冷漠。她甚至希望存在另一个女人，因为那样事情会更加简单。

有一天，贾斯汀·林奇来家里做客。泰德不在家，女儿们也不在。霍丽跟他关系还不错，因此就让他进屋了，他们喝酒聊天，短短两个小时霍丽就将心里的所有不快一股脑地倾诉出来。所有。贾斯汀不知道他们婚姻的问题究竟出在哪里，更不知道泰德是否有情妇，他保证。他的朋友从未向他坦白过这方面的事情；泰德很拘谨，他推脱道。但是二人之间的化学反应显而易见，贾斯汀从此变成霍丽的蓝颜知己。

当关系变得不可维系时，霍丽决定跟泰德摊牌，打算跟他说清楚。离婚对大家都好，他从一开始就同意。那段时间泰德已经开始头疼；他的身体已经表现了出来。霍丽和贾斯汀继续见面，保持知己的关系，但是他们之间的吸引力与日俱增，无法抑制。随着彼此深入了解，他们相互的倾慕之情越来越浓。他们需要等霍丽和泰德预先作出离婚的决定才能放开浪漫的缰绳。怀疑泰德可能也有情妇是他们为了减轻内心的愧疚而编造的谎言。霍丽当时全然不知泰德认为自己脑袋里长了恶性肿瘤，并开始去见卡米切尔医生。她更不知道他脑中已经缓慢而坚定地产生了自杀的念头。

另一件她到很久之后才知道的事情就是私家侦探和餐厅里偷拍的照片。因为泰德没有去与她或林奇对质，他把照片放在信封里藏进保险箱，那段时间他一如往常地过着每一天，直到有一天他们决定好如何面对跟女儿们和其他家人解释离婚这件事。因此，那些日子里他们反而相处得更加融洽。

过了很久霍丽才发现那些照片，后来她告诉了劳拉。她没有保险箱密码，不得不强行打开。不过那已经是一个月以后了！那一个月泰德依然对她只字不提，仿佛他根本不在乎。

泰德为什么要等一个月？一个月后他去林奇的办公室见他，当时楼里几乎没有人，他用一盏铜灯拼命地砸他的脑袋。楼下有人听到摔砸声、哀叫声，去报了警，警察在大厅里发现泰德，膝盖上顶着灯，身上染满朋友的鲜血。当发现他的警官问他叫什么名字时，他说不知道，但过了一会儿他又说自己叫温德尔。他们拘捕了他，证实他的真名是西奥多·麦凯。

重击导致林奇昏迷入院。头几天医生们还很乐观；给他做了紧急手术，以为排出积血就可以消除脑中的炎症，他就会醒过来。但没有成功。

霍丽每周都去探望他。贾斯汀是独子，家里人口不多；见他总是一个人躺在医院的病床上等待一个可能永远不会到来的奇迹，她感到凄凉。霍丽不能说自己已经爱上了他，但是她相信自己正朝那个方向努力。她当然认为自己应该负责。她怎么没有更小心些呢？劳拉建议她接受心理治疗，那对她很有帮助。没有人能够预见像泰德这么平和开放的人会压抑那个出轨的秘密长达一个月，然后像维苏威火山[①]一样爆发。

同时，泰德进入紧张性精神分裂症状态。他被关进薰衣草纪念医院。劳拉·希尔医生接收了他的案子，并马上与卡米切尔医生联系，在此之前都是他在对泰德进行诊治。

① 公元 79 年 8 月 24 日维苏威火山爆发，吞没了两个繁盛的古罗马城市：庞培和赫库兰尼姆。

二十三

泰德静静地听着劳拉的叙述没有插嘴。当医生提到林奇被砸伤时他显得有些惊讶，虽然并不十分强烈。

“他还在昏迷？”

“恐怕是的。”

“毫无疑问是我做的，对吗？”

劳拉摇了摇头。

“肯定有什么原因。”泰德摇着头，“为什么我要把我的朋友殴打至昏迷？相信我，他和我妻子关系亲密并不构成充足的理由。我从来没有做过那种事。也许我很生气，我不否认，但是我不会试图杀死他。肯定有别的原因。”

“答案在你和林奇的脑中，他此刻什么也无法表达。”

“天哪。”

“你不要太苛责自己，泰德。你做出这种行为时内心肯定不舒服。在此之前的一段时间就已经显现出来了。霍丽说你把餐厅的照片藏了一个月，那很不像你的性格，她相信你早就应该跟她谈论此事了。”

他点点头。

肯定有别的原因。他很难揣测出林奇是怎样的人，泰德一点也不记得他们之间的友谊。也许他知道他的某个秘密，而那个秘密有可能伤害到霍丽……

“你在想什么？”劳拉察觉到他的不安。

“霍丽跟你聊过林奇吗？有什么可疑吗？我猜她认为他是个好人才跟他交好吧，但有时，你知道的，我们会与错误的人发生纠葛。”

“我知道你的意思。听着，我跟你说实话吧。霍丽告诉我林奇是个安静的人，非常善良和体贴。虽然他和霍丽开始对对方有感觉了，他仍然坚持等到你们口头决定离婚后再继续发展下去。贾斯汀本来想跟你谈谈，亲自跟你说明一切。当然这不意味着没有其他内情，这只不过是霍丽的一面之词。”

“霍丽的直觉很灵。如果她那样说，很可能就是真的。”

“不过我和你的想法一样。”劳拉说道，她在一个文件夹里找着什么，夹子里面放有几个塑料信封，“有某种原因令你那样对待林奇。也许你跟踪他时发现了什么。我没跟那个偷拍的私家侦探聊过，但霍丽跟他谈过，那人说他只是跟踪了他们然后把照片交给你。”

“那个侦探叫皮特斯通，对吗？”

“你记得？”

“温德尔跟我说过他……天哪，这段时间我一直在说一个根本不存在的人。怎么会这样呢？”

“你和林奇的友谊、你和霍丽的关系、湖边的别墅……都属于温德尔。你的大脑把那些信息单独划分出来，现在成了他的专属。可以说某种意义上你无法访问那些信息。你的大脑中好像有一个被锁上的房间。”

快打开门。

劳拉缓缓地说着。她似乎在通过每一个字来观察泰德吸收信息的能力。

“那是什么？”泰德问。劳拉从文件夹里取出一张照片。照片很小，而且有些历史了。她递给他。

照片上年轻的泰德和林奇在参加一场大学宿舍间的聚会，他们面带微笑站在乌玛·瑟曼出演的《低俗小说》剧照旁边。海报瞬间勾起泰德的回忆。他们在自己房间外面的一条走廊里。乌玛头戴深色假发，神情挑逗地吸着烟。照片里的泰德跟现在很像，身形瘦削，头发垂至肩头。他戴着艾克索·罗斯①式的头巾，手里拿着一只塑料杯。在他旁边，林奇年轻的面容跟泰德想象中敲门时的他一模一样……英俊无比。

"我非常清楚地记得这张海报。对林奇却没有丝毫印象。看上去我们很亲近。"

劳拉点点头。她把照片放回文件夹中。

"梦到湖边别墅时我有新的感觉，"泰德说，"我对那个地方有莫名的熟悉感。而且今天我醒来时意识到：我想不起来温德尔长什么样了，我不确定他眼睛的颜色，他的面容在我的脑中非常模糊。他瘦吗？戴眼镜吗？我记不清了。"

"提到温德尔，我必须问你一件事……这个名字对你而言有什么特殊含义吗？"

泰德思考着。

"如果你是指我过去认不认识某个同名的人，答案是不认识。至少我记忆中没有，考虑到眼下的情形，我能想起的事情有限。"

劳拉点点头。

"我不能相信自己让一个人昏迷了。"泰德捂着头，一遍遍表示不解。

① 艾克索·罗斯（Axl Rose，1962— ），美国传奇硬摇滚乐队、著名老牌摇滚乐队枪炮与玫瑰（Guns N'Roses）的创始人及主唱，摇滚歌手，词曲创作人，唱片制作人。

“不要再想了，泰德。我相信你的一部分精神异常从林奇事件之前就开始了。非常早。我曾经百般思考是否应该告诉你温德尔并不存在，他其实是隐藏在伪装下面的一部分你……”

“你担心我可能会再次进入某个周期？”

“我不信。我们已经离它们很远了。”

“相当远吗？”

“是的。你想想第一周期。在那时你因为脑里的肿瘤打算轻生。而你必须杀掉温德尔，那个知道霍丽有外遇的事实和需要为殴打林奇负责的你。某种程度上，那是个完美的循环。我的理论是你与林奇见面后想过自杀，但是你的理智不允许，最后没有那样做。于是你的大脑臆造出那个周期，一遍遍地在脑海里重复自己杀死了温德尔和他所代表的一切。”

“我听明白你的意思了……”泰德说，“在那个周期里我跟霍丽之间不存在问题。”

“那是场完美自杀。”

“那布莱恩呢，他跟这一切有什么关系？”

这是劳拉唯一害怕的问题，自从发现了巴斯光年贴画，她便不知该如何回答。她暂时还不想谈这个话题，因此仅仅给出前几天已经用过的答案。

“你当时需要找到杀害温德尔的理由，而你的大脑就设想出一个精妙计划：通过接力杀人实现自杀目的。你设想一下自己需要劝服准备自杀的人不要这么做。怎样才能办到？强调自杀给你的家人造成的情感冲击是一个关键角度。我肯定那些问题在你迟疑的时候都已经思考过了。看出来没，泰德，为什么我说第一周期是场完美自杀？在那里，对于自杀给亲近的人造成的强烈冲击你已经给出解决方案。一切都进展得天衣无缝。你被薰衣草收治前的那段时间，布莱恩案件引起强烈反响；我收集了大量剪报。很可能你利用这个案件构造那个循环周期。你想想另一个重要元素：林奇对你而言是个陌生人；只有温德尔认识他。”

“为什么我们的问诊也是那些周期的组成部分？为什么不像我在薰衣草的其他生活一样被遗忘？”

“好吧，一开始那部分记忆同样被抹去了。直到我们开始探究你的过去，我们的问诊在那些循环中打开路径，它们开始崩塌。你拿着马蹄铁吗？”

泰德点点头。他可以感到裤兜里的重量。

“从那时开始第一周期出现纰漏。例如，你记得女儿们在湖边别墅的车道上奔跑。你潜意识里在想办法打破田园诗般的结局，试图掀开温德尔的面具。”

泰德感到惊叹，点点头。他明白了。

“因此在第二周期我没有杀死他。”他边说边唤起脑中的记忆。

“是这样的。第二周期里你知道事实上温德尔和林奇互相认识对方，他们是大学同学。那是你的故事，泰德！你只是发现了自己和林奇的关联。然而温德尔不想自己的身份被揭露，因为那样做意味着暴露你的一部分，因此他试图让你去对抗林奇等其他事情，给你看餐厅的照片。想想看，在第二周期你已经意识到自己与霍丽之间的问题。随着周期发展你离真相越来越近……”

“这就是为什么温德尔试图让我与你和罗杰对立……天哪，我还是觉得这个家伙似乎真的存在。”

“听我说，泰德，你的脑袋里有些信息，”温德尔微微向前倾，用食指点了一下泰德的额头，“令你产生错觉。我不否认，也让我产生了错觉。”

“我现在明白霍丽为什么不愿意见我了。”泰德说。

“其实……霍丽是愿意见你的。”

“是吗？”

“她明白你在正常情况下不会伤害林奇。她相信在这里的治疗会让你变回原来的自己。”

“那么你跟她谈过了吗？”

劳拉点点头。

“今天一早就沟通过了，像我保证的那样。现在我们已经有很大进步，我真心认为让你见见女儿是个好主意。霍丽说只要我们提出要求，她和女儿们就会准备好来看你。”

愉悦和烦恼冲击着泰德，但是和女儿们在一起的快乐回忆逐渐占据上风；他的脑海中浮现对娜丁和辛迪的记忆片段，那些道晚安的亲吻、睡前的故事。眼泪呼之欲出。进入薰衣草七个月以来他第一次哭了。

二十三

马库斯正在指示秘书不要让任何人进来打扰他，他需要查看开销报表然后发给院长，可就在这时劳拉突然出现在走廊里，于是他的当务之急立即被延后。

“真是惊喜啊！”看到她进来时他说。

他的秘书——她对他就像对自己儿子般熟悉——越过圆形镜框上方看着他，表情里掺杂着责备和怜悯。

“你在忙吗？”劳拉走进办公室问道。

“一如往常。你看上去很开心。发生什么事情了吗？”

“这么明显吗？”

“一点点吧。”

“我很开心，”她承认，“我跟泰德谈了他对林奇做的事情，还有温德尔和全部的一切。昨天他做的梦很有启发性，他几乎靠自己发现了事实。我觉得这时跟他坦白恰到好处，我的判断果然没错。”

“我很高兴。”马库斯推开覆盖在桌面上的文件。

“你真的不忙吗？”

“一点也不忙。”他放低声音说。尽管克劳迪娅做事持重，他还是不想让她听见自己赤裸裸地撒谎。文件已经拖了太久，每一秒钟都非常重要，但更重要的是劳拉有求于他，任何情况下他都不会表现出没兴趣。他宁愿接到院长的警告电话也不想对劳拉失礼。

“我想我离真相很近了，马库斯。”

“我为你感到高兴。”

“你也是其中一分子了，别想摆脱我。”她挤弄了一下眼睛。

马库斯大笑。

“我不知道那样是否妥当。但是你写书时麻烦不要提及我们把麦凯搬到这个馆的小细节。”

“说到那个，我都没有好好谢过你呢。我拖着你跟我一起疯狂，而你总是支持我。谢谢。”

他不知道作何回应。她又有所求？她那么客气反倒让他感到不安。难道又是她的小把戏，先通过邀请他晚餐或看电影获取信任然后再拒绝他？在过往的日子里，他无数次在捕捉女性释放出的信号方面显露出自己的愚钝，尤其在面对劳拉时。

“我说过，我很高兴能够帮到你。”

“好吧，但是我找你不只为了谢你，或是在你准备开销报表时打断你……”劳拉指了指马库斯堆在身旁的一沓材料。

来了。

“你想来我家吃晚饭吗？”

马库斯万万没想到他会收到那样的邀约。他瞬间想到各种可能。去她家吃晚饭意味着沃尔特在场，对此马库斯没有任何意见，然而那将不会有任何浪漫的含义。从另一个角度看，允许自己融入她的日常家庭生活可能更有意义。无论怎样理解他都非常高兴。

“当然。”

“太好了。明晚七点如何？”

“七点钟我准时出现。”

“我会让姐姐来接沃尔特。他很喜欢和两个被宠坏的表姐一起玩。”

马库斯迟疑该如何反应。那是约会吗？劳拉站起身来。

“那么我们明天见。”她说，“我走了，你继续忙吧……”

关门前她抛来最后一个微笑。一跨入门厅劳拉便发出一阵闷笑；她知道，自己刚才坏坏地冷不丁提出了邀约。马库斯本来以为她有工作上的请求，万万没想到自己会被邀请去她家里。

克劳迪娅突然出现在她面前，脸上带着戏谑的表情，用看门狗似的炯炯目光瞪着她。劳拉立马收敛表情，轻轻点头道别。

做个乱放电的贱人也不错，嗯？

二十四

沃尔特在客厅的沙发上静静等待，怀里抱着书包和一袋精心挑选的玩具。虽然迪蒂姨妈说好六点钟来接他，但他坚持很早就准备好行装。万一姨妈提前到呢。事实上沃尔特从没在别处留宿过——甚至包括在他爸爸那儿，可恶的家伙从未费过心给他准备一个房间——除了迪蒂姨妈和两位表姐家，她们分别叫格蕾丝和米歇尔。对他而言那不仅是一次冒险，更是一项挑战。她们总是熬到很晚，做很多事情，在花园里宿营，玩侦探游戏……五花八门，无奇不有。格蕾丝表姐十四岁，年长他们很多，不仅照顾他们还给他们念大人的故事。恐怖故事。

劳拉下楼时看到他沉默而充满期待，紧紧抓着自己的书包和玩具袋，时刻准备着一听到铃声就像离弦的箭一般飞奔出去。她感到心疼。他坐在平时等待父亲的位置，那家伙总是在最后一刻放鸽子，很显然那种行为深深地打击了沃尔特的自尊。又一个反感前夫的理由，劳拉想。

“她会来吗，妈妈？”

她走过去坐在他身旁。她摸摸他的脸颊。

“当然会来。”

沃尔特点点头，稍显轻松。他突然发现母亲穿着盛装，还化了妆。他上下打量起来。

“马库斯是你的男朋友？”

这问题让劳拉感到好笑，但是看到沃尔特脸上严肃的表情她忍住了。她微微一笑。

“马库斯是我的朋友，我们在一起工作，有很多相似之处。”

小家伙点点头。门外的车声令他竖起耳朵，但是听到声音没有在门口停下来他又把注意力转回客厅。

“你穿了连衣裙。”

“你喜欢吗？”

“喜欢。”沃尔特思考了几秒钟接下来要说什么，“爸爸有好几个女朋友。马库斯可以成为你的男友。格蕾丝也有男朋友，但那是秘密，迪蒂姨妈不知道。”

“现在妈妈还没有男朋友。如果有了，我会告诉你，好吗？”

沃尔特表示赞同。

迪蒂到了。沃尔特从大椅子上跳下来，抓着自己的行李向门口跑去。在姨妈正要按门铃时吓了她一跳。

“我最爱的外甥今天好吗？！”

迪蒂把沃尔特一把抱进怀里。

“我以为你不来了。表姐们呢？”

“她们在家，等着你。我先要办点事情，所以来晚了。”

迪蒂越过怀里沃尔特的肩头往里面看。看到劳拉的着装她做出“哇喔”的表情，妹妹看得一清二楚。

“兔子杰西卡[①]想让你把裙子还给她。”她说。

劳拉做了个鬼脸。

---

① 兔子杰西卡（Jessica Rabbit）是格瑞 · K · 沃尔夫的小说《谁审查了兔子罗杰？》（*Who Censored Roger Rabbit?*）中的虚构人物，小说后来被改编成卡通电影《谁陷害了兔子罗杰》（*Who Framed Roger Rabbit*）。

"谁是兔子杰西卡？"沃尔特饶有兴趣地问。

"谁也不是，"劳拉说，"你姨妈很狡猾。"

"是的，的确是。"小家伙回答道，完全没有注意到姐妹俩之间的暗号。

"好了，沃尔特，我们最好现在出发。米歇尔一整天都在追问你的情况。"

"再见，妈妈。"沃尔特忍不住开心地笑起来。他走过去，劳拉弯腰亲吻他。

迪蒂趁小朋友看不见又指了指连衣裙，竖起大拇指称赞。

"代我向姑娘们问好。"劳拉说，"希望他们玩得开心。"

"你也是。"迪蒂跨出门槛时回答道。

劳拉站在花园里目送他们。她呆呆地站着，车子已经在恩波斯大街消失了一分多钟。

她回到屋内查看肉煮得如何。她决定做牛肋排配甜菜和萝卜，几乎不费什么工夫。唯一不便的是需要煮将近三个小时，现在差不多快好了。

马库斯很准时。他把坚持带来的葡萄酒递到她手上，同时夸赞了她的裙子。他自己看上去也非常绅士，穿着西裤，上面是亚麻外套，头上戴着一顶时髦的灰色礼帽，劳拉感觉从未见过。

"闻上去好赞啊！"

"你知道的，烹饪不是我的强项，虽然我有自己的专长。来，我们先喝杯红酒等肉煮好。"

餐桌已经摆好，但他们没有走向餐桌，而是坐到客厅沙发上聊了一会陈年旧事，关于沃尔特，关于医院。他们很自然地聊起电影，他们事先都知道自己和对方品味相似，然而马库斯看似无害的一句话突然把谈话内容转向自己本想回避的话题：他最近和卡门断绝了关系。面对劳拉的直接提问，他解释说现在不和她在一起，自己有了更多时间享用小放映室。他知道应该再说些什么，用来看电影的时间不是衡量他们之间关系的参数；问题在于如何深入阐释为什么卡门不是他理想的伴侣，他需要谈谈什么样的女性才具备资格：她不能只想着玩乐，要有计划，有理想，理解（和尊重）马库斯的工作……当然，满足所有条件的女人就坐在他身旁。

马库斯成功完成挑战，澄清了他与卡门的关系已经结束。此外，他对劳拉的好感从很久以前就显露出来了，她是一个非常敏锐聪慧的女人；如此显而易见，他们只是避而不谈罢了。更何况他们就在那里，不是吗？装扮优雅，喝着红酒等待晚餐。那就是约会。马库斯期待已久，希望捕捉到她积极的信号，现在终于看到了，他却不知道该如何行动。况且是如此强烈的信号。劳拉请他到家里吃晚饭！这个邀约就像是打响的发令枪提醒马库斯马上行动。可怕的是他连想都不敢想。他靠过去亲吻她，就这样？告诉她自己已经迷恋她很久了？他不知道。他的大脑已经飘走；他乘坐在一列火车上，思绪迟缓地游动着，车外的一切飞快闪过。

晚餐很轻松。肉很美味，马库斯感到很放松。他不会在将甜菜送至嘴边的时候告诉劳拉自己经常想着她。

“我看完了第一周期的草稿。”他指的是劳拉通过电子邮件发给他的文件。

来她家之前他本来想也许可以等到第二天再跟她说自己已经看过了，但是他的大嘴巴出卖了自己。现在他只能继续沿着那条路走下去……

“你觉得怎么样？”劳拉立即提起兴趣。

“我昨天一口气看完的。”马库斯说，他很难相信自己一提到专长的领域就马上重拾信心，“内容很吸引我。现在我更理解你为什么如此……”

“痴迷。”

马库斯笑了。

“我想说投入和充满热情，但的确这个案子让你有些痴迷。首先请允许我说，我也认为那是正确的思考方式：从病人的视角出发。所有内容都是准确的。每一个周期对于泰德而言都是真实的；它们替代了他在医院头几个月的记忆，因此从他的视角看问题很有效。事实上，我觉得正是这个原因让我发现了一件非常有趣的事情。”

劳拉睁大了眼睛。

“什么事情？等等……先帮我把所有东西拿到厨房去，我们煮好咖啡，你慢慢说给我听。我太了解自己了，我知道我停不下来了。”

马库斯恰恰担心这一点。

“这安排听上去很好。”

他们默默地分两次把东西送到厨房，像平凡的夫妻那样在途中交错。马库斯想象着他们每天都过着那样的生活，心中不禁一哆嗦；又犯傻了。

咖啡煮好后，他们回到客厅。

“我同意你的看法，第一周期是个完美的循环。”马库斯说，“温德尔代表一切泰德鄙视的那部分自己，与他剥离并杀死他是合理的推测。我们在布莱恩家看到的贴纸似乎意味着这个周期的所有情节都有事实基础。”

“是的。”劳拉赞同他的观点。

“让我重新回顾一下，看看我们是否能够对于每个情节偏离事实的点达成共识，因为那里存在非常值得分析的问题。”

劳拉全神贯注地听着，双手紧紧握着咖啡杯。

“我们先从自杀这件事开始分析。”马库斯说，“年轻的林奇从中打断并口若悬河地提出建议。这很简单：某一刻泰德意图轻生，原因我们不得而知，当他正在实施计划时被某事或某人打断。也许就是林奇本人，虽然理由跟泰德记忆中大相径庭。”

“我不认为是林奇，但是我同意泰德自杀未遂。”

“下一个是布莱恩谋杀事件。泰德去他家，藏在衣柜中并看到贴纸。显然他不是去杀人，但他去过那里，我们亲眼看见过贴纸。这个细节不合理。”

“这件事我思考得稍微多些，我认为我们必须排除泰德很久以前见过贴纸的可能性，比如那时房子属于过去的业主。因为如果是这样的话，他怎么知道布莱恩后来住在那里呢？那没道理。”

“你的想法很对。那样就不可能把贴纸和报纸上关于布莱恩的新闻联系起来。因此，我们可以得出结论，泰德最近在那栋房子里出现过，藏在衣橱中。自此事件开始偏离，朝着我们不知道的方向发展。你排除了他故意杀人的可能性？”

“我不排除任何可能性。他用台灯对林奇所做的事情则不同，并非有预谋。”

“你说得对。我们继续：下一个情节是他拜访罗比肖律师，他儿时的朋友。你跟他谈过，对吗？”

“是的。但是他跟我说的一切都已经写在草稿里了。泰德去找他拟定一份遗嘱，对他说希望找一位不属于自己平时生活圈子的律师，考虑到当时的情形那样做也很合理。”

“无论如何，过往的熟人，也就是那些后来再也没有见过的同学出现在罗比肖家反映出他对那段时光的感怀，他很自责当时对其中一些人的所作所为。你追溯他的过往是非常明智的，尤其是国际象棋，这样做把他拉回了现实。”

“谢谢。国际象棋无处不在，出现在他的每一个梦境中，就像是拉扯他的一个钩子。我应该早些意识到这一点。”

“那也改变不了多少事实。可能根本就行不通。”

“有可能。”

“沿着时间轴，我们来看看他到访林奇办公室的情形，”马库斯说，“这是我想研究的地方。它是确定现实和泰德的妄想之间界限的关键。我们知道他去了办公室，在那里碰到秘书妮娜。现在她说那天她迟到了……对吗？”

“是这样的。”

“如果她在撒谎呢？如果像第一周期的其他事件一样，那件事的前半部分也真实发生过呢？”

劳拉沉思着。

“你觉得警方核实过吗？”马库斯坚持道。

劳拉摇摇头。负责简单问讯的是一位年轻探员，名叫卡尔·布洛特，泰德被薰衣草收治后劳拉跟他谈过两次，他似乎只关心谁要为案件负责。他毫不怀疑泰德殴打林奇几乎致其死亡。警方在犯罪现场发现他手持血淋淋的台灯；到处都有他的指纹。何必去关注他秘书是否撒谎这种无关紧要的细节呢？

“我想说的是，”马库斯说，“如果第一周期的每一个情节都有事实依据，像贴纸暗示的那样，有可能泰德那天的确见过妮娜。如果并非如此，为什么要提到她呢？那个细节毫无用处，至少没有明显的作用。跟在罗比肖家碰到童年伙伴不同。”

劳拉从来没有特别留意过泰德和妮娜的碰面，只关注他后来与林奇的对话，她现在明白自己错了。马库斯说得非常有道理。如果秘书当天迟到了，他为什么要提到她？目的是什么？她想起爱看侦探小说的父亲常说：如果某个细节的存在不合理，你要留意，因为它肯定暗含着实质性的重要意义。妮娜的出现似乎就是那样的细节。

“根据泰德自己的讲述，”马库斯补充道，“他开始跟林奇谈话时放她离开，林奇请求她不要通知警方。为何不假设泰德是从那时开始发疯的？”

劳拉开始感受到窥见重大真相时的那种焦躁。马库斯的话太有道理了。她像弹簧似的跳起来。

“怎么了？”

“请等一下。”

片刻后她拿着一个黄色的文件夹走回来。

“这是一份警方报告的副本。”劳拉称，“我跟布洛特说它对治疗很重要，他就给我了。”

“他不太谨慎哦。”

“如果情况需要，一个人可以变得很有说服力。”她坐下前轻轻地摇了摇头，“妮娜的地址可能在这里，跟她的证词在一起。”

马库斯趁她全神贯注地翻看文件时肆无忌惮地打量她。劳拉翻到林奇办公室的几张照片时停下来：现场景象，瘫倒在地上的伤者特写，用来殴打律师的青铜台灯特写，头部的伤口，脸部的重创……图片都是影印本，分辨率非常低。其中一张特别引起劳拉注意，她盯着看了一会儿。马库斯探头过来，没看到什么特别的细节。照片显示着妮娜办公桌所在的前厅。

“那里。”劳拉说着指了指办公桌的一个角落。

是唐恩都乐甜甜圈的纸盒。

“是妮娜那天带去的甜甜圈，”劳拉说，“她还给泰德吃了一个。”

“当然！又一个应该引起我们注意的细节。那意味着妮娜曾经跟泰德在一起过！林奇到办公室时她肯定也在。”

劳拉再一次站起身，明显焦虑起来。

“我简直不敢相信。她怎么会一个字都没有提呢？！”

“呃，如果事情像我们推测的那样发展，当她走时泰德还没有殴打林奇；那是属于朋友间的个人恩怨。”

“但是他当时手里拿着武器！”

“如果林奇曾请求她不要通知警方，有可能她听从了指示。第二天当警方通知她老板被打至昏迷，他们也抓到了施暴的家伙，也许她认为没有必要坦白自己曾经出现在那里。她口供里怎么说？”

“说她那天因为处理私事请假一天。我怀疑布洛特没有核实过。”劳拉在文件中翻找，“在这里，她的确说那天预约了眼科医师。我有她的电话和地址。明天一早去医院前我先去找她。”

“你想我陪你一起去吗？”

“不需要。”劳拉坐下来，离马库斯非常近，“你想象得出这意味着什么吗？如果妮娜听到一部分谈话……真实的谈话，那么我们可能可以知道泰德为什么把林奇殴打成那样。你真是天才，马库斯！”

劳拉双手托住马库斯的脸颊，无法掩饰自己的喜悦。一瞬间他确信她会亲吻自己。哪怕那一吻不是激情的产物而是出于对新发现的激动，他无所谓。然而，短暂却炽热的凝视过后，她放开双手向后退缩。马库斯在她眼中看到了什么；劳拉有自己的不安。应该由他采取主动。

但是他没有那么做。

当晚剩下的时间他们差不多以同样的方式度过。他们讨论着案子以及第二天如何拜访妮娜。马库斯一边继续讨论一边与内心的声音抗争，它告诉他时间快要耗尽了，他需要做些什么，机会转瞬即逝，他会越来越难表露自己的心迹。甚至劳拉自己也显得有些不安，两人之间多次出现尴尬的沉默，不解的微妙眼神，马库斯没有足够的信心孤注一掷。最令人不安的是他从少年时代就不曾有过类似的表现；他知道如何与女性交谈，他有丰富的经验。他和卡门的搭讪非常简单：他看到她独自一人坐在蛋糕店的桌子旁，只是走过去问她是否介意自己坐下，不到一分钟他们就像老相识似的交谈起来。跟劳拉则完全不同。他已经没有借口。他耗尽所有借口，现在只剩下忧虑和慌乱。

终于她对他说自己有些累了，第二天她想一早去妮娜家找她。马库斯说他也有些累了；他让她第二天给自己打电话，看看她跟林奇秘书的谈话进展如何，她说她会的。他们默默地走向大门。他们经过门厅的镜子旁，马库斯可以用余光瞥到二人的身影，瞥到二人为这一重要时刻所着的盛装，他觉得自己太愚蠢了。他有责任让夜晚变得永生难忘，却没有那样做。他放掉如此好的机会转身逃走。他停在衣架旁，将专为取悦她而新买的帽子拿下来，非常缓慢地戴在头上，仿佛在思考一件无比重要的事情（事实的确如此）。他还有最后的机会。

“今晚我很开心。”他说。

他待在那里。劳拉用最大的耐心等待他行动。终于他靠过来，一只手落在她肩上，亲吻了她的脸颊。

“我也很开心。明天给你打电话。”

马库斯穿过昏暗的花园，两次回头跟劳拉告别，心中无比纠结悔恨，一边向车子走去一边责备着自己。夜幕中只剩她的轮廓停在那里，他没看见她的脸上露出沮丧的神情。

二十五

劳拉估摸着妮娜周六不上班，不过即便如此她也不想冒险。六点半她按响门铃，那姑娘简陋的公寓位于迈瑞马克街。劳拉几乎彻夜未眠，某种程度上因为她跟马库斯的约会没有朝预期的方向发展，但更重要的是因为她确信林奇的秘书有话要对她说。惊人的内幕。

一张浮肿的面孔探出窗口，然后消失了。紧接着披头散发没有好气的妮娜把门拉开几公分冲着她嚷嚷。

"您是哪位？"

"妮娜·琼斯？"

"您是哪位？"姑娘再次问道。

"我是劳拉·希尔医生。泰德·麦凯是我的病人。"

她观察着女孩的反应。妮娜由于不适应清晨阳光而眯成一条缝的双眼微微张开。

"我不认识什么……"

"那人把你的前老板殴打致昏迷，"劳拉打断她，并递出左手拿着的文件夹，"你对布洛特探员所做的口供指出你认识麦凯。他也跟我确认过此事。我可以进来了吗？"

门打开了。

"现在还不到八点。"意思是欢迎进来。妮娜穿着宽松的T恤和短裤。她转过身向桌子走去，上面有几个空瓶、塑料盘和杯子。劳拉跟在后面。

“您刚说您叫什么名字？”

“劳拉。”

女孩点点头。

“林奇先生现在怎么样？”

“还处在昏迷状态。诊断结果并不理想。”

“我很遗憾，真的很遗憾。”妮娜像个孩子似的坐在椅子上，抱着膝盖，“我为他打工的时间很短，不怎么了解他。他很拘谨，有点怪，但是个好人。打他的那个家伙没有被关进监狱？”

“泰德·麦凯被薰衣草纪念医院收治了，关在最高安全级别馆内。”

妮娜点点头。她似乎真的感到了惊讶。

“我知道那天你在场，妮娜。我明白你当时认为没有必要向布洛特坦白，我也不认为你现在需要那样做，但是你必须跟我说实话。”

妮娜将信将疑地拒绝了。劳拉早已准备好穷尽全力说服她，如果有必要就威胁说把她交给警方，但是眼前的这个姑娘看上去非常无助而且受到了惊吓，她马上明白那样做并不合适。她意识到了撒谎的后果会很严重，那样就足够了。劳拉继续道：

“警方报告里的照片显示那天早上你带去了唐恩都乐甜甜圈。此外，泰德这段时间已经明显有所好转，他记得那天发生的一些事情：他如何在办公室门口等你，他要求你让他进去。你们一起等待林奇，他用手枪胁迫你。”

已经够了。妮娜濒临崩溃。

“你不用担心。我说过，我不是警察，是医生，你跟我说的话对泰德·麦凯的治疗非常关键。帮助我厘清他为什么做出那样的行为。他和林奇自大学时代就是好朋友，你知道吗？”

“不知道。”

“妮娜，我需要你告诉我那天到底发生了什么。”

“您差不多都清楚了。”

“林奇到办公室后发生的事情还不清楚。我需要你想起每一个细节。”

妮娜把双手覆在脸上，叹了口气。

“我可以倒杯咖啡吗？我昨晚睡得不好。”

劳拉点点头。

“您要一杯吗？”

“我的确想喝一杯。我昨晚也没睡好。”

水正在烧着，妮娜走到卫生间刷牙梳头。回来时容貌清爽，仿佛换了一个人。她冲好咖啡，把杯子放在一个角落。她敏捷地挪开那些瓶子和塑料杯。

“不好意思，家里很乱，昨天是我室友生日。”

“没关系。你换工作了吗？”

“是的，还是秘书。跟另一位律师。”

“我很高兴。”劳拉直奔主题，“妮娜，我需要你跟我坦白那天发生了什么。”

“首先，我想告诉你我之所以没有跟警方坦白那天早上我在办公室，是因为林奇请求我那样做，另外探员跟我说他们已经抓到那家伙了。事实上，他并没有兴趣听完我的口供。”

“我明白。”

“您说那家伙叫什么？”

“泰德·麦凯。你之前从未在办公室见过他？”

“没有，从未见过。他在角落里埋伏着，身上有枪，面容扭曲。我吓坏了。他说不会伤害我，他问我其他办公室的情况，让我跟他一起等林奇，说需要跟他谈谈。我们等了几分钟，我不知道具体多长时间。我只知道麦凯突然变了；他很抱歉之前吓到我，跟我保证我不会有事。我一开始都不想看见他的容貌。”

“变了是什么意思？”

“突然他好像迷失了自我，后悔以那种方式出现。现在您跟我说那家伙是疯子，我更清楚为什么会那样了。他甚至跟我说我可以拿一个甜甜圈。”

“泰德没打算伤害你。”

妮娜迟疑了。

“可能是吧。事实上他没有伤害我。我们在林奇的办公室里等他。他进来时看见我坐在他的书桌旁，知道有状况发生。但是当看见麦凯站在档案柜旁边时他脸色大变。他就像见到鬼，吓得呆若木鸡。我本来稍微放松些了，又被他吓得魂飞魄散。林奇死死地盯着麦凯……”

妮娜一口气喝掉半杯咖啡。她把杯子放在小碟上，继续回忆：

“突然林奇看向我，仿佛已经忘记我还坐在那里，他说自己和泰德是朋友，让我不必担心。当时我觉得他在撒谎，他只不过是为了安抚我。他请求麦凯放我走，起初他不同意。实际上他似乎并没有在听。林奇试图平复他的情绪，走过去伸出手，说一切都会好的，说他没必要做任何让自己后悔的事，他和霍丽早晚要向他坦白，他们只是在等合适的机会。”

劳拉无法掩饰自己的惊讶。

“是的，”妮娜补充道，“我也马上明白了。林奇和麦凯的妻子有染，刚刚被麦凯发现。我不记得具体怎么回事，但一切已经非常明朗。您也这么想，对吗？”

其实劳拉感到有些失落，她本来期待泰德并非因为林奇和霍丽有染才与他对峙。泰德几个星期前就得知真相了……为什么等到那么晚才做出反应?

“但是麦凯对林奇说他不想谈那个。”妮娜说。

果然!

那姑娘把剩下的咖啡一饮而尽，继续说着。

“林奇变得非常紧张。我从未见过他那样。他请求他放我走，说我是无辜的，最终麦凯让步了。他对我说如果我通知警方后果会更严重。我本来就打算照做的，没想到林奇也那样求我。我虽然跟他认识时间不长，但我觉得他发自内心那样请求我，不是为了迷惑麦凯。我不知道他们之间是否有任何见不得人的勾当，坦白说我也不想知道。但是林奇求我不要报警，我照做了……我没办法知道接下来发生了什么。”

“你听从了林奇的命令。如果你选择了报警的话，林奇肯定已经死了。”

“麦凯是这么说的!他说如果警察来了他就会立即开枪。”

“妮娜，你确定泰德说他到访的目的跟他妻子出轨没有任何关系?”

“确定。我离开办公室后走到桌子旁拿包。那时我听到麦凯在门的另一侧说话。他非常生气。”

“他说了什么?”

“他说：‘你跟踪我到布莱恩家。我看见你了。’我非常清楚地记得那个名字，因为我的前男友有一本同名的书，那名字深深印在我的脑中。”

二十六

星期六泰德第一次下棋。当然他一局也没输过，他甚至故意保留实力并给同伴“放水”。他们中没人具备这个游戏的战略知识，只知道一些基本的落子规则和简单的布阵，因此泰德不费吹灰之力就可以赢他们。他开始谨慎思考，害怕自己的实力会导致同伴厌恶他或抗拒他，然而结果恰恰相反。连斯凯奇这个C馆的常胜将军也对他无比敬佩和尊重。泰德一边下棋一边跟他们讲述自己作为少年棋手参加比赛的那段经历，并告诉他们如果愿意的话自己可以教他们下棋。所有人都表示赞同，包括莱斯特在内，他在没有丧心病狂时可以保持理智。

第二天洗澡时，斯凯奇告诉他B馆的病人平时也下棋。他们之间只比过一次，被打得溃不成军。正擦肥皂的那个大高个儿咧开嘴大笑道，如果两边再进行比赛，他们队派泰德出马将会轻松取胜。一想到那种可能性他都勃起了。

泰德很快就融入了薰衣草。他开始熟悉截然不同的三组人。除了“棋手帮”还有“疯子帮”，他们年纪最长，多年被药物和禁闭折磨着，有些人患有严重的精神错乱，大部分时间盯着电视机或者孤单地躲在角落，眼神放空。第三组人是“游走帮”，他们喜欢待在室外，要么是篮球场，要么是大花园的某个角落，通常都是出双入对。

迈克不属于任何一组；那家伙貌似凌驾于其他人之上。泰德开始思考自己为什么会最先跟他走得近。例如那家伙从未跟任何人同房过，而现在……

迈克跟他打招呼。他待在惯常的位置，读着一本快要散架的书，跟早上那本不一样。

“你真是个读书机器。”

迈克放下书。他把正在读的那页顶部翻折下来，摆在身边。他从来都不用书签。

“看书是唯一可以逃离这里的方法。”他若有所思。

泰德在旁边坐下。有几个病人专注地看着他们，关注着这个他们日渐熟悉的惯例，但谁也不靠近。

“今天你不和棋友们下棋？”迈克严肃地问。泰德开始习惯那家伙独特的幽默感。

“今天不下。国际象棋有引人入胜的魔力，让你把全部精力都集中在下棋上，我需要把精力放在别的事情上。”

“你还在想着你的朋友？”

“是的。”泰德从口袋里取出他和林奇在乌玛·瑟曼的海报旁拍的照片，“我记得所有细节：宿舍、房间、邪恶的海报……除了他。”

“那个阀门迟早会打开的，我向你保证。你的大脑因为无法承受压力而把那个阀门关上了。当它康复了且有条件了，它会重新将其打开的。随时有可能发生。”

“某种程度上那让我感到害怕。究竟是什么原因能让我把一个朋友殴打致昏迷？”泰德摇摇头，“我在学校时总喜欢惹麻烦；我想那时的我很困惑。随着时间推移我的坏脾气渐渐褪去。我现在心态平和……我不能理解究竟发生了什么。”

“也许你的妻子可以给你点启发。明天的探视还没定？”

“定了。她和孩子们都来。听上去很愚蠢，但是我有些紧张。你有孩子吗？”

迈克摇头否认，目光涣散。

“我有过一个养子。”

他们沉默了几分钟。

“但是你明白我的意思，对吗？”泰德坚持道，“我自己的家人怎么可能让我感到紧张呢？我的女儿们！我现在只想见到她们。”

“把关在这里的自己展示于人是非常困难的。”

“的确如此。我本应待在外面，见证她们的成长……保护她们。”

“一切都会好起来的，你看着吧。”

也许是时候展示自己脆弱的一面了，一辈子就他妈的一次，泰德想。

“听着，迈克，关于负鼠……”

迈克专注地看着他。

“你又看见它了？”

“没有。”

“听着，泰德，我刚才告诉你的是事实，你的大脑会康复，那时它会打开那扇门。你会想起你的朋友，以及为什么殴打他。你跟我说的那些周期都是你的大脑出于自我保护制造的幻象，就像是剧场里的幕布。但是幕布终究会被拉开，那时你就可以看到后面的场景了。负鼠也许会在你还没准备好时带你到幕布后面去。那样也许很危险。”

二十七

马库斯几乎一夜未眠，辗转反侧着回忆自己与劳拉约会的每个细节，遗憾自己错失良机。那天上午与往常没什么不同。他躲在办公室里，尽可能回避任何电话。午餐时间他别无他法只好去食堂，但是他选了一张四人位，因为那张小桌子紧邻厨房几乎无人使用。为了明确表示自己不希望被打扰，他带了一本厚重的病理手册，事实上他根本无意阅读。他把书摊开，放在一盘他打算在最短时间内吞咽完的色拉旁。

劳拉平常很少与其他人同一时间吃午饭，此刻她突然走进食堂四处张望。看到他后，她举起手打招呼并快速走过去。

她自顾自在桌子旁坐下。

“我需要跟你谈谈。”

马库斯看到她脸上的激动表情时立即明白他们要谈的与私事无关。

这样更好。

“需要我给你拿点吃的吗？”

“不，不用。我不饿。我有些赶时间。今天我去见过妮娜了……”

妮娜？马库斯用几秒钟时间遮掩起自己的不安，直到终于想起那是林奇秘书的名字。

“啊，是吗？她跟你说了什么？”

“是的。”劳拉无法抑制自己激动的情绪，“我一跟她说在照片里看见唐恩都乐甜甜圈的盒子，事情就简单多了。一切都像泰德在第一周期讲述的那样。她一直在现场，直至被放走。但是她听到了后来发生的事情。”

劳拉探过身子趴在桌上；她跟他说话的距离不足几厘米。马库斯用余光瞥向四周，发现有几个同事正盯着他们看。

“发生了什么？”

“离开前她从门的另一侧听见泰德对林奇说他知道自己被跟踪至布莱恩家。”

马库斯试图理解这个片段。他承认自己也被案子一步步裹进关系网中。那简单的一句话可以说明几件事情。首先，林奇也认识布莱恩；其次，泰德去布莱恩家似乎是导致两个朋友剑拔弩张进而发生袭击事件的动机。

“你在想什么？”劳拉询问。

“嗯，现在我们知道泰德的确去过布莱恩家里。如果你要听我的意见，我想他的意图并不友善。我不是说他去找他是为了杀人，但至少是想去毒打他一顿。”

“我想我们离真相很近了，马库斯。泰德那天晚上去找布莱恩的理由是所有事情的关键。泰德打算自杀，但是他先去找布莱恩算账。为什么？林奇跟踪他到那里，也许是因为他怀疑会发生什么，这导致泰德计划流产。你觉得合理吗？”

“相当合理。这一切暗含的关系将泰德和布莱恩联系起来。”

“我感觉我们已经非常接近真相了。”

我希望如此。

“他的家人这几天不来看他？”

“明天来。我有些紧张。”

“一切都会好的。”

劳拉点点头。情感冲击可能非常有效，也可能造成重大反弹。她站起身来。

“你打算怎么处理新信息，劳拉？”

“我想该在下一次问诊时把它用上了，打出所有底牌。”

马库斯表示赞同。

“劳拉……”

“嗯？”

“昨晚我非常开心……”马库斯说。他想表示自己对于昨晚的怯懦感到羞愧。

劳拉报以同情的微笑，这最终把马库斯推入绝望的深渊。

二十八

泰德在一间装修雅致的休息室等待着。劳拉特别批准他和家人在别处而不是阴冷可怖的C馆会客区见面，那里在两个七岁的小朋友眼中将形同监狱。泰德请求她——哀求她——让自己在别处见女儿们，她一口答应了。劳拉向他保证，把他从馆里带出来需要特殊许可，这需要花些时间，不过有个地方可以用。将有三个警卫负责在外面监督，一个在门口，两个在窗口。

透过没有栏杆的窗户望出去确实让人感到愉悦，他想着，他这辈子很少这样紧张过。他穿着一条亚麻长裤和一件宽松白色衬衫；最近几个月瘦了很多。瘦削并非时间流逝的唯一证据：那套平常的服装现在让他感到不适。他坐在一张双人沙发上，双手交握，接着又站起来穿过房间绕到桌子后面，坐在一把木椅上。他又站了起来。在一个角落里有一台小冰箱，上面的架子上摆着几只杯子。他走过去无意识地码齐把手。劳拉几分钟前就出去接霍丽和女儿们了。

门打开了。

劳拉独自一人走进来，手背在身后。她藏着什么。

“很抱歉，泰德。你的女儿们不来了。你之前说得有道理。你把她们杀死了，所以你被关了进来。不过至少有人来探视你……”

她刷地伸出双手。其中一只手里空无一物。另一只手里抓着一个毛茸茸的包裹，那东西很快露出鼻子和尾巴，开始扭动身体。负鼠拼命想挣脱，但是劳拉伸出手臂紧紧抓着它，坚定得像一尊雕像。负鼠嘶叫起来，声音尖锐得像婴孩的啼哭。希尔医生颤抖着弯下身体。另一个希尔医生出现在她的位置，容光焕发，心情愉悦。

“准备好见她们了吗？”

孩子们的叫声像一列欢快火车的前奏，那火车直击他的胸怀并把他撞倒在沙发上。

“爸比——！”完美的和声。

辛迪和娜丁紧紧地抱着泰德。他也用双臂把她们揽入怀中。他再也不想放她们走了。

娜丁第一个挪开身体，她担心带来的画被压皱。两个孩子中，她比较不张扬，更安静，更理性；跟泰德脾气相同。辛迪则是霍丽的一个活生生的副本；心无偏见且富有戏剧性，总是喜欢指挥别人。

“我的画！”娜丁说。

“那不是你的画。爸比，我们给你画了幅画……你为什么哭了？”

泰德的眼眶的确湿润了。他用掌心擦拭双眼。

“因为我实在太想你们了。”

辛迪扑到他怀里。

“我们也是！”

娜丁犹豫着是否要上前拥抱。她看着手里的画最终犹豫了。泰德越过辛迪的肩头向她投去温暖的微笑。他们之间有一种特殊的感应，只需要看着对方就可以读懂很多事情。

“我们给你画了幅画，”辛迪跳到爸爸身上时说道，“你赶紧给他，娜丁……看，我们都在沙滩上，妈咪在这里，我们在这里……”

“你不需要解释。”娜丁打断她。

泰德欣赏着画作。他们四个人都站着，身后是大海。泰德手里抓着钓竿，霍丽穿着红色比基尼，姑娘们每人一只漂浮的海豚。很奇怪她们本来只有一只海豚，是去年夏天给她们买的，两个孩子总是为了那只小动物争吵。泰德曾经建议再买一只，但是霍丽坚持认为她们应该学着分享，当然她说得有道理。

“我很喜欢。谢谢。”

“你要把它放在哪？”

“我在这里有一间非常漂亮的房间。我会把它挂在那里每天欣赏。”

“你什么时候回家？”辛迪不喜欢兜圈子。又一个从她妈妈那里遗传的性格特征。

“我不知道什么时候回家，但是我确信很快就可以了。”

辛迪并未放弃。

“妈咪说这家医院跟爷爷的那家不一样。这里治疗头部疾病。”

泰德笑了。

“的确如此。爸爸之前头疼，晕眩，所以来这里治疗。现在我感觉好多了。”

辛迪松了口气。

“娜丁说你脑袋里有管子。”

“不是那样的！”

泰德把娜丁揽到身旁。他不想让她感到被排除在外。

“你们有那样的疑问是合理的。”泰德说，“如果是头部疾病，就无法通过手术治疗，不像爷爷的胯部治疗。我需要吃药……和交谈。”

“交谈？”

“是的。那叫心理治疗。”

“就像妈妈看的电视剧！”

“是的！但是这里的治疗是面对面的，而不是像妈妈电视剧里那样通过网络。”

“如果我们请求希尔医生通过网络问诊呢？你可以回家吗？”

泰德忍不住大笑起来。

“没电视里那么简单。重要的是我很快就会跟你们在一起了……”

两个孩子点点头，畅想着，泰德试图把她们的表情牢牢记在心里，她们的脸上传递出对父亲的需要。他在想什么呢？他越来越不理解那个殴打朋友、试图自杀以及把两个七岁的女儿丢给妈妈的泰德。

他现在已经不是那个泰德了，他确信。他会离开薰衣草，找回自己的公司和生活。如果幸运的话，林奇会脱离昏迷，他可以请求他的原谅。

他们在一起度过半个多小时。他们聊学校，聊妈妈买给她们的玩偶——阿里尔和亚历克斯——和一个她们在外祖父母家附近结识的大她们两岁的新朋友。她的名字叫海莉，有个姐姐上中学了，所以她知道很多事情……她懂得化妆，并且教过她们。但那是秘密，不可以被妈妈知道。泰德向她们保证绝对不说。他很高兴看到有些事实没有改变，可能永远不会变。总是由霍丽扮“黑脸”。

还有她，她为什么没和孩子们一起进来呢？

二十九

劳拉向孩子们许诺她们走之前还能见到父亲，这才把她们带走。霍丽走了进来，目光捉摸不定；她的短发比往常的颜色深了些。

“你好，霍丽。”泰德依然坐在沙发上。看到她没有走过来，他站起身走到桌子旁。

“你好，泰德。我很高兴看到你状态不错。”霍丽脸上的微笑转瞬即逝。她选择其中一把椅子坐下。她把随身带来的包小心翼翼地放在桌子上。

“你跟希尔医生谈过了？”泰德隔着一把椅子坐下。

“是的，这几个月我们陆续聊过几次。她跟我说最近你有明显好转。”

“是的。直到几个星期前……好吧，我对那些日子的印象很模糊。我的大脑有些混沌。但是在医生的帮助下我的记忆开始慢慢恢复。”

霍丽点点头。

“她说也许我们俩谈谈对你会有帮助。”霍丽揉揉额头，“我不想说自己是受害者，但是这一切对我而言太难了。孩子们不断问我你的事情，我不知道该怎么跟她们说。”

“我可以想象。我知道都是我的错。我应该为自己的错误决定负责。所以我才被关在这里。但是我会出去的，霍丽，我会承担起对孩子们的责任。你们经济上有困难吗？”

“不，没有。”霍丽撇了撇嘴，仿佛金钱是这个世界上最不重要的问题，“特拉维斯把一切都安排妥当了。”

霍丽观察着泰德，期待他的反应。

“哦，是的，我记得特拉维斯。”他说。

她点点头。

他们沉默不语。但是总要有人提出来，泰德觉得他有义务这样做。

“林奇现在怎么样？”

“真不敢想象你不记得贾斯汀了。你从未称呼过他的姓。”

泰德耸耸肩。

“还那样。”她继续道。

“你不知道我有多懊悔。我……我不知道那天发生了什么。我的大脑把那段记忆抹得一干二净。”

“是的，医生也是这么告诉我的。”

“我想让你知道，对于我而言，你和他……”

“别再提了，泰德。归根结底，我也不需要你的许可。”

“抱歉。”

“希尔医生请我和你谈谈……我们之间的问题，你还记得吗？”

泰德耷拉下头。

“很糟糕，”他低声说，“我……当时有些冷漠。”

“至少你还记得那个。”霍丽的语气里没有指责，但是泰德了解她，知道她在生气，“泰德，你把自己关在书房里，一有机会就去湖边别墅，与我彻底隔绝。等我找到机会跟你说话时，那不过是我自言自语，简短的独白，因为你知道我不喜欢兜圈子。我的存在成为你生命中的障碍。我意识到了，你意识到了，甚至孩子们也开始察觉了。”

“很不幸，我记得那一段。”

“我坦白说，就是这样。当时我以为你有别的女人，你所谓的出差、在湖边别墅的逗留都跟外遇有关。那很合理。你知道吗？虽然听上去很滑稽，我甚至希望那是真的。我知道你已经不爱我了。”

“霍丽，我……”

“请让我说完。一开始我趁你出差时打电话到你的办公室，我跟特拉维斯和你的秘书通话，套出一些信息，和你跟我说的内容做比对。地点、时间、客户，所有信息都吻合。唯一不合常理的是我的所作所为，那不符合我的性格。我不想像个私家侦探似的调查你，就像你后来对我做的那样……”

霍丽顿了顿。

“我不知道该怎么办，泰德。我尝试跟你交谈，但似乎你什么都无所谓；我知道我应该向你提出离婚，我慢慢适应那个想法并鼓足勇气。那时我想到去找贾斯汀聊聊。并不是我认为他知道你跟哪个女人在一起，或者他一定会告诉我……我去见他是因为他跟我一样了解你，甚至比我还了解你，我只想证实自己的想法：你变了，你发生了什么事情而我却不知道。我需要通过某种方式确认，因为那是……好吧……我……”

“你失去理智了，”泰德微笑着补充道，“别担心，没那么严重。”

霍丽严肃地点点头。

“我去找贾斯汀谈话，他告诉我你和他几乎没再见面，你刻意疏远他，就像对我那样。我们又见了几次面，只是为了谈论你以及你发生了什么，就这样我们慢慢产生感情。那并非理想状态，当然不是。我们意识到自己对彼此是认真的，而你我之间几乎没有交流，你孤僻的行为甚至开始波及女儿们。我终于鼓足勇气跟你摊牌。我向你提出了离婚。”

“那个我记得。我们在客厅里。从那时起我们之间的紧张关系便有所缓和。”

“我当时并不知道你在看医生，也不知道你求老同学准备了一份遗嘱。我更不知道家中的保险柜里有我和贾斯汀的照片。你把它们锁在那里一个月，泰德！你知道真相却什么也不对我说，甚至我跟你提出离婚时你也只字不提。”

泰德摊开双臂。

“我不知道为什么我什么也没说，霍丽，我真的不知道。”

她点点头。

“我想相信你。”

“我不知道为什么打了林奇……贾斯汀，但是我向你保证那跟你……你们之间的关系无关，我清楚地知道那一点。我希望你幸福，霍丽，你和女儿们。”

霍丽再一次点点头。

“希尔医生这几个月一直在跟我沟通你的进展。我知道那并不容易。她说你就像是住在……类似于虚构的世界里。”

“差不多吧。很可怕。就好像我来这里之前有人拿走了我最后的记忆并把它们打乱。就好似你想象出来的一场梦。还有一个名字，温德尔……对你有任何意义吗？”

“没有。希尔医生也问过我，我不知道该如何回答。谁是温德尔？”

“似乎是我自己的一部分。就好像我的脑袋里有一个后院，那里停放着一些记忆，我没有钥匙开门进去查看。那个后院就是温德尔。我这段时间总是看到那个人，结果他其实是我自己……我知道那听上去很可笑。一开始我被困在几个不断重复的循环里，多亏希尔医生我才逃出来。我感觉自己距离真相很近了；可以一下子掀开温德尔的面具。”

泰德注意到霍丽看他的眼神，显然就像在看一个疯子。他还可以怎么做呢？他当然不想告诉她负鼠的事情以及他透过窗户看到的场景……

“怎么了，泰德？！”

他几乎没有听见她的声音。他从椅子上站起来走到沙发旁。他拿起辛迪和娜丁的画。海滩。红色泳装。是巧合吗？

“为什么她们画我们在海滩上？”泰德问。

霍丽皱起眉头。

“我不知道。那重要吗？我跟她们说给你带一幅画来是个不错的主意，她们就回到房间画起来。我想假期对她们而言是快乐的时光，所以她们选择了这个主题。”

泰德坐回去，眼睛盯着那幅画。还有其他细节向你传递什么讯息吗？基本上没有。钓竿、充气海豚……没有什么值得注意的细节了。他用手指触摸着折叠椅、其他正在晒太阳的人、几棵棕榈树……没什么特别的。没有矮墩墩的负鼠也没有粉红色的城堡。没有什么让他联想起梦境中的细节。

“你还好吗，泰德？为什么海滩让你那么留意？”

“没什么。前几天我做了个梦，仅此而已。是个巧合。梦里你也穿着红色比基尼……”

霍丽听到前夫梦到她穿着比基尼时显得不大自在。

泰德把画放在一边。

他们在一起又待了几分钟，聊些家里的陈年琐事。泰德无法集中注意力谈话。当孩子们回来跟他告别时，他终于忘记了桌子上的画。

他把两个孩子揽入怀中，向她们保证很快就会从薰衣草出去与她们团聚。

当然，那是一个他根本不应该做的承诺。

三十

辛迪和娜丁的画是泰德书桌上方软木板上的唯一装饰。四周用四根胶带固定着。迈克沿着走廊向院子走去的时候，正巧发现他在观察那幅画作，于是便向他走去。他清了清嗓子。

“这里不允许使用图钉。”他说，“如果你是在思考为什么会有软木板，那么你不是第一个有这种疑惑的人。”

泰德转过身去，脸上带着大大的笑容。他根本就没有在想图钉。

“我需要看看幕布后面有什么，迈克。”

他愣了一会儿才理解。

“家人的探访令你很有感触，是吗？”

“并不是那样。或者说，并不仅仅是那样。我需要知道真相，从这里出去，跟我的女儿们团聚。”

迈克点点头。

“我怎样才能找到那只该死的负鼠，迈克？”

三十一

星期四的下午。下了一早上的雨，天空中乌云密布，预示着雨水随时会回来。春天里的一个典型冬日。

几乎所有病人都聚集在活动室中。斯凯奇和洛洛正在棋盘上苦战，泰德从旁监督，他已经不再被视为对手，而是一种不可战胜的力量，智慧的源泉。每一局结束时，泰德分毫不差地复述对阵过程，分析每一步落子，取悦他的同伴。他们无比向往下次比赛时能够击败 B 馆。莱斯特彻底放弃了敌意，也加入战队。

迈克不知什么时候走了进来，请泰德陪他出去。他是和埃斯波西托一起来的，那个胖子说他看见过动物，不过他几乎从不说话。泰德没有问什么，默默地跟着他们。其余的人想加入，被迈克制止了，他先是射出威胁的目光，然后直接警告他们不要靠近院子，想都别想。泰德自己也被那男人权威而冷酷的表情传递出的恐怖信号吓到了。斯凯奇、洛洛和莱斯特不敢言语，只点点头，回到桌子旁。泰德从衣架上取下外套，他们走到院子里。埃斯波西托像一只飘浮在地面上的巨大气球一般紧随其后。

除了他们仨，只有两个病人在院子里闲逛。迈克招呼他们，那两个人走了过去；他让他们回屋，他们毫不犹豫地听从了指示。迈克回头看了一眼，确认没人透过窗户看他们。他们不是要做什么见不得人的事情，他对泰德解释，但是他也不想一群人贴着玻璃偷看。他们走向经常光顾的长凳，泰德以为他们要在那里坐下，不过他完全不知道究竟要做什么以及埃斯波西托到底为什么跟着他们。他步伐细碎，小心平衡着自己的大肚腩，不断向迈克投来恐惧的眼神。来到长凳前面，迈克请泰德抓住其中一端，试图搬动它。

“快点，”抬起长凳时他说道，“有人会发现我们然后通报警卫的。你继续，不要停。”

他们穿过院子向篮球场走去。埃斯波西托跟着他们。的确，当他们快要走到中央的圆圈处时，正门打开了，一个警卫和一名护士晃着手臂大声嚷嚷着走出来。

“喂！你们搞什么名堂？！”

“继续前进。”迈克说还差几米……“好了，放开吧，你坐下。你也是，埃斯波西托。”

他们三个人坐下。迈克和泰德坐在两端，埃斯波西托坐在中间。他们背对着大楼，这样便看不见那两个人，除非他们绕过长凳站在他们面前。其中一个是麦克马纳斯。

“你们究竟在干什么？”

那场景显得很不现实。长凳上的三个人大义凛然，双手放在膝盖上，闪躲着麦克马纳斯和警卫的目光，就好像坐在篮球场中央是世界上再正常不过的事情。

“怎么了？”

迈克举起一只手表示求和。好啦，我们会解释给你们听的。他指了指小树林的方向，并缓缓摇头。

“那下面太糟糕了，”他沮丧着说，“风吹落树皮，就像下雨似的……真糟糕！对吧，伙计们？”

“胡说八道，道森！”警卫说，“我一直在看着你们。你们根本就没坐下过。”

迈克笑笑，点点头。被你发现了！他又做了个求和的手势，在脑中搜索另一个答案。他微微前倾，用手遮住嘴巴……他要说个秘密。

“这两家伙这里不正常……”他用手指点点脑袋，“我不知道他们在想什么。”

“天哪，道森。好吧，你知道你不能随心所欲地移动东西。马上把长凳放回原来的位置。”

“听着，迈尔斯，长凳已经在这里了。”迈克说，他的声音里再次露出威胁的语气，“我们会在这里坐一会儿。你知道我们是什么样的人……”

警卫摇了摇头。麦克马纳斯第一次开口。

“妈的，我进去了。”他气急败坏地说。

迈尔斯叹了口气。

“这是最后一次，道森。你知道你做一件事情之后其他人很快就会效仿你。我不想看到一群疯子把东西搬来搬去。”

“遵命，长官。现在，请原谅我们，我们想享受一会儿和煦的阳光。孩子们，你们谁带了古铜粉？”

警卫无可奈何，于是走开了。迈克丢掉打趣的语气，转向泰德。

“我希望这一切都值得，朋友。”

他们脚边几厘米处就是两侧场地的分割线。

迈克曾说过，那是真实世界和疯狂世界的边界。

“我们在这做什么？”

“你想看见它，不是吗？”

埃斯波西托显然知道他是什么意思，因为他开始颤抖，浑身不舒服，轻轻地推搡两个同伴。

“冷静，埃斯波西托。”

“我想看见它，”泰德说，“但是……”

“那就是界线。”迈克指着白线，地上的水洼几乎淹没了那根线，“我们越接近分界线就越有可能看见它……妈的，我忘记把我的书带来了！”

泰德蜷缩在位子上，无法言语。瞬间他看清楚了一切，他看到了真实的迈克，不是那个颇具威慑力且经常手里拿书说出怪异理论的男人，仿佛是世界上最睿智的家伙，而是那个拥有薰衣草纪念医院荣誉会员资格的超级疯子。泰德环顾四周，意识到这一切何其荒谬。

“你要相信。”埃斯波西托突然开口。那是泰德第一次听见他的声音。

“住口，埃斯波西托。”迈克喝止他。

他们指望这样就可以看见负鼠，仅此而已？愚蠢的是，泰德发现自己望向身后原先摆放长凳的树阴处，试图寻找那只恶臭的动物。他什么也没看见。

“迈克，很抱歉。”泰德坚持道，“但是我们来过这里无数次了，甚至接近过这道界线，我从来都没有看到过任何东西。你怎么会觉得这次会不一样呢？”

“这次我们有大块头。”迈克拍了拍埃斯波西托，“我没跟你说过这家伙总是能看到那些动物吗？埃斯波西托就像是一团巨大的光，只不过他吸引的不是昆虫。对吧，埃斯波西托？”

“我很……很……很长时间没见过它们了。”

迈克挤出一阵笑声。

“这个谎撒得跟你的屁股一样大。无论如何，我们仨都见过了……我们的人数越多越好。”迈克向前倾以便看见泰德，并向他投去愤怒的目光，“喂，你究竟想不想看见它？我做这一切都是为了你。”

泰德点点头。

"你说得对，对不起。"

搞什么鬼。有什么损失呢？如果跟两个疯子坐在篮球场中央可以帮他找出真相，试试又何妨？

"我准备好了。"泰德坚定地说，"来吧，埃斯波西托，用你的海王[①]之力跟它们交流吧。召唤它们吧……"

"不是这样召唤的。"埃斯波西托用他尖锐的声音打断泰德。

没人问过他应该怎样召唤。

所有人都保持沉默。如果从屋里往外看那场景肯定更夸张。三个男人在篮球场中央，背对着大家坐在长凳上。伍迪·艾伦[②]肯定会有冲动拍下他们的身影作为自己某部电影的海报。《三个男人和一只负鼠》，很快就会被搬上大银幕。二十分钟后，他们依然保持同样的姿势，期间没有任何交流。突然泰德忍不住笑了。他没有看到负鼠而是想到了孩子们，有时她们在一起玩"木头人"游戏，几乎总是娜丁提出这个建议，她厌倦了与姐妹不断争吵和她的胡言乱语，便向她提出挑战，看谁能在更长的时间内不说话。泰德在想他们仨谁会第一个说话。不会是埃斯波西托，他生活中就是一个"木头人"，而道森似乎进入了一种难以形容的遐想空间。只有泰德从"游戏"中跳脱出来。愚蠢的"游戏"。虽然穿着外套，他仍然有些冷。他在位子上调整坐

① 海王（Aquaman）是美国DC漫画旗下超级英雄，初次登场于《多趣漫画》（*More Fun Comics*）第73期（1941年11月），由保罗·诺里斯与莫尔·韦辛格联合创造。本名亚瑟·约瑟夫·库瑞（Arthur Joseph Curry），是海底之国亚特兰蒂斯的皇后和美国海边一个灯塔看守人的私生子，拥有半人类、半亚特兰蒂斯人的血统，从小就展现出了远超常人的各项体能，以及能在水下自由活动与呼吸，并和海洋生物沟通等异于他人的能力。在前任亚特兰蒂斯国王死后，王位空缺，其母派人找到他，加冕其为亚特兰蒂斯国王、掌管七海，并赋予其亚特兰蒂斯王权的象征。他能操控大海力量和掀起风浪的三叉戟，后与超人、蝙蝠侠等人创立正义联盟，成为正义联盟七大创始人之一。

② 伍迪·艾伦，本名艾伦·斯图尔特·康尼斯堡（Allen Stewart Konigsberg），美国电影导演、编剧、演员、喜剧演员、作家、音乐家与剧作家。艾伦独具风格的电影，范畴横跨戏剧、脱线性喜剧。

姿，突然感受到裤兜里马蹄铁的重量。是它！那一刻他明白了。他带着马蹄铁时负鼠从不会靠近。他一下子跳起来，把马蹄铁从口袋里拿出来给同伴们看。他什么也没说，但他们似乎都明白了。他想把它扔到远处，但不希望麦克马纳斯和另一个家伙虎着脸回来，于是他走到球场一侧把它放在那里。

“盖上它。”他听见埃斯波西托对自己说。

“我他妈的用什么盖啊？”他回身时说。

“用你的外套，”迈克打断他，“盖上它。”

泰德叹了口气。太好了。现在他要感冒了。然而，他不得不承认，出于某种疯狂的理由，盖上马蹄铁是这个世界上最明智的事情。他脱下外套，盖在马蹄铁上。这次他确认没人在透过窗户窥视。他搓着手快步返回。

“过去点，埃斯波西托。让我坐在中间。”

大块头毫无异议地挪了挪身体。

“它们来了。”他脱口而出。声音里没有迟疑。

泰德全神贯注地看着周围的一切。他没看到任何特别的东西。难道他感受不到什么变了吗？就在那时他在分割线另一侧的水洼里看见了，某个正在移动的倒影吸引了他的注意。红色的东西。

“我最喜欢红色。”埃斯波西托突然冒出一句话。现在他的声音听上去不仅很坚定，而且比平时更严肃。

“什么？”泰德问。

埃斯波西托没有回应。

倒影再次出现，清晰可辨。霍丽穿着红色比基尼的修长身形出现在水洼里，一阵风吹过水面，倒影颤抖着消失了。但是他肯定看到了，泰德确信。他抬起头时瞬间变得呆若木鸡。

球场的角落里出现迪士尼公主城堡。那不是光的反射或者半透明的影像。城堡就在那里。泰德抬起手指向那个方向。

“我们可以看见。”迈克断言。

“那是我女儿们的城堡。”泰德声音颤抖地说。

他站起来往那边走去，独自一个人。走到半路，他回头时看见迈克面露担忧，埃斯波西托则试图蜷缩自己肥胖的身躯，并把头沉到肩膀下面去。他们就像坐在世界上最可怕的过山车上。然而泰德感受到一种愿望，几乎是一种需要，那就是和他们一起回到长凳的安全区域。

在薰衣草那边，他看到麦克马纳斯的身影出现在通往院子的大门处。从那里他不可能看不到城堡。泰德继续前进。

城堡在篮球场和小树林之间的边界上。走到城堡旁时，他蹲在地上透过侧面的一扇窗户向里面张望。他不打算进去；他甚至也不觉得去触碰它是个好主意。出于某种原因，他相信自己会在里面看见负鼠，但事实并非如此。城堡空空如也。他转过身挠着头。侧面的一堵墙上，白雪公主、灰姑娘、爱丽儿和宝嘉康蒂[1]正看着他。*你现在要做什么？*他绕过城堡。正面是埃斯梅拉达[2]和她身边的睡美人[3]，泰德不记得她的名字了。他看见自己牵着辛迪的手，在玩具反斗城里绕着那座城堡转悠，女儿向他讲述每一位公主的故事。

奥罗拉！

辛迪的声音带回他的记忆。奥罗拉是睡美人的名字。他感到一阵战栗。那是他从温德尔那里偷来的第一段记忆。他继续绕着城堡打转。

---

① 宝嘉康蒂（Pocahontas），迪士尼动画片《风中奇缘》中的印第安公主。
② 埃斯梅拉达（Esmeralda），迪士尼动画片《钟楼怪人》里面的角色。改编自法国文豪雨果的名著《巴黎圣母院》。
③ 奥罗拉（Aurora），迪士尼动画片《睡美人》中的角色。

“那是贝拉……”辛迪说。

“《美女与野兽》里的角色。”泰德断定。

“对！那个是宝嘉康蒂，那是花木兰。”

背面没有公主，只有一堵木头上画出的砖墙。泰德定定地看着。他向后退了几步，只想让自己的视野开阔些，右脚突然踩到硬硬的东西。负鼠！他吓得弹开了。然而那不是负鼠，是一把屠刀。

“那不在薰衣草里，爸爸。就像城堡一样。”

泰德弯腰捡起刀子。微微移动刀面时，他发现上面有红色污迹。

我最喜欢红色。

刀为什么会在那里？他望向迈克和埃斯波西托，仿佛他们俩可以远程给他答案。他们并没有那样做，似乎还定格在刚才的姿势。泰德本想抬起一只手唤起他们注意，但他放弃了。他知道那是徒劳。另外，他突然听到身边几米处的草丛里有动静，这次的确是负鼠，它的身体四处穿梭。它似乎对泰德没兴趣。它似乎对什么都没有兴趣，探出鼻子到处嗅着，时不时抬起头。泰德紧紧跟着它，完全没有意识到自己像个偷猎者似的手中抓着匕首。

他钻进薰衣草的小树林，一个完全陌生的地方，几分钟后就离开了同伴的视线。他沿着小径绕过树林。负鼠走在前面，给他带路。

他还没走到空地上，负鼠就跑开了，它看着他，脸上带着那种动物特有的魔鬼般的笑容。它的尾巴在结实的身体后面蜿蜒。泰德再走出几米便明白原因了。空地上有一个死掉的男孩。泰德*知道*他已经死了。他面朝下趴着，双臂展开，穿戴着马萨诸塞州大学的校服和帽子。泰德马上就认出那顶帽子，理由很简单，他和大学同学无数次戴过它。他看不见死者的面容，坦白说他也不知道自己是否想看见。

你是谁？

他绕过尸体。

他需要搬动尸体……看见他的脸。

“泰德……”背后传来一个声音。

他转过身。

是麦克马纳斯。他身后站着迈克和埃斯波西托。他们三个人面露担忧。泰德迅速转回头去证实自己的想法：空地上根本没有死掉的马萨诸塞州大学男孩，更没有面带微笑的负鼠。他伸出双手以示投降。他把刚才发现的匕首放到哪里去了？

他们沉默着往回走。

“你看见它了？”迈克饶有兴趣地问道。

泰德微微点头。

“我不确定自己是否看到了幕布后面的情形，迈克。说真的，我不知道自己看到了什么。”

死亡男孩的形象还留在他的脑中。*他是谁？*

三十二

他们在薰衣草纪念医院的评估室里待了半个小时。劳拉轻描淡写地讲述了她对林奇秘书妮娜的拜访过程。然而，她暂时隐瞒了那女人在最后一刻吐露的讯息。

“警察从未问讯过她，但是她当时跟你在一起，泰德，在你进入林奇办公室之前。”

泰德将头扭向一侧。家人的探访以及在医院院子里的奇怪经历令他心神不定。

“这些重要吗？”

“我还没有跟你说结尾。但是在此之前我要说那的确很重要，因为它恰恰说明第一周期的每个片断都有真实基础，而这一点可以帮助我们重组你最后几天的记忆。”

“如果是这样的话，为什么我要去找一个叫布莱恩的家伙？”

“那正是我要跟你谈的。当妮娜踏出林奇办公室那一刻，她听到你责怪他跟踪你到布莱恩家。”

这句话引起了泰德注意。他缓缓地重申道：

“我不明白我跟那家伙会有什么关系。”

“但是我们肯定地知道你和他之前认识。可能是谁也不知道的某种关联，包括霍丽在内。当你知道林奇跟踪你到那里时，你非常气愤。”

劳拉露出谜一样的表情。她时不时地刻意看看泰德，或者他认为如此。

“等一下，劳拉，你说某种关联是指什么？”

“没有特别指什么，我们不要着急。但我认为必须搞清楚那是怎样的关联。泰德，你没事吧？”

他低下头。

“我的确有事，我有事相求。自从我见过孩子们……”

“嗯？”

泰德似乎崩溃了。一想到辛迪和娜丁他就想起她们离开前自己所做的承诺。

“泰德，你可以告诉我任何事情。我想知道你看到霍丽和女儿们时的感受如何，这也是我们需要在这里处理的事情。”

他直截了当地开口道：

“我需要离开这里，劳拉。一两天就行，我需要去湖边别墅，看看我的东西，待在我的地盘上。我无法与我不记得的真实世界联系起来……到那里对我有帮助，你别误会，但是我觉得是时候去一切开始的地方了。”

“泰德，我不知道是否到时候了。我们的进展很顺利。”

“我知道，对此我非常感激你。能够见到孩子们，我欠你一个大人情。但是我需要继续恢复记忆，湖边别墅里有答案，我确信。”

“你为什么那样想？”

他知道如果想说服她就必须告诉她自己在医院院子里的经历。

“我做了一个非常奇怪的梦。那是……幻象之类的。首先我记得看见孩子们粉红色的城堡。我走过去仔细观察，直到发现后面有一条小径。我的女儿辛迪跟我在一起，我想。然后她走开了。我继续沿着湖边别墅后面的小径走了不知道多久。但重要的是我前进时的感受，就好像我笃信终点有答案，有一切的关键。”

劳拉拿起笔记本快速记录着。

“那时我发现一具尸体。是马萨诸塞州大学的一名学生；他穿戴着大学的校服和帽子。尸体下面有一摊血。我看不见他的面孔。”

“你什么时候做的这个梦？”

“昨天。”

他不会承认那是他醒着的时候产生的幻觉，而迈克和埃斯波西托就从篮球场看着他。如果他存有一丝从那里离开的希望，他才不会愚蠢到说自己跟着幻想的负鼠来到尸体旁边。

“还发生了什么？”

“就这些。我不知道城堡或死掉的男孩意味着什么；我肯定漏掉了什么。我清楚别墅后面的小径隐藏着重要的答案。那种感觉太强烈了，以至于我的大脑无法思考别的事情。”

“泰德，你知道有时梦境很特别。在梦里我们持有某种执念，可是一旦醒过来事实却并非如此。”

“我知道。但是那个梦不同。某种程度上，它就像……就像我自己的一部分在跟我说话，告诉我正在找寻的答案。”

泰德知道自己在刻意夸大。但是他需要让自己听上去有说服力。看到劳拉的表情他知道至少自己的讲述已经引起她的好奇。

劳拉继续记录着。

“你在小径上的所见是否你在大学校园里时的某种回忆？”

“不尽然。我是说衣服和帽子肯定有其所指，但事实上我对校园生活的印象有些模糊。我清楚地记得一些事情，比如老师们、打牌、我的工作，我不知道，就是类似的一些细节。其他事情我完全想不起来了。我想是所有跟林……贾斯汀有关的事情。如果他是我的室友，我们在那里结为好友，我想我不记得和他之间的往事是合理的……”

劳拉点点头。

“怎么样，劳拉？你觉得有可能让我去湖边别墅看看吗？”

医生轻轻地摇头。她眼中流露出淡淡的忧伤。

“还不是时候，泰德。我很遗憾。我不排除很快我们就可以组织一次外出治疗的可能。我们通常在认为合适的时候才那样做。”

泰德站起来。他的手上和脚上没有任何束缚。当然，麦克马纳斯从隔壁房间目不转睛地监视着他。

“劳拉，我明白你的话，我相信你。我只是请求你考虑一下。如果那条小径并不存在，或者不通往任何地方，我们没有任何损失。”

泰德看起来就像是走上讲台背诵课文的学生。劳拉越过眼镜上缘看着他。

“我向你保证我会考虑的。不过，我要告诉你决定权不在我这里。我不是这个馆的主任。”

泰德坐回位子上。

“我明白。对我而言，知道你会考虑就足够了。”

“我会的。我向你保证。”

三十三

自从上次医院食堂的简短午餐后，马库斯就没有再和劳拉说过话，从此她的影子便深深印在脑中挥之不去。当她打电话到他办公室说需要跟他谈谈泰德·麦凯的案子时，马库斯立即答应见她，并痛下决心：他要马上告诉她自己的感受，绝不犹豫。他厌烦了编造各种借口。泰德·麦凯必须靠边等着。全世界都必须靠边等着。

劳拉看见他坐在靠窗的沙发椅上。

“我能进来吗？”

“当然。”

劳拉坐在另一把沙发椅上。他盯着窗户，寻找合适的开场。不，事实上他在寻找勇气。

“你还好吗，马库斯？”

“你要听实话吗？我不太好。我……”

她稍稍前倾，暗示他继续。马库斯在脑中组织了一下语言。他深吸了口气。

“我忍不住地想你。”终于他说。

她露出欣慰而同情的笑容。

“那天，在你家……我非常渴望亲吻你。”

劳拉把手放在他的手臂上。

“等等。我们重新来过。你何不邀请我星期六去你家？当你打开大门时，那将是我们第一时间要做的事情，什么话也不说。”

他点点头。

“就这么约定了。”她说着站起来。

“我以为你想……”

劳拉走出办公室。门被关上又打开了。

“格兰特医生？我能和你谈谈吗？”

马库斯笑了。

劳拉坐在办公桌前面的椅子上，他也走回自己平常的位置。

“你的秘书以为我疯了。”劳拉闷笑道。

“有点像。”马库斯说，沉默片刻后他指了指刚才坐过的沙发椅，“谢谢……因为……你知道因为什么。你想跟我谈什么？”

劳拉的表情瞬间严肃起来。

“泰德想起一些过去的事情，我觉得是时候加大些压力了。”

劳拉讲述了那个关于马萨诸塞州大学学生的梦。她也提到了粉红城堡后面的小径。

“泰德想去湖边别墅，”劳拉解释道，“他认为那条小径可以帮助他恢复记忆，或者引向某个对他而言非常重要的地方。我想过了，我要试试，马库斯。”

他沉默片刻。

“你确信时机到了吗？”

“坦白说，我不确信。但是到目前为止一切都不怎么合理。那天他的孩子们来看他……你不知道她们有多可爱。如果这恰恰是泰德打开最后一扇门所需要的刺激，我想我应该尝试。最多它行不通，此行徒劳罢了。”

“决定权在你，劳拉。你知道作为这个馆的主任，在馆内发生的一切都由我负责。但你是他的主治医师。你告诉我怎么做，我授权他出去。你想什么时候去？”

“星期六如何？”

马库斯惊恐地睁大双眼。

“那天我休息，”她解释道，“沃尔特和他爸爸去看爷爷奶奶。那天对我来说再合适不过。上午我安排泰德外出，下午我就回来，有足够的时间装扮自己然后赴约。我知道决定权在我，但你的意见对我而言很重要。”

“事实证明你的直觉在这个案子中发挥了很大的作用。找出他的过去与国际象棋的羁绊，马蹄铁的含义，把他搬到C馆……一切都是你的功劳。我知道麦凯对你的重要性。如果你的直觉告诉你是时候这样做了，那就放手去做吧。”

“谢谢。”

“我可以和鲍勃谈谈，我在波士顿警察局的朋友，你还记得吗？”

劳拉点点头，捂嘴闷笑。

“罗伯特·杜瓦尔，怎么会忘呢。”

马库斯也笑了。

“就是他。如果你有机会碰到他，千万不要去叫他的全名。若那起谋杀案真实存在，我会问问他能从中查出什么。麦凯哪年进入大学的？”

“他是九三年入学的。如果能知道那几年马萨诸塞州大学是否发生过凶杀案就太好了。”

“至于带他出去，我会授权使用最高安全级别的措施。手脚一直戴着镣铐，由一名武装警卫陪同。”

“我觉得很好。”

“虽然我知道你的答案，但是我很想陪你……”

“你很了解我。我希望和他熟悉的面孔一同前往。”

“我会看看哪个护士当值。他会很高兴出去走走的。”

“那将是三个小时的旅行。”劳拉说，她把这一信息留到最后才说。

马库斯察觉到她的小把戏。

“你真是无可救药，劳拉·希尔。”

“我保证会准时赴约。”她说着站起身来。

“把外出申请表发给我，我今天就准备好。”

“非常感谢。”

“我们肯定会提前见面的，如果不是那样，祝你们好运。”

“星期六我们不谈论这个案子，”离开前劳拉说，“我保证。”

“我不知道是否该相信你。”

她笑了。

“你要记住打开大门时该做什么……”

“我不会忘的。”

第四章

一

1993 年

1993 年马萨诸塞州大学有两万多名在校学生。其中很多人住在五十栋学生宿舍的双人间里，据说学校在分配过程中考虑了每一位学生的个人偏好。为此，他们还填写过一份翔实得无懈可击的表格。学校甚至在宣传册中大肆宣传这一点！

然而当泰德·麦凯遇见自己的室友时，他首先想到的是住宿分配办公室的人他妈的完全不知道如何做事，否则谁也无法解释怎么会有人想到把他和贾斯汀·林奇联系在一起。只消看一眼就知道他们生活在不同的轨道上。分配办公室的理由是：泰德和贾斯汀都是奖学金计划的受益者，该计划要求他们的学习成绩优于其他人，因此他们必须住在专为同等条件学生提供的三栋宿舍楼里——他们的楼叫“牧羊人之家”，所有人都称之为“鸽笼”，对于任何有建筑常识的人而言名字的来由显而易见。因此，也许完全是因为二人可怜的经济条件，他们才会一起住进“鸽笼”的 503 室。贫穷，是多么强大的均衡器！看起来，两人之间唯一的共同点就是对于涅槃[①]乐队的喜爱了。可是 1993 年那会儿有谁不听涅槃的歌？

贾斯汀·林奇是一个相貌堂堂的年轻人，高大魁梧，有着天蓝色的大眼睛和宽大的下颌。同屋的前几日二人关系十分紧张，在泰德看来贾斯汀的发型似乎时刻保持完美状态，不是说他如何精心修剪，而是他的头发似乎随着生长时刻变换新的发型，就好像它有自己的生命。林奇有很长一段时间都在校园中颇具影响力。各个年龄层的女学生都想方设法进入“牧羊人之家”，在503室或五楼的公共休息室周围游荡。有些女同学拦住泰德并向他提出各种跟其室友相关的要求。含蓄一些的女生向他套取信息，例如他是否有女朋友之类的；另一些直接大胆的女生则索性进入房间亲自解决问题。正是他那种唐·璜[2]般的情圣气质最令泰德厌烦，对他而言与异性的关系并非随便之事。不过他不是真的嫉妒新室友——好吧，也许有些嫉妒——而是还有别的原因，泰德讨厌很有女人缘的男人不是一天两天了。他的父亲就是一个……一个大人物！难道入学面试的时候泰德没有告诉过心理医生这一点吗？他当然坦白了。因为那女人一再追问泰德的过往，尤其对他父母婚姻破碎的原因感兴趣。他照实说了。他说他父亲有一个多年的情人。当心理医生问他对此作何感想时，泰德首先觉得那是世界上最愚蠢的问题，然后选择跟她说实话，告诉她自己憎恶父亲和所有背叛妻子的混蛋。他百思不得其解：为什么学校让他和一个他最讨厌的人共住一室？泰德很生气。但是有一点他非常肯定：随着女孩们成群结队蜂拥而至，泰德必须和室友好好谈谈。那不会是愉快的交谈，当然不会。因为那家伙说自己在老家有一个女朋友，他甚至把她的照片挂在墙上。

泰德给林奇留下的印象也好不到哪去。并不是因为他穿着皮夹克且举止粗俗的不羁形象，他总试图跟别人反着来，并四处宣扬这一点，让林奇感觉很可悲；他甚至有一辆破破烂烂的欧宝准将系列轿

---

① 涅槃（Nirvana）是一支美国的摇滚乐队，于1987年在华盛顿州的阿伯丁组建。

② 唐·璜（Don Juan）是西班牙家喻户晓的一名传说人物，以英俊潇洒及风流著称，一生中周旋于无数贵族妇女之间，在文学作品中多被用作“情圣”的代名词。

车，后面的贴纸上写着：*法外之徒*[1]。但那还不是最糟糕的。最糟糕的是在林奇非常认真地对待大学时光，在图书馆里勤工俭学，学到眼睛疼痛的同时，泰德则像个质朴版的约翰·特拉沃尔塔[2]，偶尔去上课，在食堂勤工俭学，到六楼马拉松式地打牌。他尤其沉迷于在六楼打牌。林奇学习到深夜时，看到室友叼着香烟，眼睛被烟熏得充血肿胀。有时他翻开一本数学或财务核算课本，但是连半个小时都坚持不了。书还摊在那里他已经睡着了，连衣服都懒得脱掉。林奇知道泰德的奖学金计划要求尤为严苛，他如果不脱层皮是不可能顺利过关的。某种程度上他期待着考试快点来，那样他就可以分到新室友。

刚开始的几个月他们之间的关系仅限于不得不进行的交流。只有当涅槃乐队或珍珠果酱乐队[3]的歌声在林奇的索尼收音机里响起时他们才会交谈。除了围绕音乐的一些简单对话外，别无其他。他们从不谈论自己的工作，在食堂也不同桌吃饭，他们仍在酝酿的朋友圈似乎也不会有任何交集。

是泰德首先意识到或许招生办公室的人都他妈的是天才，他还意识到起码一点，那就是自己对林奇的判断下得太早。因为他所期待的女孩成群结队蜂拥而至的情形从未发生过。事实上，10 月份以前第一个也是唯一一个进入他们房间的女生是来找泰德的。林奇不仅没兴趣背叛自己的女友，而且任何陌生女孩贸然来找他的情况都让他深感不适。他的磁场是其他人都梦寐以求的；有些人没有他的魅力都能够每隔五分钟就让自己的床吱嘎一次。那是当时马萨诸塞州大学里对于

---

① 西班牙语原文：Fuera de la Ley。阿根廷导演马努埃尔·罗梅罗曾于 1937 年执导过同名惊悚电影。该片于 1940 年 5 月 12 日在美国上映。

② 约翰·特拉沃尔塔（John Travolta），1954 年 2 月 18 日出生于美国新泽西州，美国演员、制片人。代表作有《低俗小说》《变脸》《剑鱼行动》等。

③ 珍珠果酱乐队（Pearl Jam）是一支美国的摇滚乐队，成立于 1990 年。

和女生上床的代称；宿舍床上的弹簧垫破旧不堪，虽然很舒服但也很吵。头几个月林奇从来没有吱嘎过，天晓得如果他愿意他可以做爱做到腿软。泰德甚至以为他是同性恋，女朋友的照片根本就是随便找个女孩拍的。很多次他听见他和女友煲电话粥，猜测那都是他自己编造的对话。那小子非常忠诚，他有火箭筒一般的征服力，却似乎没有兴趣使用它。多奇怪的家伙呀。泰德开始对他产生兴趣。

进入 10 月份，第一次考试中林奇获得一个 C 和三个 B。他欢欣鼓舞。但是他的坏脾气室友取得的成绩让他更加惊讶。所有科目都是 A。不可能啊，那肯定是某种障眼法，他每天都能看见他，知道他很少花时间学习，每天不会超过一小时。林奇怀疑他在食堂工作的时候能够集中精力学习。可他连书都不带去！那么，他耍了什么把戏？接下来的几个星期林奇慢慢发现了原因在哪里，他的室友绝顶聪明，此外还拥有相机般的惊人记忆力。因此泰德在分析类课程和那些只需要记忆的课程中成绩优异。他的阅读速度超群，比正常学生高出三四倍，而且过目不忘。林奇还知道泰德花在打牌上的时间——泰德还开始涉足校外的非法赌博窝点——恰恰是他维持生计的方式。当二人之间的摩擦逐渐消除后，泰德坦承他其实讨厌打牌，但是因为那游戏太受欢迎了，所以他可以不时更换牌友圈，从而避免引起过多怀疑。一个人如果胜局远超过负局的话早晚有一天要被踢出去。泰德可以轻易记住牌面并在几秒钟内通过复杂的统计分析决定出哪张牌，比起那些随意打牌的人，他的武器占尽优势。

在学生的牌桌上没有大量金钱流通，尽管如此，泰德还是设法筹集到了足够的钱，以支付奖学金无法支撑的开销，同时支付他母亲的住院费用。

结果是，分配办公室的确做好了自己的分内事。泰德和贾斯汀很快就成为好朋友。

二

1993 年

二人友谊的序曲是相互间深深的尊重。泰德几乎不和任何人来往；他的牌友们肯定把他当作了朋友，但泰德一直在装模作样，揣摩他们的心理、说话、做事，仅此而已。他学会了在任何环境下以一种不被人察觉的理性算计的方式变通处事。贾斯汀是第一个让他真正感到有趣的人；那对他而言是全新的感受，他在中学时也从未花精力结交过朋友。

贾斯汀则已经和一些人建立起积极的联系，但是他渐渐地也弃之不顾，专注于自己的小世界。他本身就是个孤僻的人，拥有一位理解自己的朋友让他感受到亟需的安全感并开始做真实的自己。突然间正视自己的内心给他的生活带来很多变化，在他大学的第一年逐渐显现出来。

圣诞节前的一个寒冷午后，贾斯汀集中精力对付创意写作课布置的小品文。科特·柯本①嘶吼的声音爆发出来，泰德已经完成了一天的学习：他在床上躺了半个小时，手里拿着几本核算、统计和其他不知道什么内容的书，像八爪鱼似的同时翻看并记忆。看他学习会令所有人失去动力。现在他正准备去六楼，最近他打牌的时间越拖越长。据他说，其他人的牌技有所精进，他也清楚地知道其中有两三个人串通一气，利用微妙的信号出老千，只不过已经被他察觉。由于多数情况下他都赢钱，他想那种情况早晚会发生。目前局面还在可控范围内，或者他自己那样认为。他用各种办法避免和那三个老千同桌，或者寻找别的牌局，甚至到校园外面打牌。不过还有一点点时间，他不假思索地问了贾斯汀一个问题，他觉得他的朋友早就准备好回答那个问题。他经常提到自己的母亲，却对父亲讳莫如深，那天下午他看上去无法集中精力看书：望向窗外，在房间里徘徊，冲着墙壁抛掷网球……泰德趁机提出酝酿已久的问题。他怀疑他父亲已经去世或者在他很小的时候抛妻弃子，但事实并非如此。

贾斯汀的父亲活得很好，跟林奇夫人和另一个儿子住在迪尔菲尔德，贾斯汀从心底鄙视他。又一个巧合！

"我们几乎从不交流。没人知道为什么。"贾斯汀说。他穿好外套打开窗户。一阵刺骨的冷风倏地钻进房间。他坐在窗台上点了根烟，机械地吞云吐雾，眼神仿佛在追寻过去的片段。"连我父亲都不知道原因，你能相信吗，泰德？我从未对他说过。也许将来我会说。"

泰德坐在自己的床上。看来牌局要等等了。

"我很理解你。我父亲也是个混蛋。"

贾斯汀点点头，顶着严寒把脸扭向窗外。

"他以为我正处在叛逆期，过去就好了。我母亲也这么想，虽然我对她完全不同，或者我自己这样认为罢了。那家伙太愚蠢，一点也不会自我反省。当我还是个孩子时我们总黏在一起。父亲是我的偶像，在各方面我都希望变成他的样子。他在我眼中就是个完人。"

吸完手中的烟贾斯汀赶忙关上窗户。他搓着手走到油汀旁取暖。

"我和父亲就像两滴水，"他无奈地说，"我们就像是克隆出来

---

① 科特·柯本（Kurt Cobain，1967—1994），美国歌手、词曲创作人，涅槃乐队的主唱兼吉他手。

的。如果我给你看他三十年前的照片你会以为那就是我，除了那个年代特有的大镜框和喇叭裤。无论如何，我想那对我们之间的关系有一定影响，或者没有。我们之间存在着一种特殊情感。例如，我和弟弟的关系就不同。你有兄弟姐妹吗？”

泰德摇摇头。

“抱歉啰嗦了半天……你该去……”

“兄弟，没关系的。你索性发泄出来吧。”

“我父亲是个电工；他自己单干。我小的时候总盼望假期到来，那样我就可以跟着他了。我们开他的面包车去买材料开工，他跟我说我是他的助手，有一天会跟他一样。那正是我想要的，我发誓。如果当时有人问我长大后想做什么，我肯定毫不犹豫地说电工。就是这么快。”

贾斯汀打了个响指。

“我的父亲定期到三四家商店采购。其中两个商店有女售货员，我父亲总是跟她们调情。然后他跟我开玩笑，说没必要告诉母亲，我当然什么也没说，从来没有。每当接到一件私活，且接待我们的是位女性，情况都差不多。他总是跟我说：‘你什么也不要告诉妈妈，贾斯汀，因为你清楚她如果知道了会伤心的。’他说那不意味着他不爱她，男人都喜欢跟别的女人调情，还有其他类似的屁话。”贾斯汀摇着头，“我知道那些话现在听起来很愚蠢，但是我当时坚信不疑，泰德。我父亲还跟我说：‘你看见女店员注视我手臂肌肉时的眼神了吗？我故意把胳膊放在那里让她看见……’一直如此。如果电视上出现长相不错的女人，他趁我母亲不注意时会跟我做鬼脸或打手势。那时我只有八岁！就这样日复一日。只不过我十二岁那年，他不再只是调情……而是时不时和其中几个女人上床。”

泰德认真倾听，他很少对其他人那样。他的脑袋飞速运转，几乎肯定自己和贾斯汀同屋的原因就在于此。分配办公室绝对做了极其正确的决定。

“你知道更糟糕的是什么吗？”

“什么？”

“我刚满十六岁时开始变得和他一样。因为我相信男人就是那个样子。我自以为很聪明，泰德……当然没你那么聪明，”贾斯汀笑了，“但是我不傻。我确信自己从来都没有怀疑过父亲的教诲。仿佛那是神的旨意，是真理。直到那时我才意识到母亲也不是傻瓜，她早就产生强烈的怀疑，甚至非常清楚父亲在外面的风流韵事。这个世界上我最爱我的母亲。我怎会不去质疑有可能对她造成伤害的事情呢？”

“嗯，你及时意识到了。那很重要。”

“是的，你说得对。”

Nevermind[①] 不知什么时候已经唱完了。周围笼罩着学生宿舍在星期五晚上不太常见的寂静。学校对于噪声有非常严格的管理政策，但是周末相对较为宽松。“太有趣了。”贾斯汀若有所思地说，“我从没跟任何人提起过这件事。心理医生在招生办公室给我做心理咨询时问起过我父亲，我说我们之间的关系很糟糕，就说到那里而已。我从没告诉过任何人我为什么讨厌他。”

泰德不知该作何回答。他觉得自己很激动。

“起初他不明白我为什么排斥他，”贾斯汀继续道，“并不是说他现在明白了，他只是接受了现实而已。但是，他还在可怜兮兮地尝试各种方法接近我，每一次都试图跟我聊女人。他认为那样

① *Nevermind* 是美国摇滚乐队涅槃于 1991 年 9 月 24 日发行的第二张录音室专辑，由 ButchVig 制作，是乐队与 DGC Records 签约后发行的第一张专辑。

可以跟我更好地沟通。真是太可悲了。去年我把女朋友带回家。那是我带回家的第一个女孩。她叫莱拉，我想我跟你提起过。”他指了指墙上的照片，“你看得出，莱拉的相貌……一般。问题是……”

贾斯汀站起来，双手抓着头。

“天哪，我怎么了……？我唠叨个不停。你肯定以为我是个……”

泰德站起身，按住他的肩膀。

“别紧张。改天你会听我跟你抱怨我的父亲。”泰德说，虽然他根本无意吐露自己的往事，“他们混账的程度相当，相信我。所以，莱拉怎么了？”

贾斯汀思考着。

“当莱拉从我家离开时，”过了一会儿他说，“他走过来说我可以找到比她更好的女人。他还冲我挤弄眼睛，笑着。你能相信吗？我偶然通过一位朋友和莱拉认识，但是你知道吗？当她被介绍给我时，我脑中最先想到的是我父亲会如何评价她……跟他后来对我说的话一模一样。我对那个混蛋的想法已经了解到这种程度。”

“也许正因为那样你才选择了她。”

“可能吧。事实上我们之间没有很多相似之处。”

贾斯汀笑了。

“最近我跟她的交流有些疏离。也许是因为距离太远，我也不清楚。”他突然顿住，“你不是该去六楼掏空那些蛀虫了吗？”

泰德耸了耸肩膀。

“今天我可以放他们休息，”他回答，“昨天我赚了很多。去喝啤酒吧？我请客。”

“太好了。”

泰德穿上皮夹克，戴上耳罩帽子。贾斯汀走出503室，他紧随其后。可能下结论还太早，但泰德隐约觉得自己跟贾斯汀会建立起真正的友谊。

他这辈子第一场真正的友谊。

三

1994 年

1994 年冬季是贾斯汀 · 林奇人生的转捩点。跟莱拉通过电话简单分手后，他的学习成绩急转直下。这个结果与那件事无关，尽管症结相同。他开始意识到自己之所以上大学只是不想成为父亲那样的狗屁电工；只是在用父亲无法理解的行为惩罚他罢了。莱拉也是他用来惩罚父亲的手段，虽然更容易看出来。他选择了一个他父亲——这个迪尔菲尔德的卡萨诺瓦[①]——永远不可能给自己或者儿子挑选的姑娘。他以同样的方式对待自己未来的职业。一切都糟透了。他父亲已经变成他无法抗拒的黑洞，把他拖进无情的真空世界。无论他做的事情是为了取悦他还是激怒他，世界还是在围着他转。

他开始怀疑——在他看来为时已晚——自己这辈子究竟想做什么。他真的想学英国文学吗？文学是少数几个能够让他看到光明的事物之一，让他在黑暗的世界里邂逅美丽。他不太清楚自己是否愿意服从学习计划、大学的节奏和考试！逃避问题的一种方式就是让自己学习成绩的巨轮慢慢倾翻；让自己在卡夫卡[②]、梅尔维尔[③]、博尔赫斯[④]、洛夫克拉夫特[⑤]的文字中沉沦。西尔维亚 · 普拉斯[⑥]是一位本地作家，她在大部分时光里都很沮丧，三十岁时选择自杀，她的诗作尤为令他关注，令他近乎痴迷。对于一个终日任由自己被拖向深渊边缘的人而言，那些当然不是理想的读物。

泰德目睹这一切，成为唯一试图帮助他的人，从督促他做刮胡子洗澡等日常琐事，到陪他上课或给他建议。然而作用并不大。

贾斯汀开始坚持写日记，把自己的想法统统倒进去，包括酝酿到一半的诗歌，满是绝望的紧凑段落。他走到哪都带着那个本子。夜间他在校园里兜兜转转，躺在某个角落，有时甚至昏睡过去。由于昼伏夜出的习性，他甚至和校警发生过冲突。为了应付开销，泰德在六楼的对战越拖越长，有时很晚回到房间都看不到室友的影子。

有一晚泰德躺在床上，筋疲力尽，他看着朋友空荡荡的床铺。他不记得从小到大自己为别人做过什么重要的事情，那天夜里他下定决心。他要做些事情摇醒贾斯汀，把他从无尽的漩涡中拯救出来。他站起来匆匆穿好衣服。他大概清楚室友从房间走出去之后的轨迹，因此不到一个小时就找到了他。他在图书馆后面看见他坐在一个疏于照料的小花园的长椅上。如果不是因为点着的香烟，泰德可能都无法在幽暗处发现他。

泰德坐在他身旁沉默不语，把手搭在他肩头好一会儿。

“我想我已经被你猜透了。”贾斯汀说。他口中吐出白色的烟圈。空气非常冷；随时可能会下雪。

---

① 全名贾科莫·卡萨诺瓦（Giacomo Girolamo Casanova，1725—1798），极富传奇色彩的意大利冒险家、作家、“追寻女色的风流才子”，18 世纪享誉欧洲的大情圣。

② 全名弗兰兹·卡夫卡（Franz Kafka，1883—1924），生活于奥匈帝国统治下的捷克小说家。

③ 全名赫尔曼·梅尔维尔（Herman Melville，1819—1891），19 世纪美国最伟大的小说家、散文家和诗人之一。

④ 全名豪尔赫·路易斯·博尔赫斯（Jorge Luis Borges，1899—1986），阿根廷诗人、小说家、散文家兼翻译家，被誉为作家中的考古学家。

⑤ 全名霍华德·菲利普·洛夫克拉夫特（Howard Phillips Lovecraft，1890—1937），美国恐怖、科幻与奇幻小说作家，尤以其怪奇小说著称。

⑥ 西尔维亚·普拉斯（Sylvia Plath，1932—1963），继艾米莉·狄金森和伊丽莎白·毕肖普之后最重要的美国女诗人。

那天，泰德第一次允许自己提及父亲。他的讲述并不详尽，只是为了让贾斯汀明白自己也知道一个对家庭不负责任的父亲是什么样子。他简单地回忆自己到米勒家学习国际象棋的经历以及父亲的双重生活。贾斯汀似乎非常震惊；并非因为故事本身，而是因为泰德向他敞开心扉，跟他谈论个人问题。直到那时他的私生活一直是个谜。

“我也讨厌他。”泰德说，“我不打算对你说这个世界并不糟糕，因为它的确糟糕。罪魁祸首就是你父亲和我父亲那样的人渣，以及每天晚上跟我一起打牌的废物们，那些兄弟会的蛀虫，他们都有责任。你知道我是怎么知道的吗？因为我也感觉得到。那种空虚。我也感觉得到。”

泰德沉默了。他们俩静静地坐了好久。

“他们都是黑洞的罪魁祸首……”泰德用幽幽的语气重复道，“问题是，朋友，我们能怎么办呢……”

“我不知道。我已经厌倦了向母亲撒谎。我想放弃大学的学业。”

“你恰恰不应该那样做。因为那样他们就赢了。你没看出来吗？那就是他们想要的结果，毁掉你的生活。我知道放弃比较简单，相信我，我知道。但是你应该找到办法让生活走上正轨。我要从这所狗屁大学毕业，我要取得最好的成绩，我要结婚生子，拥有大房子，或许还有一栋周末度假别墅……我要发财！”

贾斯汀笑了。

“我多想有你这样的信心啊，泰德 · 麦凯。”

“听着，贾斯汀，我的确可以轻易记住书本上所有乱七八糟的内容，那对我很有利。每个人都有自己的强项。你别告诉我你不知道自己的强项是什么。你应该挖掘它们，找到办法喂养那些野兽，学会跟它们共存。”

“你说得轻巧。”

“真的很简单！相信我，是真的。那种阴暗……就好像是永远跟随你的可怕寄生虫。你不能让它吞噬你。”

贾斯汀用靴子踩灭香烟。

“你跟我说的那个女孩怎么样了？”泰德问，“你创意写作课上的那个……”

“丹尼斯·加勒特。”

“就是她。”

“我不知道……我们说过几次话。但是我最近太放任自己堕落了。”

“约她出去，看电影，或去别的地方。作为新的开始。”

贾斯汀点点头。

“我们回去吧，我已经感觉不到自己的耳朵了。”泰德说，“该死的，我忘了戴帽子。”

他们往“鸽笼”走去，用相对轻快的语气开着玩笑，时不时放声大笑，手插在口袋里并肩前行。

“我落后了许多，”贾斯汀说，“还好我长得帅。”

“没错。我真担心你意识不到这一点。”

“傻瓜。”

“一个在乎你的傻瓜，混蛋。”

四

1994 年

随着春天的到来，情况似乎有所好转。贾斯汀重新回去上课，每天至少要花几个小时学习。他还在图书馆找到一周两次的工作。他没有和丹尼斯·加勒特约会，但他迟早会那样做的。泰德则跟班上的一个女生在约会，那更加激励贾斯汀了，虽然他隐约觉得丹尼斯——她没直接跟他说过，他只是猜测——可能在老家有男友什么的。她的表现很奇怪，尤其是他们同班上课时，仿佛贾斯汀一出现她就莫名地不安。泰德跟他说不用担心，对他感兴趣的女生大有人在。

但是贾斯汀并没有彻底感到解脱。他继续读着西尔维亚·普拉斯的作品，在自己的日记里大肆渲染世界末日之类的想法；到了晚上他依然独自一人散步，不过至少现在他觉得一切尚在掌控范围内，而且除此以外，生活还在继续前进。毕竟，也许泰德是对的。那天他在公园里跟他说了什么？他需要驯养内心的野兽，那样一切都会好的。他说得有道理！他当然有道理！泰德他妈的就是个天才。

但随后，当年的 4 月 9 日，一则可怕的消息震惊了马萨诸塞州大学校园和所有人。

泰德当时在食堂。那天他负责清洗餐具，他当然讨厌那份工作，虽然他可以边干活边塞着耳机，用全新的 discman① 听歌。他洗了一个小时，对同学的谈话充耳不闻，他平时很少与他们互动。不知什么时候一群人震惊地聚集在大厨房的某个角落，泰德丝毫没兴趣参与。如果主管有话要说，他们会去找他的。他伴着声音花园②的旋律干着活，突然浑身颤抖的贾斯汀出现在他身旁，紧紧抓住他的肩膀。贾斯汀从不会到工作的地方找他。泰德取下耳机，放下手中正在擦拭的杯子。贾斯汀告诉了他已经被传得沸沸扬扬的新闻……已经被证实的新闻。

科特·柯本在自己位于西雅图的家中开枪自杀了。

正如预期的那样，没几个小时各种其他版本迅速流传开来，但是自杀是最强有力的说法。稍后人们得知科特从戒毒所里逃出来，在他结束自己生命的几天后他的尸体才被发现。他留下的一份遗书给马萨诸塞州大学造成极大的冲击，尤其是对贾斯汀·林奇。1994 年春天，“鸽笼”的宿舍里最常出现的就是科特的音乐。

悲剧发生的一个星期后，泰德和佐治娅·麦肯齐去看电影，他几个星期前开始和她约会。他们之间的感情进展相当顺利。佐治娅美丽有性格，是一名资质普通的学生，达不到理解自己男友的程度，但也许正因为那样她才很爱他。她不挑剔，不是那种整天希望男友围着自己转的女孩。他们周末会相聚几个钟头——吱嘎吱嘎一番——有时一周见一天，在一起腻歪着学习。仅此而已。

那个周六泰德送她到宿舍大楼的门廊处。他像往常一样迫不及待地亲吻她，央求她让自己上去，她考虑再三稍稍拒绝后还是同意了。她喜欢挑战和打破常规，偷偷地让男友混进房间恰恰满足这两个需求。一番短暂而激烈的云雨过后，泰德跟她告别。

当他回到自己的房间时一阵寒意袭来。有什么不对劲。小浴室的

---

① 光碟随身听，便携 CD 播放器。

② 声音花园（Soundgarden）是美国的一支摇滚乐队，成立于华盛顿州西雅图市。

灯开着，门敞着……然而最关键的细节是贾斯汀的本子摊在床上。他一下子想到科特，倒在自己家的地板上……他扑到床上，看到两页密密麻麻的文字，乍一看那不像是自杀遗言，主要是因为上面并没有写收信人。泰德快速扫了一眼，看到*博达*[①]这个词时，他打了个寒颤。柯本的自杀遗言就是写给那个人的。泰德跨出两大步走到洗手间。他准备好看见朋友的尸体瘫在浴缸里或悬挂在空中。一瞬间他的大脑全速运转。贾斯汀情绪低迷，但是，他会自杀吗？

浴室里空无一人。那为什么贾斯汀没关灯？

忘了。这不会是第一次。

那他的本子呢？

博达又是怎么回事？！

在“鸽笼”展开搜寻之前，他需要先看看本子上写了什么。他回到室友的床边，站在那里，双手撑在本子两侧，仿佛不想去碰触它。他仅仅伸手翻读最后一段文字。虽然内容很丰富，但他没用二十秒就看完了。

那不像一份自杀遗言，而是没有写完的故事。但是题材让他感到不安。故事里一个男人正准备自杀，就在他要动手扣动扳机时，一个陌生人出现在他家门口。那人名字叫博达，声称自己有个建议；他真的很有说服力，而且似乎知道主人公——文中没有提到他的名字——正打算做什么。他说自己认识一些跟他相似的人，如果他们之间相互协作的话不仅可以帮助家人顶住痛苦，还可以让这个世界变得更美好。文章顶部的一个长方形框框内写着标题：*一个更美好的世界*。笔迹拙劣混乱，到处都是增删的痕迹。当博达开始向那个男人解释他需要杀死一个卑鄙的家伙时，故事戛然而止。

---

① 博达（Boddah），柯本童年的假想朋友。

泰德沉思了一会儿。那可能是贾斯汀正在着手准备的一篇故事——写得非常精彩——他肯定是受到近期发生的一系列事件的启发，或者这故事是某种泰德还没搞明白的预告。他飞也似的离开房间。在走廊里他撞见欧文·普罗瑟，那个住在隔壁宿舍话不多的大块头。当他火急火燎地问他是否看见贾斯汀时，欧文非常冷静地挠了挠头看向天花板，仿佛他需要激发脑力回答这个简单的问题。

“我最近有没有见过他？”他问。

“是啊！”

如果不认识他，泰德会以为他在拿他开涮，但事实并非如此。普罗瑟只不过是天资愚钝罢了。

“让我想想……大概一个小时前我看见他离开房间。我当时正要……”

没等邻居吐出后面的话，泰德早已跑开。他来到楼梯口，脑中一遍又一遍地问同一个问题，三步并作两步跑下去。所有人都认识贾斯汀；那是作为詹姆斯·迪恩[①]转世肉身的另一种优势。一个刚好走进“鸽笼”的学生告诉泰德他在图书馆附近见过贾斯汀。他立即朝那个方向奔去。他一路小跑，惊讶于自己会为一个认识不到一年的人如此担忧。但他清楚地知道那种感觉是发自内心的，因为那种感觉从未有过，他像变了一个人似的。

他在老地方——图书馆后面的公园里——找到他，在阳光和重返生机的绿树映照下，公园看上去没那么可怕了。

“泰德！”贾斯汀看见他时很惊讶，他摘下耳机，“你来这里做什么？”

---

① 詹姆斯·迪恩（James Dean，1931—1955），美国男演员。

泰德坐到他身旁。

“出什么事了吗？”贾斯汀问。

“没事。”那一刻泰德决定不把刚才的想法告诉他，贾斯汀看上去兴致很好，“待会儿我想去一下六楼，想先问你点事情。”

“我听着呢。”

“昨天晚上我和几个 ΦΣK[①] 的蠢蛋打牌。当时火药味很浓，但是我还是想办法赚了一票。不管怎么说，今天兄弟会有个聚会，他们邀请了我。”

贾斯汀一脸嫌恶地看着泰德，就好像他突然散发出难闻的气味。

“你？参加兄弟会的联谊聚会？”

泰德笑了。

“我不知道那些 ΦΣK 的家伙是谁。”贾斯汀说，“你跟他们说了你是优等生吗？难道不用付一大笔钱就能参加那种聚会？”

“某种程度上说，是他们自己付的。”泰德拍拍自己的口袋，指指钱会去哪里，“我的确讨厌那帮家伙。但是那里有酒精、有妞、有音乐……我们待一会儿，随便喝点东西然后闪人。没有那些狗屁聚会，大学还有什么意义？”

“你说得对。你来找我就为了这个？”贾斯汀顿了顿，面带微笑，“抱歉，我太不领情了。只不过你，麦凯，变得婆婆妈妈，会担心别人了。谢谢你，聚会听上去不错。有时我也该去那种……”

他们沉默了。涅槃乐队的吉他声清晰地从贾斯汀挂在脖子上的耳机里传出来。他把手伸进口袋，按下随身听的暂停键。

“听着，”泰德说，“你把本子落在床上了……”

---

① 这几个希腊字母代表的是 Phi Sigma Kappa，美国一个著名社交性和学术性校园兄弟会的名称。该兄弟会 1873 年 3 月 15 日成立于马萨诸塞州农业学院，至今已有 144 年历史，目前在整个北美地区共有大约 90 个分会。

贾斯汀吓了一跳，清楚那意味着什么。

“写得很好，贾斯汀。”泰德安抚他。

“噢，天哪，太丢脸了。那只是课上的一篇作业。”

“很棒。”

贾斯汀点点头。

“谢谢你，泰德。”

“我是认真的。”

“如果你这么喜欢，那我就用你的名字命名主人公吧。”

贾斯汀冲他挤了下眼。

五

现在

星期六上午九点钟，一辆面包车从薰衣草纪念医院出发前往美国佛蒙特州多佛镇。李·史迪威开车，劳拉坐在副驾驶的位子上，泰德是后排唯一的乘客。李平时是一个沉闷的警卫，似乎终日在薰衣草数着时间苦苦等待熬到憧憬已久的退休年龄，可这一次他情绪高涨，甚至变得很健谈。这是有原因的，外勤意味着三倍薪酬。另外，他喜欢开车，更何况没穿白大褂的希尔医生看上去如此养眼。

泰德几乎一路保持沉默。他不高兴通过前后排间隔板上的小窗口交流，而且他身体前倾时会绷紧将他固定在地面上的金属链条。对他而言那段路程显得无比漫长，坐在固定在车身一侧的硬板凳上他根本无心欣赏窗外的风景。他决定还是想想等会儿到达湖滨小屋时会发生什么好了，因为他清楚地知道在面包车上他只能等待。警卫的嘴巴一刻没停。劳拉多少次回头透过隔离网不忍而无奈地看着泰德。对于严苛的安全措施她无法干预更多，而她每次回望都仿佛在再次强调这一点。

他们沿着202号公路向西穿过整个州。道路很畅通，两旁繁茂的树木令人不禁神往。对于任何在薰衣草工作的人而言，远离医院的安全网、安全门和监控录像，面对广袤蓝天和斑斓树木，内心都会无比荡漾。李·史迪威尤为欣喜；他注视着眼前的公路，分享起自己毕生的梦想——在那样僻静的地方买一栋房子聊度余生。那是他和妻子一直以来的期许，现在眼看就要退休了，他明白其实自己根本无法实现梦想，那令他十分痛心。他几乎存不下什么钱，总是由于种种原因将之挥霍殆尽。过去三十年他由衷地相信自己总有一天会实现梦想，其实他从未接近过。

“也许那很重要，”他紧紧地握着方向盘，“相信自己总有一天会做到。”

真情流露过后他沉默了，也许反光墨镜后面的眼中噙着泪花；也许这是他第一次大声说出自己的梦想。

“当你像我这么老的时候，什么都将变得没那么重要了。”

“李，你不老。”

他点点头。

“我已经老到无法实现自己的梦想，却没有老到忘记梦想。”

一个多小时的路程泰德第一次插话。

“我实现了拥有度假屋的梦想，可我却来到这里，被链条锁着，因为突然有一天我觉得打爆自己的脑袋才是最好的选择。”

李沉默不语。

“你爱自己的妻子吗？”泰德问。

李似乎没有打算要跟泰德对话，或者他只不过是在感伤自己命运多舛，感伤自己是如何令妻子玛莎失望的。

“是的。”过了一会儿他说。他没有撒谎。

“那样你就拥有了一切。”

泰德盯着脚尖，手肘搁在膝盖上，双手撑着脑袋。其中一条锁链在面前随着车辆的颠簸来回晃荡。另一条像冰冷的蛇一般蜷伏在脚下。他什么也没多说。

刚过十一点他们便上了91号州际公路。

“至少将来还有木工活等着我。”李并没放弃。

“我看见你送给院长的椅子了，”劳拉说，“非常漂亮。”

“谢谢。我很喜欢做木工活。我想退休后我会花更多时间在那上面。没多久了。”

李继续聊着他的木工活，说他如何从刨削木材上找到医院的工作无法给予他的满足感。对于自己的评论他向劳拉表示歉意，不过他马上解释说薰衣草的工作人员没有任何过错。是他自己进入了一个无法给自己带来激情的工作岗位却没有及时抽身。他因机缘巧合进入医院，单纯地想攒些钱改善改善生活……时间如白驹过隙，一转眼几十年过去了。“然后就越来越难离开，”他解释道，“突然你就意识到自己快退休了……而你想做的事情一件也没完成。”

劳拉专注地聆听着。她非常理解那男人看到生活从指间滑落时心中的痛楚。劳拉热爱自己的工作，并不觉得自己在薰衣草的时间是种浪费，一点也不，但是她理解那种感受，她当然理解。事实上，离婚后她的遭遇很相似，出于某种莫名的原因，她曾以为自己的爱情生活已经到了终点。一个还不到三十五岁的女人如此度日实在愚蠢，但起初她的确那么郁郁寡欢。终于她明白了；时间可以把一切带入正轨，帮她敞开心扉……她想到马库斯，晚上就会见到他。

导航终于把他们带到整段行程的终点。李拒绝听从泰德的指引。他们离开州际公路，来到一段空荡荡的土路上。三公里后他们到达湖边别墅。李熄灭引擎时，四周一片死寂。没人下车；李在方向盘后面看到眼前宏伟的建筑时一脸震惊。他确信那栋房子已经超出他最雄心勃勃的幻想。警卫走下面包车。他一改往日制服形象，身上穿着牛仔裤和夹克。衣服下面藏着伯莱塔①，腰带上挂着泰瑟枪②。他打开双扇门，取下泰德身上的锁让他下车。

“我之前说的是真心话，”李说，“我并不热爱我的工作，但是我知道自己该做什么。你不要靠近希尔医生两米以内。如果你需要什么就跟我说。我会在后面死死地盯着你。我只启动过两次电击枪，还从没扣动过手枪，但是我向你保证每个星期我都有练习，我可以在十米开外打爆那条链子。不要制造惊喜。听明白了吗？”

泰德点点头。

“我不会惹麻烦的。”他保证。

说着劳拉从面包车上走下来。

泰德绕过面包车。尽管戴着脚镣，他的脚步非常自如；虽不足以跑动，但迈得开步。当房子映入眼帘时，他突然产生奇怪的熟悉感。它看上去和记忆中不同，更加荒凉。他知道霍丽和孩子们这段时间没有回来过。当然也没有任何敞篷兰博基尼的影子。

“霍丽把钥匙给我了。”劳拉递出一串钥匙，“我想最好进去看看吧，你觉得呢？”

泰德没有回答。他像个好奇的孩子观察着周围一切。树木、覆盖着松针的地面、被风吹起涟漪的湖面。空气闻上去很不同。他一次次深呼吸，感觉氧气可以治愈自己，捎回被遗忘的记忆……重返过去的时光。

他远远地望见粉红色的城堡，在森林的树阴下，他的目光定在

---

① 皮埃特罗·伯莱塔有限公司（P. Beretta S.p.A）是世界上最古老的枪械生产工业组织之一，早在16世纪初期伯莱塔家族就已经开始生产轻武器了。

② 泰瑟枪（Taser）最早出现在20世纪初期的科幻小说中，也有人根据其原理称其为“电休克枪”。泰瑟枪没有子弹，它是靠发射带电“飞镖”来制服目标的。枪里面有一个充满氮气的气压弹夹。扣动扳机后，弹夹中的高压氮气迅速释放，将枪膛中的两个电极发射出来，命中目标后，倒钩可以钩住犯罪嫌疑人的衣服，枪膛中的电池则通过绝缘铜线释放出高压，令罪犯浑身肌肉痉挛，缩成一团。

那里。

答案。

“来吧，泰德，我想我们还是先进屋看看。”

他点点头，走向大门。李紧随其后。

泰德有些谨慎地走进去，小心地在印度地毯上落下每一个脚步。据他回忆，温德尔被他射击后就躺在那块印度地毯上。记忆的片段如此真实，然而当他试图专注地去想温德尔的面容时，脑中却抛出一个大大的问号。泰德走过底楼，在照片前驻足。很多照片都出自他的手。走到通往厨房的拱门时，他看见那本挂历，他翻看着试图寻找探索珊瑚礁的潜水员。他在任何月份里都没有找到那个画面；全是风景。

“我当时就在这里等着他，”泰德说，劳拉饶有兴趣地看着他翻看年历，“我最先看见他的地方在……”

泰德戛然顿住。

“那里本来有扇窗户的，”泰德指向厨房的墙壁，那里现在只有一台双门冰箱和工作台面，“温德尔在湖中央时，我透过窗户监视着他。”

劳拉留意到他脸上的困惑。就好像他大脑的一部分仍然坚持认为所有的一切真实发生过，认为温德尔真的不是他自己大脑产生的幻觉。

“我们上楼吧，泰德。我想让你看些东西。”

他点点头。

他们回到厅里，沿一侧的楼梯走上去。

与一楼玻璃围墙透入大量自然光的情形不同，楼上很黑。李打开开关，毫无反应。

“稍等一下，希尔医生。”他站在楼上说，“这里没有灯。我去开扇窗户。”

泰德走到一半。劳拉还没开始上去。

“你想让我看什么，劳拉？”

她沉默不语。

片刻后，警卫从上面探出头示意他们上去。泰德来到一条走廊上，他对这条走廊毫无印象。他走出几米，停在李刚刚打开的窗户旁。从那里他可以看到整个粉红色城堡。泰德明白如果城堡从原来的位置移开几米，他的视线就会被树叶遮住。因此，他从这扇窗户可以守护女儿们。他站在那里，想着自己曾有多少次从窗户望出去以便确认她们一切安好。

“打开那扇门。”劳拉说，她刚走上来。

泰德转过身。的确，正对着窗户有一扇紧闭的门。他打开门。

眼前的一切令他震惊，但更让他悲痛，因为它再一次证明他的记忆有多么不可信。

那是他的书房。书桌、书橱、遮挡保险箱的莫奈画作。即便不敢走进去，他也已认出屋内的所有物品。

背后传来劳拉的声音。

“霍丽告诉我，在你们市区的家里没有书房。”

泰德呆呆地盯着书房出了好一会儿神。

“我当时就打算在这里动手，劳拉。坐在那把椅子上。”

“你想进去吗？”

“你觉得会有帮助吗？”

“我不知道。跟着你的感觉走吧。”

泰德不想进去。

“我想看看城堡后面的小径。”

“很好。我们现在就去吧。”

他们回到底楼，李一直紧紧跟着。他们绕过房子默默地走向粉红色城堡，四周满是厚厚的干树叶。

城堡后面的树林里的确有一条小径。

“就是这里。”泰德严肃地宣布。他的目光变得坚强，似乎在蔑视那条狭窄的步道。

“我们快去看看吧。”劳拉说。她的声音里透出焦虑。

六

1994 年

他们要走一公里多地，远离所有熟悉的路线才能到达聚会的地点。幸好泰德脑袋里装着整幅校园地图，不仅如此，他的方向感也绝对靠谱。他确信蜿蜒的人行步道是通往联谊会的捷径，果然没错。远处传来的音乐证明方向正确，他们很快在房子背面找到一个木栅栏。

已经十点多了，但聚会远没达到高潮。一楼墙上的三个希腊字母被照得格外明亮。两个比他们块头大的家伙——从各个方面来看都是如此——虎着脸接待了他们。泰德向其中一人——另一个人都不正眼看他们——自报家门。就在此时一辆车开入房子对面的停车场，三个女孩走下来。她们自顾自地往里走，随意地冲两个门神打了个招呼，没有停止过谈笑。泰德看看自己和贾斯汀的装扮——贾斯汀穿着华达呢长大衣，无论如何对于春季的夜晚来说都太夸张了——然后再看看姑娘们的短上衣和短裙，感觉自己实在格格不入。查看名单的男孩找到他们的姓氏，向另一个男孩示意没问题，然而后者实在不敢相信，叫他们出示证件。贾斯汀立即从钱包里掏出身份证，极不情愿地递给他。

"不是说你，"那男生看也不看地说，"你朋友。"

泰德几乎要愤然离去。贾斯汀当然会紧紧跟随。鉴于当晚将要发生的事情，那将会是他这辈子做过的最明智的决定。

但最终他们进去了。

大部分人都待在屋里，还有几撮人在外面喝酒并大声交谈。一段不断重复的脉冲旋律令他们不想进屋。贾斯汀和泰德快速穿过前面的庭院，忍不住往里面瞟了一眼。一群人上下左右摇摆晃动——实在无法称之为舞动——其余的人围在那里，每个人手里都端着红色的塑料杯。一位 DJ 站在高台上，还有两张精心摆放的无限量供应饮料的桌子。泰德数了一下，有满满五桶冰块和吉斯通[①]罐装啤酒。天气太热了，他们脱掉外套，不知道接下来要做什么。很明显现场几乎没有优等生。

泰德在其中一张桌子旁认出丹·诺里斯。诺里斯就是向他发出邀约的白痴，他正和兄弟会的其他成员喝着龙舌兰酒。幸亏他压根没有留意泰德，泰德马上提议闪人。他们一人抓了罐啤酒，从通往门廊的侧门离开，周围一下子安静下来。一对情侣在角落里疯狂地亲吻，还有一对在吊床上折腾。只有一盏微弱的路灯照向庭院的那个角落。

他们走向门廊一角装满易拉罐的桶，然后坐在栏杆上，透过一扇打开的窗户望向屋内。他们喝完一罐又去拿了一罐。接着再一罐。他俩不习惯饮酒，所以三罐下肚他们已经开始感到头晕目眩了。

“我们应该先吃点东西。”泰德提醒。

贾斯汀表示赞同。

“你和丹尼斯怎么样了？你创意写作课上的那个同学。”

泰德任由自己从栏杆上滑落，准备再去拿罐啤酒时一个趔趄。他张开双臂像站在冲浪板上一样左右摇晃身体找回平衡。门廊停止摇晃，他走向酒桶。他拿起两罐啤酒，把其中一罐抛给贾斯汀，当然他

① 吉斯通（Keystone）是美国科罗拉多州戈尔登市莫尔森库尔斯酿酒公司（Molson Coors Brewing Company）旗下啤酒品牌。

没接住。罐子击中他的胸口落到地上。二人立即笑成一团停不下来，紧紧抱着酸痛的肚子直不起腰。

泰德捡起掉落的啤酒递给贾斯汀。罐子拉开时黄色的液体直接喷射到他的脸上，他立即试图用嘴接住啤酒，却是徒劳。他们再一次大笑起来。

“怎样啊？”泰德重新坐回栏杆上，特别留意着不让自己再次掉下去。

“幸好，我跟丹尼斯什么也不会发生，”贾斯汀说，“她有别人了。”

“我以为你跟我说过她没有男朋友。”

“现在有了。一个傲慢的以为自己是下一个迈克尔·乔丹的混蛋。她自己这么告诉我的，你能想象我为什么说幸好没跟她搞在一起了吧。”

贾斯汀的脸突然变得黯淡。他本想问问朋友关于他女朋友佐治娅的情况……毕竟那样比较礼貌，不是吗？但是贾斯汀担心自己无法掩饰几个星期前发现的秘密。他在想是否保持沉默会好些。泰德是智慧的化身，能够敏锐地察觉异常之处。谈论自己的女朋友很正常，突然对这个话题失去兴趣反倒更可疑。他知道。

贾斯汀从没放弃过昼伏夜出的习惯，他知晓宿舍灯光逐渐熄灭后校园里的一切动静。他作为隐形的旁观者，见过男友们从后门溜走且自以为踪迹神秘地在阴影中穿梭，见过一些情侣在灌木丛里寻找私密的空间，还有一些仅限于在校园里牵手漫步。贾斯汀并非有意干预他人的生活，那只不过是他夜生活的一种仪式，就好像雕鸮夜嚎或者浣熊夜行。

有一天晚上，在图书馆后面的公园里他发现佐治娅·麦肯齐和另一个男生在一起。她在大楼一角等候着，四周乌漆麻黑，贾斯汀起初并没有看见她。稍后有个年轻人来了，走得很急。他穿戴着大学的校服和帽子，因此根本无法确认他是谁。第一次撞见时贾斯汀都不知道那是佐治娅。后来类似的场景重复了两三次，只不过这一次她到得比较晚。他们一如往常……热切地拥吻，聊一会儿然后道别。每次见面都不超过十分钟，他们之间没有学生间典型的狂乱行为。

第三次看见他们时，贾斯汀笃定自己会跟着那家伙看看他究竟是谁。然后他会告诉泰德。他不怎么担心；毕竟他朋友对那姑娘不是特别来电。贾斯汀根据自己在图书馆角落观察到的情形判断，佐治娅也一样，只不过是在跟那个神秘的家伙保持一段关系而已。他远远地跟着，看见他绕过大楼，顺着通往主楼停车场的小路走着。途中年轻人做了第一个奇怪的举动：他边走边脱下外套并叠好装进斜挎包里。他把帽子也装进包里，格外稀疏的毛发首先令贾斯汀感到警觉。当他们靠近教师停车场时，一切更加印证了贾斯汀的猜测：在略强的光线下，那男人露出远远超过佐治娅年龄的面容，尽管他健壮的体格极易混淆视听。他上车走了。

贾斯汀对他太熟悉了。那是创意写作课的老师托马斯·泰勒。

自上次的不幸发现至今已经过去四个星期了。贾斯汀又多次撞见过他们，他确信他们之间存有真情。否则为什么要用那么危险的方式见面呢？这几天他一直期待泰德告诉自己他与佐治娅已经结束了，那样他就可以默默地点头，让一切就这么过去。他们为什么还没有分手呢？贾斯汀知道不能回避那个问题太久。他们为什么要隐瞒此事呢？她为什么只字不提呢？

泰德正用一种可笑的微醺的深邃目光盯着他，幸好这一切被对面窗户里传来的一连串女生尖锐的叫声打断。他们一回头看见两个女孩高举着酒杯冲他们大叫，就好像认识他们似的。他俩面面相觑——很显然都不认识她们——然后就看见她们从后门出来径直走向他们。其中一个女孩拖着另一个女孩，她个子矮小，跑动的速度足以让傲人的胸部左右震颤。她面容姣好，短发刚好低至耳垂，一直笑着。她用另一只手抓着的杯子看上去很大。

“嗨，伙计们！”

另一个女孩也很好看，但看上去没她朋友那么豪爽，因为她面对当时的场面脸红得像颗番茄。她高出朋友一头，身形瘦削，T恤领口微低。

“我叫泰莎。她是玛利亚……我的表妹。”

泰德和贾斯汀做了自我介绍，他们握了握手。

泰莎走到依然坐在栏杆上的贾斯汀身旁，靠在他的一条腿上。

“你们是优等生吗？”

“是的。”

“太棒了！玛利亚也是。”

玛利亚点点头，证实那一点。她没发出过声音。

“听着，贾斯汀，”泰莎非常自然地说，“我刚才跟我表妹说你很帅。对吧，玛利亚？”泰莎顺势一滑，倒在贾斯汀两腿之间，用身体在他的裆部摩擦。

玛利亚则与泰德保持着安全距离。

“妈的。”泰莎看到手中的杯子空了骂道。她把杯子揉成一团丢进花园里，转身两步跳到木桶旁。她拿回两罐啤酒，将其中一罐递给贾斯汀。

第五罐……

“泰莎，你确信……”玛利亚开口了。

“当然！你别担心，姐知道自己在干吗。”

他们继续喝了好一会儿，聊着大学、自己的老家，绝口不提自己的女友或男友。每隔一会儿泰莎就跳向酒桶，拿回更多的啤酒，问都不问就分给大家。她来回了不知道多少次。突然她拉住贾斯汀的胳膊，他还坐在栏杆上，来不及伸直双腿站起来。门廊剧烈地晃动了几秒钟，就像是在海上航行的船只。贾斯汀条件反射般地吞了一口啤酒。他几乎没有意识到液体从喉咙里滑入，就立即又喝了一口，这一口的量比前一口更多。泰莎把他拖向通往花园的楼梯。有几级台阶？三级？四级？八十级？贾斯汀刚要踩下第二脚，但那狗屁台阶突然向下沉了几厘米，他差点摔倒。泰莎紧紧地抓住他的胳膊。她一侧胸部顶住贾斯汀的侧腰，他虽然已经醉得晕头转向，但甜蜜的感觉再清晰不过。

他们俩钻进花园里，远离路灯。

“你带我去哪？”他问。听上去像是他被她强行带走了，显然事实并非如此。那女孩的个头都不到一米六。

泰莎大笑起来，还死死地抓着他的手。

“你别担心，我不会强暴你的。”她笑着说。

他们走出二十多米，音乐声几乎被树木隔绝掉。一阵阵脉冲轰鸣声。他们溜进灌木丛中，泰莎把啤酒罐交到贾斯汀手里。他站在那里，手里握着两罐啤酒，不知所措。前面是一个陡峭的斜坡。泰莎蹲在地上，双腿打开九十度，裙子提至腰间。她非常自然地褪下内裤，汹涌的尿液喷出，画出一条完美的弧线。

“卫生间的队伍都排到底楼了，太可怕了。”泰莎说，随着压力的减小，她发出放松的呻吟。

贾斯汀也尿急得不行，但在那一刻，他的伙计站起来了，身体的需求彻底改变。月光下泰莎的不羁强烈刺激了他的荷尔蒙。当压力完全消除后，泰莎使劲抖了抖臀部，这彻底激发了贾斯汀的欲望。

泰莎拉好裙子，拍落粘在上面的松针。尿液像一条银色的小溪沿斜坡流下。因为体内彻底放松，她再一次发出长长的呻吟，贾斯汀再也把持不住。他坐在她身旁把啤酒递给她，非常清楚接下来会发生什么。

“我可以告诉你一件病态的事情吗？”他说。

“嗯……病态，”她立即产生兴趣，“说来听听……”

“你刚才那样很性感。”

泰莎大笑起来。二人并排坐着，脸从未如此贴近过。

“那不是病态，傻瓜。如果我们俩在那上面做爱才叫病态。”

她指着那条慢慢被土壤吸收的冒着热气的小溪。

贾斯汀沉默不语。莱拉从未那样跟他说过话。哪怕是想到在他面前小便，莱拉都会惊慌失措。

“你的确很英俊。”泰莎抚摸着他的脸庞说道。她喝得比其他人加起来都多，然而她似乎完全掌握着控制权。

贾斯汀从她的指尖感到某种酸痛感，这令他更加兴奋。松针和场地的不适，所有的一切让他感到一种前所未有的原始而粗暴的情欲。

“你很漂亮。”贾斯汀说。再也无法抑制内心冲动的他一把抓住其中一只乳房。他需要完全张开手掌才能将其完全包裹住。他的脑袋就快爆炸了。

七

1994 年

泰德继续愉快地和玛利亚聊着，原来他们选了同一堂课，她甚至对他有所耳闻。她知道他成绩优异，因此看到他出现在那种聚会上她感到很惊讶，她当然是被表姐硬拖来的。泰德机械地敷衍她；他跟自己保证手里的啤酒是最后一罐了，他偶尔将其举起来抿上几口，而玛利亚则跟他聊着自己如何费尽心思才取得 C 以及一些就算他惊人的记忆力都无法回忆起来的琐事。期间他们被泰莎一再打断，她时不时从灌木丛里钻出来取啤酒，然后抖动着胸部咯咯笑着跑开。

过了午夜聚会才达到高潮。泰德开始想要向浸没在夜幕中且远离地狱般喧嚣的“鸽笼”走去，但是他不想抛弃贾斯汀。

“我的表姐有些随便。”玛利亚几乎带着歉意地说。

“贾斯汀会照顾自己。”

“哦，当然，我不是那个意思。”玛利亚面颊绯红。可怜的姑娘，她的一切都写在脸上。

门廊比之前热闹多了。突然人群被冲开，两个颇似枪手的身材魁梧的学生涌出来。其中一个是丹·诺里斯。

“嘿，麦凯！”他咆哮道。

他走到泰德身旁，面带微笑，拍了拍他的后背，快速地抱了他一下，与其说是抱，更像是用双手同时拍击他的胸部和后背。

“你能来太好了！”诺里斯说，并向同伴补充道，“听着，蒂姆，这家伙是个扑克天才。”

蒂姆面无表情。他肌肉发达，头顶板寸。

“我来玩一会儿。”泰德不得不搭腔。他想感谢丹的邀请，但是欲言又止。他意识到那两个大块头来意不善，想体面地结束一切。

玛利亚吓得面色苍白。丹和蒂姆是三年级学生。他们要做什么？有些人回头看着他们。一些事情正在酝酿……

“真的，蒂姆，”丹嘶吼道，“你应该亲眼看看。他就像是在出老千！”

“哦？真的吗？”蒂姆兴致盎然。

“我从没看到过有人能连着赢那么多手。这家伙捞了我三十美元！”

泰德强装淡定。玛利亚几乎要哭了。

“你耍的什么花样，麦凯？”

“没耍花样，”泰德耸了耸肩，“我想是勤于练习吧。”

丹放声大笑。蒂姆不住地点头。

“我告诉你我们该怎么办，麦凯，”丹说，“过一会儿我们到上面去玩两把，你说呢？”

“呃，我不知道……有些晚了。”

“晚？！来吧，伙计。你欠我个机会把钱赢回来。”

丹再一次用强有力的手臂拥抱他。这个大块头酒气熏天，但似乎并没有喝醉，至少他听上去还算清醒。泰德也仿佛被施了魔法般立马恢复意识，晕眩和头部的跳痛已然消失，往日敏锐的思维回归身体。那是恐惧的修复力量，他自我打趣。他思前想后，决定最好还是跟着丹的游戏。如果他遭遇胁迫，让几手牌又何妨。如果有必要的话，他甚至可以拱手奉还丹口中的三十美元。他学到了教训：下次千万不要那么轻易掏空三年级学生的口袋。

“当然，丹。”泰德说。

“太棒了！”丹假装轻柔地拍了一下他的肩膀，“那么我们待会儿见。”

二人离开时蒂姆投来凶狠的目光。透过窗户可以看到他们与另一群人碰头，走到一张桌子旁灌了几杯伏特加。那群人随机地围成半圆形，边喝边嚷嚷，然后用杯子使劲敲击木桌。丹不到一分钟闷了三杯，泰德安慰自己那没什么好担心的：丹·诺里斯如果还继续这么喝下去的话很快就会把自己撂倒。那天晚上就不可能有什么扑克比赛了。

“那些家伙……”玛利亚仍然吓得半死，“似乎有些疯狂。”

“有一点。”泰德附和道。

半个小时后，泰德设法摆脱了玛利亚。依然不见贾斯汀和泰莎的踪影，他开始考虑是否要抛弃朋友独自离开。然而目前丹和同伴们占据着客厅中央，似乎没有可能避开他们的视线偷偷溜走。他考虑绕过房子，但在快速检视后他发现根本不可能：一排篱笆把庭院一分为二，木门上挂着锁。有几个男孩在边上撒尿，他想都没想就加入他们。尿液在木栅栏上恣意飞溅的同时，他作了决定：如果唯一的出路就是从丹和他的朋友们身边擦肩而过，那么他会等人少些再行动。

等待似乎没有止境，最终他挡不住诱惑又喝了些啤酒。他坐在门廊的台阶上独饮。晕眩再次出现，但这次掺杂着失重和幻觉引起的愉悦感，令他欲罢不能。他把手伸进桶里，在二十厘米的冰水下摸索，没有碰到一罐啤酒。已经被消灭光了，没人费心来补仓。他站起身。他动作笨拙，失去重心。他在一张桌子上找到更多啤酒，吃力地思考着。他从未喝过两罐以上的啤酒，然而现在他想的最多的就是往身体里灌入更多的液体。

房间里挤满了人，所有人似乎都在一个劲地向他撞来。他们高高地举起手中的杯子以避免将其碰翻。他走到其中一张桌子旁，两个女孩正在倒一种绿色的液体。泰德随便从桌子上拿个杯子递出去。姑娘们觉得他很有趣，大笑起来，其中一个女孩帮他倒了四分之一杯。泰德喝了一口，马上噘起嘴巴。他从没尝过如此可怕的东西，那是什么鬼？

他漫无目的地在房间里游荡。音乐像电钻似的直穿大脑，灵光乍现时他问自己为什么还待在那里，为什么不离开，为什么喝那么恶心的液体……但是那想法转瞬即逝，他喝下越来越多的绿色液体。他突然弯下腰，几个路人连忙闪躲。泰德没有呕吐。他慢慢挺直身体，朝四周傻笑。

“麦凯！”

他转过身来。叫声如此之大，甚至盖过了音乐声。丹站在一边，旁边是蒂姆和一个身形健硕的家伙。

“嗨！”泰德说，试图拍拍丹的肩膀，但是搭空了。他的手划了一个完整的弧线，落回自己膝旁。他又试了一次，仅仅擦过丹的衬衫。

“玩得开心吗？”

泰德点点头。

“你为什么这么严肃？”泰德指着蒂姆说。

“听着，麦凯。”丹稍稍放低声音说，泰德被一个在身旁舞动的女孩吸引，“麦凯……这里，看着我。我们哥几个要去打牌……你必须来。”

那主意让泰德感到非常好笑。他忍不住疯狂地大笑起来。

“扑克？”他一遍遍重复，仿佛这个词本身就是个笑话。

“是的，扑克。你欠我的。我们上去吧。”丹和蒂姆分别抓住他的一条胳膊。两个人把他架起来爬上楼梯。泰德没有感到任何敌意，他的感受恰恰相反。

“谢谢，伙计们，不过我觉得我可以自己走。”

事实上他不能。又有两个人加入他们，现在包括泰德在内一共六个人，他们在楼梯上艰难地前进。那里到底聚了多少人啊？

“好像火车车厢啊。”泰德说，只有他一个人乐在其中。

身边的人就像在看一个被消防队员从灾难中抢救出来的幸存者似的看着他。泰德越来越感到迷惑。

二楼跟底下一样塞得满满的，当他们来到三楼时，周围一片死寂。

“你欠我的，麦凯。”丹再次强调。现在他的语调不慌不忙，声音清晰可辨。音乐微弱得像远处传来的呜咽声。他们一直走到走廊尽头。蒂姆拿出钥匙打开门，丹把他推搡进去。另外三个人紧随其后。

那里根本没有打牌的桌子。

泰德的侧腰被重重一击，随即倒在地上。紧接着一阵拳打脚踢落在他身上。

八

1994 年

兄弟会一位心肠软的成员开车把他送回“鸽笼”。泰德对于从别墅离开并被塞入一辆小型红色汽车还有零星的记忆。关于路上的一切他毫无印象。他像被施了魔法一般在自己的床上醒来，穿着完整，浑身疼痛。

贾斯汀在察觉到自己非常有可能呕吐在泰莎身上时决定离开聚会。她让他保证很快再见面——贾斯汀立即满口答应——他醉酒后诚恳地冲口说出自己从未和其他女人度过如此美好的时光，那的确是事实。离开前他四处寻找泰德，浑然不知他正被臭名昭著的 ΦΣK 组织的五名成员围攻。贾斯汀猜测泰德已经不在别墅，他独自一人走回“鸽笼”。路上他吐过一次，到达时又吐了一次。他的室友不在房间里，但他也不怎么担心。

醒来时，贾斯汀看到泰德瘫在旁边的床上，他开始担心了。起初他以为他死了；他鼻青眼肿，浑身是血。他试了一下发现有呼吸后，才放下心来。

泰德拒绝去医务室。他把自己关在房间里三天，几乎没有离开过床。在这段时间里，他脸上的肿消了很多，再架副眼镜他就能恢复正常生活了。他有些跛的脚也渐渐恢复正常。除了他的室友（当然还有打他的那五个懦夫）没人知道那晚在 ΦΣK 三楼发生了什么。

九

1994 年

挨揍事件诱发了一系列悲惨后果。泰德变得更加不愿与人交流，比往常更蔫了，这极大影响了他在牌室的表现，他的魅力和操纵力是打牌和处理与佐治娅关系时的必备武器，他开始逐渐疏远她，对此二人都未做任何努力来挽回。贾斯汀非常贴心，没有拿任何问题折磨他；他开始了解他，知道适当的时候最好不要用无关紧要的问题打扰他。

最糟糕的事情五天后来了，他在学校接到奥黛丽姑妈——他父亲的妹妹——的电话。她是家族中他唯一还偶尔联系的亲人，即便如此她从未打电话到过学校。当他在电话另一端听到她低沉的声音时，第一反应是他父亲出事了。事实上，泰德内心忍不住对此感到高兴；他大概有五年没有见过他了，即使一直这样下去他也无所谓。然而事实上弗兰克·麦凯并没有死——也没有遇到严重的事故——他只不过想跟泰德谈谈，因此才求助于奥黛丽。在过去十年间，弗兰克已经成为显赫一方的收割机商人，显然他又一次可怜兮兮地试图修复关系。

出于某种愚蠢的原因，泰德拨通了他的电话。

原来他父亲来城里开会了，他坚持要去学校看他。泰德当然是坚决反对，并说会去汽车旅馆找他。只要想到在校园里看见他，泰德就觉得反胃。他会去找他，并彻底打消他试图成为年度最佳父亲的可怜念想。

他把车停在孤独松树汽车旅馆门前，都没费心去前台咨询。透过108房间的窗帘他认出父亲的步态，他从一边走到另一边，放下手中的包裹。他冲着窗户呆呆地站了一会儿，窗外的鸟鸣声仿佛预示着他即将犯下的错误。门突然开了。

“泰德！儿子！见到你太高兴了。”

“你好。”

他头发花白；没有全白，但是跟上次泰德见到他时比，他的确苍老了许多。即便如此，他仍比实际年龄显得年轻十岁；棱角分明的面孔依然保养得很好，身上没有一点赘肉。他的皮肤像他当年摆摊时一样黝黑。但是除身体状况外，泰德更注意他的双眼，因为他青少年时期学到的教训是无论他父亲说什么或做什么，唯有那双深蓝色的小瞳孔传递着真相。而当时它们想要表达的内容很简单：*我比你更聪明*。

弗兰克明显想走过来拥抱他。泰德用手制止了他，往后退了一步。

“拜托，爸爸。”

他伸手示意他不要靠过来。他默默地点头答应。

“请进。”

泰德预见到那将是非常短暂的到访。

房间不大，他透过窗户看到的不过是父亲正在打开行李时的情景。床中央摆放的箱子几乎已经清空。壁挂电视机的下方有一张小茶几和两把椅子。弗兰克坐在其中一把椅子上，用手势邀请儿子也坐下。

“来吧，泰德，我们需要谈一次。”

至少那是真的。

泰德盯着一幅可怖的画。

“我不想你去学校找我。绝对不可以。”

弗兰克没有立即回应。

“如果你不想让我去，我不会去。”

“很好。”

二人再次陷入尴尬的沉默。泰德不想问他想跟自己说什么，他希望他自己主动开口。想到每说一个字都要鼓起很大的勇气，他感到很抓狂。但事实确实如此。

“你脸上怎么了？在学校里打架了？”

泰德本能地用手遮住脸颊。他脸上已经没有被殴打的痕迹，除了左颧骨上淡淡的瘀青。他努力回忆自己是否跟奥黛丽姑妈提及过此事，他觉得没有。

“没有打架。”泰德冷冷地说。

“奥黛丽姑妈告诉我你的成绩非常好，她还给我看了你女朋友佐治娅的照片……”

弗兰克看到泰德的反应时顿了一下。

“我是你的父亲……我当然想……”

“如果你继续跟姑妈打听我的消息，那么我就再也不和她联系了。”

弗兰克无奈地叹了口气。

“我们之间发生了什么，泰德？”他微微地弯曲身体，他试图用手碰触泰德的手，但却停在半空中，“还记得吗？我们曾经是一个团队啊！”

泰德想大笑出来。他摇了摇头。

“你还记得当年我们一起去参加国际象棋比……”

“够了……我不想跟你讨论过去。我非常清楚过去是怎样的以及你究竟做了什么。我不是指你跟那女人在一起背叛母亲，因为尽管那最终摧毁了她，但我觉得你还算是为我们做了一件好事。”

“我想我们必须正视过往，否则我们将无法修复现在。”

“很好。你是在哪个食品包装袋上读到那句话的吗？没有什么现在需要被修复。我们之间唯一需要说明白的是从现在开始我们不要再联系了。清楚吗？”

弗兰克低下头。

“你必须放下过往。”他盯着地板说，“你已经成年了，我不会再给你意见，但我知道自己为什么要这么说。”

“你还不明白，是吗？这跟原不原谅你没有关系。你要我原谅你什么？你如何殴打妈妈或我吗？哪件事？”

“你不要那样说。”

“抱歉，可我还能怎样说。因此不存在是否原谅你，我只是他妈的不想再见到那个因为母亲的病已经严重到令她无法控制自己的行为因此把盐撒在厨房的地面上或者把鞋放进冰箱里而殴打她的混蛋。”

“你知道事情没有那么简单……”弗兰克抬起头喃喃道。他的眼中掺杂着祈求和愤怒。

“是的，当然没有那么简单。她当时还病着！”

弗兰克抿紧嘴唇。他把指甲放入口中轻轻咬着。

“对此我向你道歉。除此以外我无能为力。她当时病了，而我……我不知道该如何处理。当然我做得非常糟糕。我的家里当初也是那样，我学到的经验亦是如此，我不知道如何用别的方式处理当时的局面。”

泰德摇摇头。他的父亲总能把自己摆到受害者的位置上。

“爸爸，我不关心那些事情为何会发生。我也不想去了解你。这么多年来需要和妈妈生活在一起并且看着她的病情日益恶化的人是我，而你却扬长而去。如果你认为自己的离开对她没有任何影响，那么你错了。如果你认为每一次的殴打或者每一次你对她的责难并不会令她更糟糕，那么我很遗憾地告诉你，事实并非如此。你要为一切负责。”

弗兰克吞了口唾沫。

“当然你说得对。”

“当然。”

弗兰克的眼中闪过一线曙光。

“但是跟你……我已经尝试……”

“我第一次听见你殴打她时已经七岁了！”泰德爆发出来，“你知道吗？我从未跟你提起过，但是也许你应该知道。”他用手责难地指着他，“也许我应该跟你说说你对我做过的好事；告诉你当你离家时我因为做噩梦而无法入睡。至今我还噩梦连连。你想知道我梦里发生了什么吗？”

“拜托，泰德，我不认为那样有用……”

“当然有用。当然有用！”

弗兰克用泰德小的时候就无比熟悉的冷酷目光看着他。因为，在内心深处，弗兰克·麦凯并不喜欢遭人反驳。他可以披上羊皮乞求原谅，但是最让他不安的是事情没有按照他理想的方式发展，不是由他来决定什么该说什么不该说。

“每次你都出现在我的梦境中，就像现在这样坐着，平静地抽着烟。你告诉我应该走到你的红色野马旁。你还记得那辆车吗？”

弗兰克的脸上出现微妙的变化。

“我当然记得我的红色野马。”

“我不想靠近后备厢，因为我知道会在里面看到什么。但是你一再坚持让我看看。最终我走了过去，还没走到跟前它就像被施了魔法一般自己打开了。妈妈在里面，手腕被捆住，面容已经无法辨识，爬满虫子。”

“泰德……”弗兰克喃喃道。

“在梦里我的视线无法离开她的尸体，直到自己醒来。而我内心听到的是你的笑声，因为你很享受那个过程。”

泰德说话时眼神丝毫没有闪躲。说完上面那番话时他就像被压垮了似的。他从没跟任何人提及过此事，他也从没想过和他坦白，然而现在他感觉舒服多了，不仅仅因为卸下心头的一块大石，同时还因为感到满足，因为他的混蛋老爹应该知道那么多年里他曾让自己的幼子经受了怎样的折磨。

“有时那女人不是妈妈，而是我喜欢的女孩或者我偶然结识的女性。她们蜷缩在后备厢里，突然又活过来，抓住我的胳膊，用哀求的眼神看着我，仿佛想跟我说什么。其余的细节都一样：红色野马，你抽着烟，面带微笑。始终如此。”

泰德突然站起身来，一脚踹飞椅子低声咒骂。

“我都不能见到女人，不能去想你对妈妈做的一切。”他眼中闪着泪光，“你现在明白我为什么不希望你留在我的生活中了？”

弗兰克看上去沉着冷静。他似乎不想继续争辩下去。他走到床头柜前，拿起一本书，翻开时露出一张照片。他取出照片放在桌子上。泰德仍旧站立着，他不得不走过来，然后看到一个约摸十二岁的男孩子的特写。独特的面容和蓝色小眼睛告诉了他一切。

“这是你的弟弟。”弗兰克说。他的声音里已经没有了刚才的乞求。

泰德抬起头，面容疲惫。接着他又回头看了看男孩，那张英俊的脸上露着微笑。他一言不发。

“这是你的弟弟。”弗兰克重复道，“他叫爱德华，用他母亲的姓：布莱恩。我想不管你如何看待我……你应该认识他。这就是我今天想见你的原因。”

泰德从来没有见过布莱恩，但是若干年后他在新闻上认出了他的脸，他被指控杀死自己的女友，阿曼达·赫德曼。

十

现在

泰德呆呆地立在小径前，就像是一个即将决斗的枪手。劳拉和李站在他身后。

“我在这条小路上走过很多次。”他轻声说。

李走开几米。虽然医生已经向他保证过没有危险，但他知道麦凯曾经令一个男人陷入昏迷，尽管当时他可能处于精神崩溃或者其他类似状态，不过李对此并不关心。如果发生过一次，就可能有第二次，不是吗？在医院外面时麦凯归他负责，他不打算信任他。如果他试图攻击希尔医生，李只需要跑出几米用泰瑟枪撂倒他。如果他试图逃跑，那就更简单了，因为戴着镣铐他跑不远。

向前走了一百米的泰德继续沉浸在某种遐想中，突然他低下头，仿佛在追寻一张看不见的脸。劳拉试图与他对话，但是只接收到他单音节的回应，所以她宁愿先放弃。有一点是明确的，那条路对于泰德而言有一定的重要性，走过它仿佛可以帮助他找到事情的源头。劳拉借机拿出手机看看是否有信号。

只有一格。

泰德时不时好似电视连续剧中的灵媒。他停下来，四处张望，低下头，似乎期待一个启示给他指出正确的道路。

“有什么不对劲吗？”

泰德停了下来。他咬着拇指尖，眼睛望着树叶。

“我记得有一辆自行车。”他语带神秘。

“你骑自行车来过这里？”

“不，不是我。我没有自行车。”

劳拉不再提问。然而她感到激动，自行车是新的线索，即便看起来它显得微不足道或无关紧要。它是第一层过滤。可能是一切的开始。

“自行车是什么颜色的，泰德？”

“红色。”他不假思索。

大声说出来时，他斟酌着这一新信息。

“一辆红色自行车。”他一次次缓缓地点头。

他再次低下头。接着他又默默地前进，三个人沿着几乎从视野里消失的小径继续走着。他们必须挪开掉落的树枝，躲避倒下的树干，直至来到一条废弃的泥土小径。那里遍地是杂草……他们在一侧的黄色杂草中隐约见到一辆红色自行车的残骸。车子少了一个轱辘，车身上布满铁锈，但是某些部位还能看见原来的图案。

“那辆被遗弃的自行车。”泰德说着走过去。他定定地看着它。

“泰德，这真是太棒了！”

“看上去是的。”他十分冷淡地说。

“振作起来。”劳拉搂住他的肩膀安慰他。李满腹狐疑地看着她，但什么也没做。警卫走到自行车前挑起眉毛审视。

“自行车是因为意外变成这个样子的。主框架已经弯曲了。遗失的车轮肯定落在别处了。”

意外这个词令他们不安。

“你有什么线索吗，泰德？”劳拉问。

“我觉得没有。我……只是在这里见过它。”

小径的另一侧仍然是树林。泰德迟疑了一秒钟。

“我们可以穿过树林走捷径。”他机械地说，“或者继续沿着小径绕一圈。两者皆可，我们可以走到同一个地方。”

过滤。

“我们可以走到哪里，泰德？”劳拉颤抖着声音问。

“真相。”他说。

他开始沿着土路走下去，拖着被脚镣拴住的双腿。他的双手落在大腿上。劳拉和李都看不到他的脸，那是幸运的，因为在启示的重压下，他的内心发生了变化。

他们到达时，已经走过了大概两公里。

十一

现在

在马库斯的记忆中，那个周六是他最开心的日子。那天他觉得自己无所不能。

当他去取报纸时，他握着门把手出神，痴痴地笑着对自己说再过几个小时当他再次打开大门时，劳拉将出现在另一边。

记住你该做什么……

午饭时他觉得应该给她打个电话，但是他忍住了。他跟波士顿的警察朋友鲍勃谈过，他保证当天会看一眼 1993 年的谋杀案卷宗。

他一上午都在购物。他先去市场，买了特制酱汁需要的所有材料。马库斯不是个好厨子，他的主要饮食都是微波炉加热的半成品、披萨和中餐等，虽然他学过几道菜，但品相差强人意。蘑菇洋葱酱意面是他的拿手好戏。不过去市场前，他还去了商场，花一小笔钱给自己添置新的行头。几个星期来他都懒怠购物，如果要挑选一天更新衣橱，那天再合适不过。

中午时分他拎着十几袋东西回到家里。万事俱备。关上门的一刻，眩晕感再次袭来。马库斯笑了。开始准备酱汁前还有几个小时清闲时光，他决定去放映室看一部尚未得空看的电影。他把一包爆米花放进微波炉，还没听到第一声爆破，门铃就持续不断地响起来。

他走到窗户旁，看到鲍勃站在门口。他右手抓着一个文件夹，戴着墨镜。为什么他来之前没打电话?

他打开门。命运对他而言颇具讽刺性。他本以为再次打开门时看见的将是生命中的女人，而不是与演员重名的警察。

“鲍勃，没想到是你……你查出什么了吗?”

“是的。”

那语气显然令他不安。

“请进。”

他们伴着厨房里传来的一连串爆米花爆破的声音走到客厅。

他们正要坐下时，鲍勃转过身看着他的朋友:

“你知道麦凯是爱德华·布莱恩那个被控杀害女友的家伙的哥哥吗?”

马库斯呆若木鸡。

“我不知道。”

“同父异母。”鲍勃一边说一边坐下，“但那不是我找你的原因。要说那个，我给你打个电话就够了……”

马库斯坐了下来。

十二

1994 年

谋杀案的消息在清晨的马萨诸塞州大学校园内迅速传开。起初谣言称图书馆附近发现一名男生死亡。校方要求学生们尽可能待在寝室里，暂停一切学术活动。几个新闻频道同时对事件展开铺开式报道。“鸽笼”里所有电视机都开着，当然信息在校园内传播得更快。当电视台还在报道死者是一名学生且身份不明时，同学们已经知道事实并非如此。死者名叫托马斯·泰勒，是著名的英语教授，在马萨诸塞州大学任教近十年。确认身份耽搁了些时间，因为不知为何那位教授要在日常着装外面套上大学校服和帽子，这一点误导了周五早上发现尸体的那两名女生。

“鸽笼”内部也有所发现。一个名叫马克·曼加涅洛的男生成了可靠消息的主要来源，他也住在五楼，大家都称他为马耳曼。他的女朋友就住在发现尸体的女生朱尔斯·拉芙琳隔壁，她当时和朋友一起发现了尸体。据马耳曼称，教授的尸体脸朝下，所以她们并没有立刻认出他。起初她们以为那是个醉酒狂欢之后倒在路边昏睡的男生，但当走近一些时她们看到他的尸体倒在血泊中。脖子上被划了一刀。最初的几个小时极度混乱，人们谣传谋杀动机是抢走他总是随身携带的名贵的黄金打火机。

当受害人的身份被公布时，新闻频道开始集中分析引人遐想的神秘案情。为什么教授穿着学校的校服？托马斯·泰勒当时五十一岁，家中有妻子和两个十几岁的女儿。许多外景记者驻扎在他家附近等待他家人露面。

马萨诸塞州吸引了全国媒体的关注。校服是最大的疑点。但是还有别的细节，谣言在宿舍走廊里不胫而走，而且可能已经传到警方耳朵里。如果警方已经察觉，可想而知某些报纸也已经捕捉到风声。显然，泰勒和某个女学生有染。案情里一旦出现那种细节就会令公众无法抑制好奇心。

泰德从六楼返回宿舍，打扑克在六楼已经成为很多人打发时间的方式，贾斯汀面容憔悴地走过来。泰德一惊，赶忙把他推进两人合住的503寝室，锁上门。

“出什么事了，贾斯汀？你可不能挂着这副面孔在校园里转悠。尤其是今天这种日子。”

“对不起，对不起，可我实在受不了了，泰德。”贾斯汀在房间里焦躁地踱来踱去。

“你坐一会儿。”

贾斯汀坐到床上。

“你什么也没做，”泰德目光坚定地看着他，“不是吗？”

“当然没有！”

“那你有什么好担心的，更没有理由露出那副表情了。”

“你还没跟马耳曼聊过对吧？”

“没。我刚从六楼下来。”

“那个与泰勒有染的女生……是佐治娅。”

泰德挑起一侧眉毛，从容不迫。

“你听谁说的？”

“不是跟你说了：马耳曼。你似乎不太惊讶。”

泰德坐在床上。

“我正在想，”他坦言，“警方可能会来找我。别担心，不会有什么事的。”

“你……已经知道了？他们的绯闻，我是说。”

“不知道。我们之间有些问题。我想实际上我们已经停止交往了，我不知道。但那不重要；警方肯定有问题要问我。你冷静下来，贾斯汀，换个表情。我们应该表现得正常些。”

“不过……泰德，有件事我要向你坦白。”

“说吧。”

贾斯汀扫了一眼紧闭的房门，仿佛有人会刚好闯进来听见他们的对话。他吞了口唾沫。

“我之前就知道佐治娅和那个教授之间的事情，泰德。我在图书馆后面的公园里好几次撞见他们。我没告诉你是因为……”

“贾斯汀，够了，我知道你为什么不告诉我。问题是警方信不信你是否跟我说过。”

“他们不会相信。”

“你也不必告诉他们。”泰德死死地盯着他。

“我本来也是这么想的，泰德。但是有很多人晚上在公园里见过我。如果我不说出来会更糟糕。”

泰德站起身，在房间里踱着。他自言自语道：

“你见过他们的事会让事情复杂化。”

他沉默了好一会儿。

“你昨晚在哪？”泰德质问室友。

“在公共活动室里学习到十点半。”

“那么你就有不在场的证据了。”

“我不知道。我们怎么能确切地知道他何时被害呢？”

“那家伙穿着外套戴着帽子，唯一的理由就是他当时和……和佐治娅在一起。你平时撞见他们时是几点？”

“从未超过八点。”

“那就是了。还有，她自己会证明的。”

“如果他们更晚的时候也约会，只是从未被我撞见过呢？”

“贾斯汀，佐治娅不可能在更晚的时候一人在校园里逛。极有可能这次约会与往常一样。女方先行离开，男方留在那里打掩护，然后开车离去。事情就是这样。刚好那时有人袭击并杀害了他。你当时在公共活动室里学习，现场有好几个人证。你从来没有离开过活动室吧？”

“没有。”

“太好了。如果警方问起你就如实回答。你经常去小公园但从未见过他们。从来没有。因此，你从没跟我提起过这件事情，因为你毫不知情。”

泰德故意拖长声音强调最后几个字。贾斯汀点点头。他的面容开始放松下来，不过只是稍稍放松。

“我不知道……警方没有测谎仪之类的东西吧？”

“听着，贾斯汀，看着我。”泰德抓住他的肩膀，“你只不过是没有透露曾经撞见过他们几次，以免调查的矛头指向你我，而令真正的凶手逍遥法外。”贾斯汀摇头不语。“听着，我们在做最坏的打算。也许警方已经有嫌疑对象或实质性证据，你却在做不必要的担心。”

“对，也许吧。”

“当然是这样。你记住你有不在场证明。最近你在学习上面投入的精力很少，你真是走了狗屎运才会在那天晚上刚好组织了一场小组学习会，不是吗？”

贾斯汀总算露出了紧张的微笑。

“的确如此。如果那晚我还在校园里游荡的话，我现在肯定吓尿了。”

“没错。现在你不用担心了。如果有人告诉警方你喜欢在公园里闲逛，你就说那是事实，但你从未见过他们，也不知道他们的关系。至于昨天晚上，你只需要描述事实。一切都会好的。”

被泰德这么一解释，事情似乎简单多了。难道不是吗？贾斯汀没有杀死泰勒教授，也没有跟朋友提过一个字，所以他也不可能去杀人。

“你呢，泰德？你昨晚在哪？我想你在六楼打牌，是吧？”

泰德的脸色突然凝重起来。

“是的，我在六楼。但是六点左右我离开了。”

二人陷入沉重的静默。

“然后呢？”贾斯汀不安地问。

“我回到这里学习……恐怕我没有确实的不在场证据。”

泰德大笑起来。

十三

1994 年

第二天官方渠道承认泰勒和一个名叫佐治娅·麦肯齐的女学生有染，人们对案件的关注度急剧飙升。新闻覆盖持续不断。两架直升机盘旋在校园上空采集图像。学校下令未来三天停止一切活动（最终延长至五天）。家庭和睦的有妇之夫与自己的学生有染，故事情节实属精彩。最大胆的无良报纸猜测佐治娅妒火中烧杀死了情人。疯狂爱恋自己老师的女学生遭遇抛弃失去理智。

人们的目光很快聚焦在泰德身上。

十四

1994 年

在大学校园里谣言总比事实传播得更快。泰德还不知道佐治娅与老师之间的绯闻已经满天飞了，他去宿舍看她，那姑娘忧心忡忡地躲在那里。泰德没有浪费时间寒暄，而是直奔主题；他想知道自己的女朋友当晚看到了什么，没准她真的看到些什么。佐治娅跟他说她的父母和一位律师正在路上，他们时间有限。令他震惊的是她浑身颤抖热泪盈眶地向他坦白那晚她的确与泰勒在一起，而且亲眼目睹他被害的情形。泰德惊得目瞪口呆。女孩混乱地告诉他，她当时与教授在公园的一张长椅上坐着，约会的目的（她向泰德保证那是最后一次）是与他断绝关系，对话内容不是很友好。他们争执起来，教授对她说了些伤人的话（佐治娅不想明说），她开始痛哭。他试图抱住佐治娅，被她推开了。过了一会儿，她站起身，对教授说了些（用她自己的话说）无意唐突的话。她说如果他继续纠缠的话就跟他妻子讲明一切。她起身离开。走出几米后她感到很愧疚；于是她折回去，并非为了请他原谅，而是觉得自己不该对泰勒说那样的话。几米开外她目睹了一切。灌木丛里突然跳出一个黑影，以惊人的速度割断他的脖子。泰勒还没来得及叫出声就歪倒在地。凶手定格在那里，黑暗中仅可辨识他的轮廓，离开之前他做出一个不同寻常的举动：他弯下腰在教授的身上搜寻着。佐治娅看不到他在找什么。紧接着他像幽灵似的消失了。泰德沉默地聆听着故事经过。她坐在床上，而他坐在一把椅子上。从头至尾他都没有上前安慰。他不认为那样做是明智的。

“你看清楚那是谁吗？”泰德反问道。

“他弯腰时路灯几乎照在他的脸上，可是我没看清。”

“你会告诉警方吗？”

“我不知道，泰德。我害怕极了。昨晚回来后我吃了一把安眠药才睡着。我不认为泰勒还能幸免，所以就走开了，以为那样最好。你无法想象血液喷涌而出的景象和他倒地的样子。就好像……”

佐治娅情不自禁地哭起来。她精神脆弱，浑身发抖，她期盼有一双手臂伸出来安慰她，却是枉然。

“就好像凶手知道自己在做什么。”佐治娅总算说出来。

泰德点点头。

但是还没等泰德有所回应，宿舍的门就被打开了，负责这个案件的探员站在门口，他姓塞加拉，与他一同前来的还有两名警察。

第二天佐治娅去录口供，隔天是泰德。他们被禁止再见面。他坚持自己在宿舍里对贾斯汀说的版本：案发当晚他在六楼的扑克室打牌，然后离开去学习。他受到各种盘问，不仅针对案发当天，还被追问更早的事情，问题从一个点跳到另一个点，很明显意欲混淆他的思路。泰德的前后供词丝毫没有出入。

不知出于什么原因，各路记者们采纳了佐治娅的口供，她的故事变成官方版本。几十个记者——其中一些驻扎在封锁区域外的公园内——报道着女学生和老师在此进行的幽会，报道她如何在离开片刻后返回，并亲眼目睹他被害。许多人（包括泰德在内）认为这段供词的泄露是塞加拉精心策划的。就算女孩无法辨识凶手的长相，但她确信那不是她的男朋友泰德，因为如果是他，灯光再昏暗她也一定能够认出来。层出不穷的炒作编织出各种假设。有人对佐治娅的故事抱持怀疑的态度，指控她才是幕后主谋，甚至还有人猜测那可能是她和男朋友制造的阴谋。还有人说是泰勒的妻子怀恨在心行凶杀人。

当佐治娅的律师让她更改供词时，泰德的处境变得更加复杂起来。女孩已然脱不了干系，她有杀死老师的动机，另外她还逃离了犯罪现场。当然亲口承认一切对她而言是有利的，但那就够了吗？她有至少两位朋友知道那段地下情，也可能有人撞见过他们，因此她率先坦白可能只是障眼法。事实上，随着时间的推移，关注的焦点越来越集中在佐治娅身上。她的律师团队建议她修改关于那晚的证词。真实情况是当时光线微弱，她无法排除任何人的可能性，包括泰德在内。律师们说麦凯第二天出现在佐治娅的寝室（刚巧被塞加拉碰到）令她感到了害怕，但她不相信男朋友会做出那样的事，因此她第一时间把他排除在外，事实上对于杀害泰勒的凶手她一无所知。她甚至不能确定凶手是男性。

十五

现在

劳拉、泰德和李站在一堵院墙前面，墙面原本的颜色已经无法辨识，除了最上面新加的一米能看出是灰色，整堵墙高耸出地面三米。墙的底部有大面积碎裂，可以看到一些破旧的黏土砖，其余的部分已经褪色或覆满涂鸦。顶端缠绕着两排带刺的铁丝，中间的大门上挂着一根粗链条和一枚巨大的锁。

“这是一家废弃的打字机工厂。”劳拉说。用的是陈述语气。

“是的。”泰德走近院墙，将双手靠在上面，仿佛在接收某种振动波，从某种意义上说确实如此，“我的公司十几年前把它收购了。”

“在我们的某次交谈中你告诉我是温德尔收购了工厂。”劳拉说完后等待他的反应。

泰德好像费了好大劲才明白她在说谁。

“我通过自己的公司收购的，”他重申道，他溜着墙根向前走，不停地敲击墙体，“钥匙在那里。”

李立即上前，示意泰德走开。警卫艰难地弯下腰并将手臂穿过植被够到墙壁。他晃动墙砖时有一块出现了稍许松动。他需要双手用力才能把它扯下来。凹槽里藏着一串钥匙。

“我们得进去，”泰德说，“我和劳拉两个人。”

“绝对不行。”李脱口而出。

"泰德，"劳拉插进来，"你知道我们不能那样做。你有什么话要对我说吗？李可以给我们些空间，但是他不能让我们单独进去。你明白的，对吗？"

泰德揉压自己的太阳穴。他没有被说服。身边的两个人静静等待他的回应。

"事情很简单，麦凯。"李直截了当地说，"要么我们仨一起进去，要么我们马上沿小路回去。没有第三种选择。"

"好吧。"

李向大门走去。

"那把最长的钥匙。"

劳拉靠近泰德。

"你做得很好。我会让李给我们机会单独交谈。你知道我们会在这里发现什么吗？你想起来了吗？"

泰德沉默不语。他的目光有些异样。

"不，我不知道。"

但其实他知道。

他们走进一个宽敞的停车场，里面和外面的废弃程度相当。杂草和灌木肆意生长。几条损毁的水泥路是唯一可以通行的区域。右侧有一栋两层小楼，窗户和通道都用木头封死，除了角落里的一个单扇门。三人向那里走去。

他们穿过森林时没有留意到风从南面刮来厚厚的云层，并不一定会落雨，但阳光被彻底遮住了。

李用另一把钥匙打开第二把锁，用更小的一把打开门，门在他们身后咔哒一声关上。他们走进一个空无一物的破旧小房间；当然那不是正门。泰德带他们穿过一扇侧门，门后的走廊通往一个办公区域。李打开手电筒，因为透过栏杆照进来的阳光被窗口的木板遮住了。办公室没有被完全清空，还有些办公桌、文件柜之类的东西。泰德中途停下来盯着一扇侧门，似乎不记得它曾在那里，或者恰好相反，它的存在有着特殊的含义。终于，他继续向前走，来到那个区域尽头的双扇门前。他们进入一个巨大的空间，那里曾经是车间和装配间，有些生产线还遗留在此。天花板直通建筑顶部，上面有天窗，尽管积满灰尘，依然有光线渗入。

李收起手电筒。他需要把泰瑟枪抓在手里，甚至是伯莱塔。他一点也不喜欢这个地方：光线昏暗，很多地方可以供人藏匿。

就在这时劳拉的手机响起来，三个人都吓了一跳。

“马库斯？”

信号糟透了。

“……好……紧急……医院。”

劳拉本能地转身走开。她向李要钥匙串，警卫毫不犹豫地递给她。

“马库斯，我听不清你在说什么。薰衣草有紧急情况？”

“……听……离开……”

完全听不清。劳拉穿过迷宫似的走廊往回走，但是方向反了。她试了三把小钥匙总算离开大楼，重新尝试通话。

“现在你听得见吗？”

“是的。你呢？”

“现在可以。我走出大楼了。”

“什么大楼？”

马库斯警觉起来。

“泰德家后面的小径通往一座旧工厂。就是那个……”

“劳拉，听我说。麦凯和李在一起？”

“是的。”

“他的手脚被固定住了吗？被牢牢监控住了吗？”

“是的。怎么了？”

“你确定他听不到你的话？”

“是的！马库斯，你让我感到不安，发生什么事了？”

“我要你仔细听我说。我现在和鲍勃·杜瓦尔在一起。鲍勃帮我调查过了。1994年马萨诸塞州大学的确发生过命案，泰德当时上一年级。一位名叫托马斯·泰勒的教授被杀害。案件轰动一时。警方调查了几个学生，其中有泰德·麦凯和贾斯汀·林奇，但一无所获。案件被当成悬案归档了。记录就在我手里。你猜怎么着。”

劳拉什么也猜不出，因为她几乎无法理解新信息。一位教授被杀？马库斯的紧急情况只可能意味着……

“请告诉我答案。”

突然她双腿一软瘫坐在地上。

十六

1994 年

托马斯·泰勒被杀五天后校园内依旧沸沸扬扬。学术活动已经回归正常，然而教授谋杀案似乎是唯一的谈资。各个电视频道的外景团队都已经撤离马萨诸塞州大学，直升机也不再时不时从头顶掠过，但是媒体没有停止对案件的追踪报道。三角恋已经成为关注的焦点。每次发布新闻时总附带泰勒及其家人的照片、佐治娅·麦肯齐的照片和两三张泰德的照片（其中一张取自学院年鉴）。佐治娅遵医嘱回到自己的家里，警方已经发布公告称那女孩没有因为泰勒的谋杀案接受调查。没人相信。

早上六点钟，一个声音透过“鸽笼”的广播传出来。宿舍的门陆陆续续打开。刚起床的学生面颊浮肿，眯缝双眼，穿着睡衣，尝试理解广播内容。说话的是院长本人。全体学生们被要求十分钟内在楼下集合。届时将发布重要通知。

这种情况极不常见。什么通知要在早上六点钟发布，而且事先毫无计划?

503 室里，泰德第一个醒过来。他的室友从未睡得如此沉，又过了至少两分钟他的大脑才稍稍有点反应。贾斯汀怀疑种种异样与案件有关，他立即警觉起来。

“拜托，贾斯汀，不要着急。你穿好衣服，我们一起下去。”

五楼的其他邻居睡眼惺忪地在走廊里飘移。

来到底楼后，大家便彻底明白过来通知的内容是否与泰勒的谋杀案有关。学生们还在下楼时，十名警察往宿舍区冲去。大厅里的人们摩肩接踵。院长和塞加拉探长站在门口，大家一眼就认出了后者，自从案件发生后他已多次在电视上出现。他们旁边又多了几名警察，有两个人陪同院长。

“他妈的什么情况？”贾斯汀咕哝着。

“肯定是什么例行程序。”泰德语气轻松。

“早上好，”院长说，“我长话短说。正如你们料想的那样，我们需要你们在接下来的调查行动中配合马萨诸塞州警署。塞加拉探员及其团队将搜查整座大楼，我们需要你们在此期间原地不动。”

话音一落，一阵混乱的讨论和抗议瞬间被激起。塞加拉接着说下去。

“如果未来两三个小时里你们需要某种必需品，请现在举手示意，我们的一位警员会陪同你们前往拿取。”他顿了一下，“我所说的必需品是指药物。”

“他们可以这样做吗？”有人质疑。

院长作出回应。

“学校的律师团队会在这里确保行动合法进行。”

没有人举手，也没有人再抱怨。塞加拉和他的团队消失在楼梯上。只留下两名警察在楼下守门。

究竟怎么回事？

在学校的所有宿舍楼里，“鸽笼”是第一个被搜查的。这可能是个巧合，但是逻辑表明他们并非随意选择这里。从那一刻开始，其他宿舍楼的学生会警觉起来，如果他们在房间里藏匿了什么与调查相关的东西，他们还有时间销毁。不，搜查不会扩大至校园的其他建筑里：无论他们在找什么，那东西一定在“鸽笼”里。

贾斯汀、泰德和其他几个人形成一个小团体。马耳曼和欧文·普罗瑟也在其中，还有一个叫乔·史迪威的男孩，他瞬间脸色煞白，似乎都忘记了眨眼。泰德暗暗窃喜史迪威在他们中间，如此一来贾斯汀的恐惧就不那么明显了。

“你们觉得他们在找打火机吗？”马耳曼暗示道。

泰德已经忘了打火机的存在，学生们曾看到教授随身携带贵重的黄金打火机，那是一个都市传说。

“根本没有什么打火机。”欧文说。

“那他们在找什么？”

泰德没兴趣知道他们在找什么，他想知道的是原因。很显然，彻底搜查一栋六层的宿舍楼非比寻常，更别说还牵涉到一件引起轰动的谋杀案。尽管院长在刚才的讲话中表现得非常配合，但可以肯定的是，他和律师团在这之前已经提出过各种反对。调查程序应该是获得了法官的担保。在没什么具体证据的前提下，如此行事显得过于仓促。什么原因呢？

一个多小时后，塞加拉和他的团队回到底楼。泰德数了数。一共十五个人。第一个结论是所有人都是警察或探员，没有科学鉴证员，因此法官的授权仅局限于搜查一个具体的物品而不是采集指纹或基因样本。那就意味着调查已经有进展了，他分析着。第二个结论也是最重要的一个结论：那些人在那么短的时间内是不可能彻底搜查每个房间的。

学生被允许返回各自的楼层，泰德上楼时特别留意了每间宿舍，其中很多间都有被翻查过的痕迹。但那绝对不可能啊。他马上意识到真相是什么：两三个警员负责不同程度地弄乱每一间宿舍，更多警员把感兴趣的房间搜个底朝天。没有其他可能。因为如果十五个人需要在一个小时内搜查整栋楼，他们不可能出色完成工作……那么，他们为何要这么做?

回到503室，他验证了自己的猜测。房间乱得一塌糊涂：从床上扯落在地的床垫、打开的抽屉、散落各处的衣服……他们丝毫没有费心去掩盖痕迹。当然可能只需要一个人就可以制造出这般混乱。泰德搜寻更加微妙的变化，他刚扫了一眼书橱便马上意识到那里被翻查过。泰德有着过目不忘的记忆力，他很快发现，自己书的摆放位置没有发生变化，但是深浅度与原先不同。有人耐心地一本本翻看过。

“你注意到什么了?”贾斯汀在他身后问道。

“没什么，”泰德盯着书架说，“我们马上就会有塞加拉的消息。”

“你指什么?”

“那个。”他神情严肃地说，“你必须控制好自己，贾斯汀，记住我对你说过的话。那个探员会找你谈话。也许还会找我，不过，你知道的，从我这儿他得不到任何新的信息。”

泰德知道塞加拉什么也没找到。探长此时肯定在懊恼自己走了一步错棋。

十七

1994 年

把新闻带回“鸽笼”的是马耳曼。连日来这个年轻人什么也不做，就在校园里晃悠着搜集消息。他似乎很享受自己官方发言人的新角色。他不仅负责散播谣言——甚至是最令人难以置信的消息——还追踪附近的新闻，如果哪个学生想实时了解动态，他便可以提供消息。

“我给诸位带来的信息非常有价值，”马耳曼站在五楼的走廊里说，“绝不是谣言，兄弟们。”

欧文·普罗瑟和贾斯汀全神贯注地听着。

“我们进屋吧。”泰德敦促道。他是讨论小组的第四位成员。

马耳曼不情不愿；在走廊里可以吸引到更多的听众。

“走吧，马耳曼，”泰德坚持道，“你一个一个去告诉不是更好吗？”

“是的，当然。”

他们走进隔壁的 504 室，两两分坐在两张床上。

“太不可思议了，我已经通过三个消息来源验证过了。”马耳曼一脸专家记者的表情，“菲奥娜·史密斯是我女朋友的同学，她父亲是负责此案件的警员之一，她听自己父亲说过。还有梅瑞狄斯·马龙，院长秘书的妹妹，她听见过院长和塞加拉通电话。还有……”

“你能直截了当地告诉我们究竟是什么事情吗？”泰德打断他。

“是啊，”欧文表示赞同，“要不我们走了。”

“好吧。警方有关键的目击证人了。”马耳曼说，他停下来揣摩其余三人的反应。

“有人看到了事情经过？”贾斯汀问。

“目击证人你听不懂吗？”欧文嘲笑道。

如果有人夜里在公园里游荡，贾斯汀想，肯定见过他并且会向警方告发。

“是的，有人看到了事情经过，”马耳曼肯定地说，“我还知道他的名字。叫温德尔。”

“还有什么？”欧文似乎并不惊讶。

“菲奥娜说他父亲提过温德尔似乎是一切的关键，正向他们提供重要的线索，他当时不仅在案发现场，而且目睹了谋杀过程。塞加拉向院长保证在一周内破案。”

“靠……谁是温德尔？学生吗？”

“我有个朋友在学生处工作，他正在调查此事。目前似乎没人知道谁叫这个名字。”

“如果不是学生，那就应该是维护工人、巡夜者、警卫之类的。”

泰德冷静地说：

“我们需要知道谁是那个温德尔。你能去调查一下吗？”

“如果他是学生，那还有可能。虽然说真的我认为他不是。否则我们早就会知道了。”

“我也这样认为。”贾斯汀说。

泰德回到503室。他需要想想。

十八

1994 年

托马斯·泰勒的谋杀案最终成了悬案。他的档案连同寥寥几个证据被存入国家警署，一眨眼过去许多年。“鸽笼”中没人知道谁是温德尔以及他究竟提供了什么样的关键线索。

杀死泰勒的凶手再次行凶，而且不止一次。

十九

现在

劳拉依然坐在地上，背靠在肮脏的墙面上。墙头的树木有节奏地来回摆动，天空乌云越来越厚，微风转为强风。面前干燥的树叶在停车场空旷的地面回旋打转。只有手机里传来的马库斯金属质感的声音稍稍拉回她的注意力。

“劳拉，你在吗？”

“是的。信号不太好。我浑身发抖，马库斯。”

“冷静点。如果麦凯戴着镣铐而且记忆全无……那就没什么好担心的。但是，若果真如此，他为什么把你们带到那里？”

“我不知道。反正还有些事情我没搞明白，你说档案中有一个关键证人名叫温德尔。”

“没错，但他并非真实存在。警方捏造出来并传播谣言说已经找到关键的证人。如果凶手是一个惊慌失措后容易犯错的大学生，这样做顺理成章。看到档案上的名字时，我豁然开朗了……”

“我还有些糊涂。”

“劳拉，认真听我说。麦凯杀害了那位老师，因为他与自己的女友有染。温德尔是唯一能够揭露他真面目的人，因此他必须死，就像他所有记忆周期里袒露的那样。明白了吗？”

“我在努力思考。”

“劳拉，我和鲍勃正在赶过来。我需要你把精确的位置发给我。鲍勃已经与 FBI 联系过，一队人马已经上路。我明白你在那里无法清楚地思考，但是相信我。想想我一开始跟你说的话。麦凯和布莱恩是兄弟。布莱恩的女朋友被杀时他有完美的不在场证明……但是麦凯呢？有可能是他杀了她。我们对他们两兄弟之间的关系一无所知。”

劳拉还没适应泰德和布莱恩是兄弟这个想法。这个碎片又应该放在拼图的哪个部位呢？

“马库斯，我得挂电话了。耽误太久他们会怀疑的。我会把定位发给你的。”

“好的。劳拉，你要非常小心。如果麦凯杀了那个老师，有可能他弟弟女朋友的死另有隐情，两个案件之间相隔很久。鲍勃认为可能还有其他案件。”

她没有回答。

“我这么说是要你跟我保证一定会小心。”

“我会的。再见。”

劳拉挂断电话，手机依然紧贴在耳朵上。惊喜和激动开始消退，恐惧涌上心头；工厂突然变得危险起来。她与李·史迪威并不熟，那个警卫甚至不在她的馆里工作，然而她急需有人陪伴保护自己，她唯一的想法就是冲进去与他会合。

她激活手机上的 GPS[1] 把定位发给马库斯。

可能还有其他案件。

她一边走进工厂一边思考着所有细节。她还震惊于马库斯刚刚在电话里向她透露的信息，但是思维已经扩散开来，她开始理解泰德这段时间以来操纵的隐形线索。关键的问题是他现在究竟知道多少。劳

① 全球定位系统（Global Positioning System）。

拉穿过办公区域，停在泰德刚刚驻足的地方，盯着同一扇侧门。室内的门为什么挂着一把锁呢？她毫不犹豫地冲向那扇门，用最大的几把钥匙尝试开锁，直到把门打开。眼前是一间摆放着家具的杂乱的办公室。她尝试开灯，徒劳。她打开手机电筒，仔细观察整个房间。里面有一张木质办公桌、一把非常破旧的椅子和几个文件柜。尽管到处布满灰尘且一片破损，但很明显那间办公室经常有人到访。劳拉走到书桌旁，打开抽屉。出乎她意料的是抽屉很容易就弹开了。里面有几本纸板文件夹，她不敢去碰触。她打开左侧的另一个抽屉，发现更多的文件夹。她知道里面是什么……她很确定。

她取出一本打开。里面有几页纸，她一只手翻看，另一只手抓着手机。她没想错。里面是一些剪报，关于一个名叫伊丽莎白·加斯的女人的谋杀案。

割喉。

她忍不住浏览了三四篇文章。

然后她又翻看了十来本文件夹。全是女性。

可能还有其他案件。

二十

现在

劳拉刚离开不到五分钟，李就开始感到不自在。麦凯带着平静而神秘的笑容观察他。

“这是什么地方？”警卫问。

泰德抬起头，环顾四周，仿佛在空气中寻找答案。

“一种巢穴，我猜。用来避世的地方。”

李并没有感到十分惊讶。他在薰衣草听过远比一个有钱人喜欢在废弃工厂打发时间更可怕的故事。

“那么你想起来了，”李淡淡地说，“等医生回来后我们就可以离开了。”

“我想她不会回来了。”

李狐疑地打量他。

“我想她不会很快回来，”泰德继续说，“看上去是相当棘手的紧急事件。”

“她走之前都没说几句话。”

“可能吧。”

泰德倚靠在一张钢板桌子上。上面有些生锈的金属碎片、油漆罐和其他东西。他的手被铐在胸前，即便如此李依然保持警惕。那家伙可能会给外面的同伙发信号帮助他脱身。希尔医生信任他，尽管在李看来她的举动非常不谨慎。

“我被关进薰衣草之前正准备自杀。”泰德话锋一转，表情也明显改变。

“你患有某种疾病？”

“不是。”

又是那种做梦一般的表情……

“我依然想杀掉自己，李。”泰德睁大双眼，目光里混杂着疯狂与乞求，“这是世界上我最渴望的事情。”

李立刻警觉起来。他把一只手按在枪上，但是没有拔出来。

泰德笑了，在原地纹丝不动。

“冷静些，李。我想给你提个建议。”

“什么？”

“当医生回来时，我会试图逃跑。你按照惯例警告我，如果我不停下来你就要开枪了，而我不会听从你的指令。砰砰……问题解决了。”

“我不会杀掉你的，麦凯。如果你准备那样做，我会冲你的腿开枪。”

“拜托，李……跟我玩一次，好吗？希尔医生足以为你作证。没人能够证明你瞄准了腿还是头。我可以使劲跑……这些链条并不算短。想要瞄准并不简单。”

“我不会杀你，”李重申道，“我只想在三点前回到薰衣草，跟老婆一起回家。”

“既然你提到她……你的妻子。她叫玛莎，对吗？设想一下你能够满足她湖边小屋的梦想。是不是好极了？”

李皱起眉头，沉默了。

“试想一下，李，你还可以买一辆四轮驱动皮卡，和玛莎一起无忧无虑地去你的房子，采买家用，和她度过两三天的二人世界。试想一下，等你退休了可以和玛莎去欧洲两三个月。你们认识欧洲吗？试想你们可以游遍世界，却丝毫不必担心费用……”

“很好，约翰·列侬[①]，你究竟想说什么？”

“我想说，李，我们现在就可以让你的梦想成真。”

“如何？”

“这个工厂有一间巨大的地下室。里面藏着一百万现钞。都是你的了。”

李微微一笑。

“一百万藏在地下室里？”

“拜托，李，你刚刚见过我的度假屋了。那是我其中一处资产。你不会怀疑我拥有那笔钱以备不时之需吧？”

“哦，不，我当然不怀疑。我怀疑的是它是否藏在地下室里。”

“你以为我们来这里做什么？”

李打量了泰德好一会儿。接着他瞥了一眼门口，确保没人进来。他当然不希望希尔医生听见他们之间的对话。

“我以为你什么也不记得……”

“的确如此……但是有些事情慢慢记起来了。听着，李，一百万就在那里，我们只需要花一分钟走到地下室去证实。就是这么简单。钱为什么在那里和从哪里来的重要吗？”

警卫犹豫了，泰德看得很清楚。

“这样做对我们都有利，李。我不是在求你杀死别人，是杀死

① 全名约翰·温斯顿·列侬（John Winston Lennon，1940—1980），出生于英国利物浦，英国摇滚乐队“披头士”成员，摇滚音乐家、诗人、社会活动家。1980年12月8日，列侬在纽约自己的寓所前被一名据称患有精神病的美国狂热男性歌迷马克·查普曼枪杀。

我。相信我，子弹射入我的眉心对大家而言是最好的选择。”

“我不能仅仅因为你蓄谋逃跑就向你开枪……”

泰德立即明白警卫想说什么。

“也许……不仅仅是逃跑。我可以袭击希尔医生……就像这样抓住她的脖子。如果你冲我喊放开她，我可以稍稍闪开一些并试图拿起什么割断她的脖子。那桌上任何东西都可以。”

“我不是说你要那样做。”

“我明白。我们只是假设一下。你面对劳拉向我开枪，她不会怀疑你的反应并非为了保护她，一切顺理成章。当然你需要回答警方的一些问题，仅此而已。稍后你回到这里，把钱拿走。”

“钱在哪？我想看看。”

泰德微微一笑。

“那是通往地下室的门。钥匙单独藏在角落的洞里。”

通往地下室的是一扇外形牢固的金属门。李在泰德指示的位置找到钥匙。

“如果希尔医生回来了，我会跟她说我听见地下室有动静。你别做任何蠢事。”

李把钥匙插入锁孔前转过身。

“等等。在看到钱并做出决定以前，我需要知道你究竟做了什么。”

“我所做的事情，最好跟我一起进坟墓。”

“那钱……”

“钱只是一种预防手段。钱是我自己的，如果你想问这个。”

“那我们走吧。”

他们沿着一条狭窄的楼梯走下去，那里有一个配电板。

“上面的开关。”泰德指示道。

李狐疑地看着他，犹豫片刻后他按下开关。灯亮了。

他们继续沿着楼梯前进，泰德走在前面，小心地踩着台阶以免脚镣纠缠。李跟在他后面，保持安全的距离。下面混乱得一塌糊涂。有旧机器、大木箱、文件柜、家具等。所有在上一次搬家过程中没有被清理的东西都像是被遗忘在了这个地下世界。如果说在上面很适合藏身，那这里的情况更糟糕，这里就像一个由废品和垃圾堆积而成的迷宫。墙壁顶部的窗户被砖石封住，灯光的强度不够。一簇簇拉长的阴影似乎笼罩了每个角落。

泰德沿着迷宫的通道自由穿梭。李默默地跟在后面。何必费口舌去警告他？那混蛋正等着被开一枪呢。

或者不是？

有两三次他听见啮齿动物窸窸窣窣的声音。李非常讨厌老鼠，但他什么也没说。他们在一个高高的架子前面停下来，上面有许多非常古老的打字机，蒙着厚厚的灰尘。旁边有一张摇摇晃晃的绿灯芯绒沙发，离过去被摆放在奢华会客室时的辉煌模样已相去甚远。泰德从侧面将其推开。李谨慎地站在远处观察，眼角瞥到一只老鼠从一侧全速蹿到另一侧。至少他有很好的理由向希尔医生解释。他真的在这里听到奇怪的声音。

沙发下面有一个没有把手的活板门。泰德对警卫说他需要尖锐的东西打开它，李强忍住笑容。

“我不会给你任何尖锐的东西，”他嘲讽道，“你走开，不许动。”

李借助其中一把钥匙从一侧撬起盖板。他无法否认自己已经开始感到莫名的兴奋。如果自己真的可以拿到钱，要做些什么呢？计划在脑中初具雏形。他根本没必要开枪打死麦凯；希尔医生回来后，他会坚称必须尽快离开这里。他是负责病人安全的那个人，她不能反驳他。因为李已经知道得太多，所以麦凯也不会开口说话的。稍后他会回到这里把钱取走。他的嘴角绽出一丝微笑。

如果里面真的有钱。

地板下面有一个大铁箱。上面有两个卡锁，李用大拇指把它们拨开。盖子啪啦一声松开了，掀开后里面整齐地摆放着一捆捆塑料袋包裹的百元大钞。李从未一下子见过这么多钱。可以和玛莎去旅行了，他激动地想。麦凯肯定有某种心灵感应般的超能力，因为他提出了非常完美的计划；玛莎一直遗憾没有机会去看看别的国家。她这辈子最远只是去北卡罗来纳州看望她的妹妹。现在她可以……

就在这时有个东西在地板下面爬动并贴着金属盒子闪电般蹿出来。那个灰色的大家伙张开血盆大口。它的眼睛在光线照射下闪闪发光，而一直保持下蹲姿势的李则被吓得直往后退并失去平衡。它的头从洞里冒出来，那是李最后看见的东西，随之而来的是泰德矫健的身手。然后他被一团阴影包裹，头爆开了花。

他发出沉闷的惊叫声。

旁边的架子朝他扑来，打字机像雨点般砸向了他。

二十一

现在

劳拉返回装配间的途中设想了各种场景，但她绝没料到警卫不在那里。

泰德在空旷的厂房中央等待她，双臂自然垂放在身体两侧。镣铐不见了。

“李在哪？”

“地下室。”

劳拉怀疑他是否还活着。她不敢问。

保持冷静。

“我把他锁起来了，”泰德伸出手腕，“稍后我会放他走。而你现在必须马上走，劳拉。”

“马上走？为什么？我以为我们已经取得进展了。让我带你回薰衣草。如果有什么问题干扰你的心智，我们可以一起克服。想想你的家人，想想……”

“劳拉，我很感激你为我做的一切。但是治疗不能解决所有问题。有些事情是*无可转圜*的。”

劳拉没有走过去。

“走吧，从小路走回我的房子。不要通知任何人。”

“你打算做什么？”

有片刻疑虑，纠结的表情浮现出来又很快消失。

“我不会做什么坏事。”

劳拉开始明白泰德的大脑在想什么。他产生了困惑，她应该利用这一讯息。

“刚才是谁给你打电话？”泰德突然问。他走近几步。

“马库斯·格兰特，C馆的主任。刚才有个病人发生紧急情况。”

“啊……”

“是这样。”

“什么紧急情况？你们聊了好一会儿……”

他们之间的距离很近，他只消两三步就可以威胁到她。

“他们已经知道了，劳拉？”

她皱起眉头。她得想办法夺回控制权。

“我刚刚去了你存放文件的房间。我翻看了文件夹，所以耽搁了。”

“那么你知道我做过什么了。”他喃喃道。

泰德抬起头，仿佛被什么声音惊动了。接着他低下头，久久地盯着一个角落，似乎忘记了自己身在何处。

“泰德，拜托，恐怕事情比你想象的要复杂一些……”

“你走吧。”他说。他转身向地下室走去。

“我跟你一起下去。”她说。

他头也不回地说：

“你很清楚如果你这么做会发生什么。”

即便如此，她还是跟了过去，楼梯走到一半她闻到一股强烈的汽油味。

二十二

现在

劳拉在门口看到至少五罐汽油。他们沿着垃圾遍布的过道走到一张旧沙发旁，旁边地面上有个暗门和散落一地的打字机。空货架令劳拉一下子就明白刚才发生了什么。她定睛一看，靠近暗门的地方有一摊鲜血，但警卫不在那里。

“李在哪？”

“后面。”泰德轻描淡写地说。他指着几米外的一组办公家具。家具有一米高，正面是推拉移门，跟这里的其他家具一样设计古老，应该有上吨重。警卫的靴子从一端露出来。

泰德弯下腰在暗门里摸索着什么。劳拉看到了一个金属盒。

“你要做什么，泰德？”

他没有回答。劳拉利用短暂的思考间隙抓来两把布满灰尘的椅子，选择一张坐下。

“我希望我们完成最后一次问诊。”她说。

泰德转过身，看着劳拉对面的空椅子。

“他们在来的路上？”

她点点头。

“我们有多少时间？”

“不知道。也许一个小时。”

泰德坐到椅子上。

“很好。我希望你和霍丽谈谈。他们会说很多可怕的事情，应该都是真的，如果她选择恨我，我也不怪她……”

“我向你保证会跟她谈。”

“如果你想写关于我的事情，我没问题。你并不需要征求我的同意，我知道。”

劳拉不认为自己跟泰德提过此事。

“我注意到我的案子对你很重要。”泰德露出一丝悲伤的微笑，“你已经很棒了，否则我们也不会来到这里，而我所有垃圾般的过往会继续被掩埋。”

“泰德……像我跟你说过的那样，我认为事情并非如此简单。”

“就是这么简单。我杀了那些女人……”泰德陷入一种遐思。

一只老鼠从他们面前快速穿过，把劳拉吓得一哆嗦。

“泰德，我希望你跟我聊聊布莱恩。”

他点点头。

“你记起来了？”

“布莱恩是我弟弟。但直到你提起他的名字我才想起他。都想起来了，劳拉。就好像我用手电筒照亮了自己的大脑……之前一团漆黑的地方我现在能看得一清二楚。”

“那很好。”

泰德实在不敢苟同。

“你一直都知道？我是说布莱恩是我弟弟这件事。”

“不。是警方查出了你们之间的联系。”

“警方……”泰德喃喃自语道。

劳拉后悔自己那样说。她需要将泰德稳定在治疗状态；处在如此异样的环境中已经很麻烦，何必再把当局和案子也扯进来。

"我大学一年级时得知了此事，"泰德说，"那时我的父亲时不时尝试接近我。他总是通过奥黛丽姑妈，她一直关心我的情况，完全不知道我弟弟的事情。我万般无奈地去见他，他跟我说起布莱恩。甚至还给我看了一张他的照片。"

"他为什么那样做？我是说选择那个时间。"

泰德耸耸肩。

"他跟我说了很多蠢话，什么我应该认识他，他与我血脉相通，他不应该为我们之间糟糕的关系赎罪等等。"

"听上去很有道理。"

"当然。那混蛋总是听上去很有道理。不过你说得对：为什么选择那个时间？我当时在读大学，布莱恩还在读高中。事实上，劳拉，只不过是我父亲那天突然想来骚扰我，然后就随便抓住一个事由。就是这么简单。那混蛋唯一关心的就是他自己。他一点也不在乎儿子们是否会和睦相处……相信我。"

"那你们相处得好吗？"

"和布莱恩？当然没有。那天我和父亲大吵一架，跟往常一样，然后我就走了。我毫无兴趣认识那个弟弟。"

"但是你想过去认识他吗？你父亲说得对，那孩子是无辜的。你也一样。为什么剥夺自己认识他的权利呢？"

"我没想太多。那一年大学里乱糟糟的。我觉得靠近布莱恩就无法断绝与父亲的联系；平添一种途径让他闯入我的生活。考虑到种种过往，那样处理是最好的。事实证明布莱恩跟我们的父亲一样混账……"

泰德沉默了，低下头。劳拉知道他正在思考。她伸出手，托起他的下巴。

"看着我，泰德。"

“我想我也难逃厄运。”他说。

劳拉没有松手。

“我不想谈论你，还没到时候。我也不想谈论你的父亲。我想聊聊布莱恩。”

劳拉松开手，轻轻地靠在椅子上。

“你想知道什么？”

“我们知道你去过他家。你记得为什么吗？”

泰德似乎记得不多。

“看到他女朋友遇害的新闻时，我知道那是我弟弟。我很多年前草草看过一眼他的照片，但是他的长相已经深深地印在我的脑中。他脸上有我父亲的影子，尤其是这个部位……”泰德指了指眉心，“然而，当我看到那个在街头躲避记者的人的影像时，我坚信那就是他。他走路的身影跟父亲一模一样，微微前倾，双臂贴在身体两旁纹丝不动。我从未见过有人这样走路……手臂完全不晃动。”

“你见到他时想到了什么？”

“我不知道。我想是觉得他有罪吧。我真的不记得了。”

“告诉我你现在怎么想。关于布莱恩。”

“一定要说吗？”

劳拉点点头。

“布莱恩是我弟弟……我想我们天生如此吧。身体里流淌着罪恶的基因。”

“这令你感到宽慰？”

“说实话，是的。”

“你刚才说你大学一年级时知道了布莱恩的存在，几乎都没有时间去想他，那一年学校非常混乱。你指什么？”

劳拉已经知道事实真相，但是她希望泰德亲口说出来。

“那年我杀了人。他叫托马斯·泰勒，是马萨诸塞州大学的教授。那家伙和我当时的女友佐治娅有染。就是我在薰衣草院子里看到的那个男人。”

有只老鼠发出尖利的叫声，令最后一句话更加刺耳。另一只老鼠在角落里回应。

“你是如何行凶的？”

“他们晚上在图书馆旁边幽会。我等佐治娅离开后跟了上去。我用小刀割断他的脖子就走了。当时进行了一番调查却毫无结果。”

泰德回忆那一年的事件时语气很怪。

“很奇怪……在楼上存着的档案里，我只看到了女人。”

“那是一段……私人恩怨。”

“你和佐治娅关系很好？”

这问题令泰德感到措手不及。这么多年以来他经常想起佐治娅，但总是把她当成一个女配角，从来不是什么重要的人。事实上，他几乎记不清她的长相。

“我们没有什么相同的地方。我记得当时我们有些疏远，所以后来我们没有再见过面。”

现在轮到劳拉点头了。

“即便如此你还是杀了那位教授。”

“劳拉，我们聊这么多究竟为了什么？”

“这段时间我们一直试图解开一个复杂的结。当我们总算松开些时，绳结又紧绷起来，最后适得其反。现在是时候抓住所有松散的绳头了，泰德。你弟弟布莱恩是一根松散的绳头，跟泰勒的谋杀案一样，还有所有女孩的死。我们还漏掉……一条主线。看到光明的唯一办法是继续追溯你的过去，让根源暴露出来。”

“我明白你的意思……但是真的重要吗？结果不会改变。”

“对于霍丽和女儿们可能完全不同。”

“你还想知道什么？”

“我希望你回忆一下你杀死第一个女孩的过程，泰德。”劳拉盯着他的眼睛说，“我希望你把记得的一切巨细靡遗地告诉我。她的名字叫伊丽莎白·加斯对吗？”

“好吧，如果你想知道的话。”

泰德犹豫了一秒，双眼望向远方。他再一次使用起刚才单调的音色。

“伊丽莎白·加斯是一位年轻的单身母亲。她当时约莫二十岁，在哈勃菲尔德电影院工作，那是一个离我家乡不远的小镇。她儿子只有两岁，跟祖父母住在新罕布什尔州的一座城市里，这件事我后来才知道。她不是一个糟糕的母亲；她立志克服困难把孩子带回身边。并非她的父母不让她见孩子或怎样，只不过他们觉得她没有能力抚养他，所以就把孩子带走了。她父亲反对得最坚决；他们俩几乎不讲话。那家伙总是埋怨她意外怀孕，甚至在她被杀后，还在追查凶手时，他的语气里也满是指责，仿佛那都是伊丽莎白自找的。更可恶的是，他觉得她死有余辜。”

泰德无奈地摇摇头。

“其实她不是自找苦吃。她当时金发披肩，身形纤瘦，身体虚弱。和其他几个人一样。她在错误的时间出现在错误的地点。她与共事的几个女孩住在一起；她们之间没有友谊，关系一般。她经常梦到自己把孩子带回那个狭小的公寓，因此她当时唯一的念想就是搬家。她在电影院里和当地的商店里张贴手抄小广告。上面写着：‘我是一个教养良好且有责任心的女孩，可以打扫卫生和做家务，也可以照顾老人。我只需要一份可以接受的工资和一间供我和儿子居住的房间。’文末署名：艾丽。”

“所以那时你给她打电话提供住处。”

“没错。那很简单。因为她不顾一切地想离开公寓把孩子接回身边。如果换种情况她可能不会接受与一个陌生人在那么偏僻的地方见面。我约她在郊区一条人烟稀少的马路上碰头，一个住着很多富裕的牧马人的区域。我把车停靠在路边，她开着一辆小破车来找我，当时天已经黑了。后面的道路开始变得曲折，所以我们不得不同行。当然事实并非如此；那里什么都没有。她把车停在路边，坐上我的车。那天她在电影院连续倒了两班，累得筋疲力尽。我告诉她我是鳏夫，有个七岁的儿子和一栋空置的大房子。她跟我聊她儿子的父亲，他是一个迷失自我的青年，从来不露面，很快我便获得了她的信任。”

“但突然某一刻，伊丽莎白意识到根本没有什么房子，她和儿子也生无可盼。她从车上跳下去，狂奔入树林。我毫不费力地追赶她到一块空地。那女孩儿非常虚弱，几乎无力抵抗。”

“你用刀杀死了她？”劳拉问道，仿佛那问题再正常不过，“你像杀死泰勒那样割断了她的脖子？”

泰德看上去十分懊悔；几乎要落泪了。

他默默地点点头。

“来这里之前我看到简报里说她的胸部还被捅了十几刀。你还在她胸部捅了十几刀，泰德？”

泰德再次点点头。

“我可以再问你一个问题吗？”劳拉未加思索地问道，“如果你是通过小广告和电话与她联系的，你如何能知道她的长相，并锁定目标？”

泰德一次次地摇头，越来越不安。

“我不知道，劳拉……也许我看见过她张贴小广告。你觉得那重要吗？”

“是的，泰德，那很重要。因为你跟我说的很多关于伊丽莎白·加斯的事情都出自我之前在楼上看到的简报。”

“那都是事实。”

“楼上房间里的东西，”劳拉指着头顶，“不是回忆的记录，泰德……是调查档案。”

泰德心绪不宁地看着她。劳拉继续道：

“伊丽莎白·加斯死于 1983 年。你当时只有七岁，泰德。七岁。”

那几秒连老鼠都不再发出声音。

“你没有杀死伊丽莎白·加斯，也没有杀死另外几个女孩。你也没有杀死托马斯·泰勒。你没有杀过人！你现在可以看出共通点了吧？”

二十三

1983 年

泰德躺在房间里破旧的地毯上，身旁有一个便携式小棋盘，他听到了母亲的第一声尖叫。他一动也没动，等待尖叫声再次传来，然后不假思索地滑到床底下，从那里他可以看见门缝下面透进来的光。如果妈妈靠近他可以及时发现。爸爸不在家。

棋盘旁边是一本破旧的博比·菲舍尔比赛手册，一个邻居送给他的礼物，从此便成为他唯一的知识来源。很快他就记住了所有比赛内容，但现在他已经很满足。棋盘和三十一枚棋子是另一份礼物，是教堂的一位不知名人士赠送的。妈妈用铝箔做了一枚棋子顶替缺失的那枚。妈妈能够做很多了不起的事情……前提是她按时吃药。

泰德确信那天她没有吃药。最近她都是在爸爸的逼迫下吞掉药片。如果他不在家，她就会忘记吃药，或者宁愿不吃药，每到这种时候她的大脑就开始耍弄她。就像博比要把戏欺骗对手，以便掩饰自己的真实意图。

泰德很害怕。他一整天都把自己关在房间里，研究博比的比赛打发时间，现在他意识到自己也许犯了一个严重的错误。妈妈没有给他做饭，没有跟他说过一句话，他甚至都没下楼喝过水。他连厕所都没有去过！如果妈妈没有担心过他，那说明她的大脑开始捉弄她了。也许他早些跟她交谈就可以说服她把药吃下去。可现在他知道已经毫无可能。最糟糕的是唯一能够收拾烂摊子的那个人——正如他自己一次次告诉自己的那样——是爸爸。问题是最近几次他们的争吵越来越凶。爸爸甚至要动手打她才能令她恢复理智。

“泰迪！”

毫无疑问是妈妈的尖叫声。

怎么办？如果她发生意外怎么办？他朋友里奇的奶奶跌进浴缸里两天后才被发现。妈妈没有那么老，但是她也可能撞到什么东西，泰德想。他很生气自己没有马上冲下去。他决绝地从床底下爬出来，怀疑是否想听见妈妈再次呼叫自己。他不想让她像朋友里奇的奶奶那样撞破脑袋，当然不想，但是他也清楚妈妈有时会糊涂成什么样。他握住门把，轻轻地转动。

尖叫声没再传来，二楼的走廊里悄无声息，那感觉非常糟糕。

泰德走下几级台阶，俯身靠在楼梯口。他从扶手处向下张望，迅速在沙发后面发现了克里斯汀·麦凯花白的头发。那不是泰德第一次看见她坐在地上，背靠着沙发背，双腿摊开顶在墙壁上；不知为什么，那个空间令她感到平静。他慢慢走过去。

“妈妈？”

克里斯汀回过头。从她的眼睛里泰德看到了一切他需要知道的讯息。她的目光中混杂着绝望和困惑。

“快躲起来！”克里斯汀抓住他的手，把他扯倒在地上。泰德坐在她身旁。

“出什么事了，妈妈？”

“家里有陌生人。”她小声说。

如果是几个月前，泰德会不顾一切地相信她。*她是妈妈呀！*他心里有个声音告诉他*必须相信她*。但是在内心深处，他知道家里没有别人。

“你吃过药了吗，妈妈？”

她挑起眉毛看着他，抚摸着他的头发。

“你不要出声，泰迪。”

“谁在家里？”他低声问道，“你看到他们了？”

克里斯汀点点头。

“是天线人。”

泰德从没听到过这个名字。他的确被吓到了。克里斯汀转过身，从沙发上方指过去。

“其中一个在厨房里。他刚刚穿过客厅，我从这里可以看到他。他们非常高，泰迪；他们必须低下头才不会碰到门框。他们很瘦；有蚂蚁的头和很长的天线。”

“也许他们已经走了。我去看看……”

“不！”克里斯汀尖锐的指甲掐入小泰德的前臂，“他很危险。我跟你说我刚看到他。”

“但是他们在找什么，妈妈？”

她犹豫了片刻。

“你是个聪明的孩子，泰德。你说的药其实不是药……对我没有任何帮助。你爸爸逼我吃那些药是为了除掉我。他想让我终日昏昏沉沉地躺在床上。”

“爸爸是爱我们的。”泰德说，尽管七岁的他已经对此产生怀疑。

“我把药片都丢进水槽了。这才引来天线人。”

“所有的？！”

那些药非常贵。爸爸一直都有诸多抱怨。有时克里斯汀扔一两颗进马桶就足以引发无尽的争吵。现在是……所有的。

“天线人知道了，他们通过天线感知到了。所以他们都来了。”

泰德忍无可忍，他跑进厨房。妈妈试图抓住他，但被他挣脱了。

“不！”克里斯汀嘶吼道。她转过身，跪在地上，从沙发上缘看着自己唯一的儿子全速冲进厨房。

“这里什么人也没有……”泰德走近水槽。旁边有一堆纸盒和泡沫包装，全都是空的。妈妈没有骗他……所有的药片都被冲进下水道了。他不寒而栗。他甚至无法想象这堆被丢弃的药片会带来怎样的恶果。一想到这里……

他急匆匆地回到客厅里。妈妈还躲在沙发后面。

“厨房里没有什么天线人，妈妈！天线人根本不存在。你把所有药片都扔了！”

她爬起身试图抓住他的手臂。泰德甩开她的手往后退。

“爸爸会发火的！”

“你爸爸讨厌我们，泰迪。他有别的女人。所以他想摆脱我，然后就轮到你了。你会被丢进孤儿院然后……”

“闭嘴！”

克里斯汀完全无视儿子的愤怒，又爬起来，现在没了沙发的保护，她再次试图抓住他的手臂。依旧无果。

“这都是你的错！我恨你！”

克里斯汀的脸色大变。她退回到沙发的安全地带，压低了声音。

“你不是我的泰迪……你是天线人。”克里斯汀指着厨房，“你们把他绑架了，对不对？”

泰德抽泣着。他无法控制自己。

“别想骗我。走开！”

“妈妈……”

她连连摇头，睁大双眼靠在沙发上。泰德知道已无可挽回，也知道无论如何事情会越变越糟。他叹了口气跑回自己的房间。他关上门，爬到床底下。棋盘和博比·菲舍尔的书还在那里。他推开它们，把脸埋进手臂。他不由自主地放声痛哭。

漫长的半个小时后他听到了极其恐怖的声音。弗兰克·麦凯的车停在了车道上。泰德弹簧般跳出来。哭得通红的双眼慢慢适应了房间的亮度。他走到窗边，看到父亲正在下车。敞开的车窗并没有令他特别注意。爸爸每次打算马上离开时都不会关车窗。

弗兰克洪亮的嗓音如雷鸣般在家里回响。泰德可以选择重新躲回床底——当然那不会妨碍他偷听楼下发生的一切——但是他鬼使神差地打开门走到楼梯口。可怕的事情即将爆发。泰德很惊慌。

弗兰克很快就在水槽边发现了残渣，他气得暴跳如雷。

“我简直不敢相信！”他一次次怒吼道，“该死的臭婊子！”恶言恶语弗兰克可以信手拈来。

克里斯汀沉默不语。泰德不敢伸头看，但是他能够想象她坐在沙发后面的情形。有东西被摔在地上，罐子或花瓶什么的，或者是客厅里的一盏灯。

“我要离开这个家，你听到没？你只需要吞下两片该死的药。连这个你都做不好！你就是个废物。”

“走开！”克里斯汀终于发声了。

“我他妈的不会走开。”

“别碰我！”

“别动，臭婊子。”

“你从哪……”

啪的一巴掌令克里斯汀迅即收声。接着劈头盖脸又是两下。弗兰克不仅善于恶言相向，打人也从不手软。

“吞下去，蠢货！”

“你从哪……”克里斯汀说话都费劲。

"我从哪弄来的？我从哪弄来的？我藏起来的……因为我知道你总有一天会这么做。我太了解你了，狡猾的臭婊子。总是想办法折磨我。你给我一口气吞了！让我看看……动舌头！不要咬，臭婊子！"

又是一巴掌。几乎可以肯定那一巴掌稳稳地落在她的脸颊上，因为声音响如挥鞭。

"你还得再吞一颗……你别想吐掉，我警告你。"

妈妈从来没有连着吃过两颗药。每次吃药间隔八个小时，泰德非常清楚。

"这次你要吃三颗。"泰德怒吼道，咬牙切齿地挤出每一个字。

三颗？泰德惊呆了。如果漏吃了一顿，这次吃两颗还算合理，可是三颗？妈妈为什么要吞下三大颗药呢？

"我要走了……克里斯汀。你听见没？也许我不会再回来了，国家会管你的……那很伟大，不是吗？"

妈妈已经不再回应。也许她比平时更快进入睡眠。三颗药会有那样的效果吧？

国家会管你的。

泰德听到弗兰克走上楼梯时大吃一惊。他跑回房间关上门。他钻到床上，假装睡觉。几秒钟后他听见房门被打开，然后又关上了。他希望爸爸真的以为他什么也没听到，虽然那实在让人难以置信。

接着，他听见淋浴的声音，便从床上爬起来。

他父亲习惯在早上洗澡。如果他此时沐浴，那是因为他打算马上离开。就在这时他如醍醐灌顶。弗兰克要走了！他刚才不是说过了吗？

我要走了，克里斯汀。

泰德迅速决定接下来的行动。他把抱枕堆在床上，假装自己还在睡觉，接着抓起一个袋子，塞进去几件衣服。他把包扔在床上，犹豫着现在冲下去是否明智。他知道自己必须那样做。爸爸还在洗澡，这让他稍稍松了口气。他走到楼下，看见妈妈还坐在沙发后面，双腿打开，头耷拉着，神志不清。

“泰迪……”她强睁开眼睛咕哝道。

泰德亲吻她的额头。

“我不讨厌你，妈妈。”

国家会管你的。

克里斯汀·麦凯的嘴角露出一丝释然的微笑。

泰德回到房间。他拿起棋盘和博比的书。他从窗户跳出去，顺着屋顶滑落至侧面的院墙上，这套动作他做过无数次。弗兰克的野马在等着他。泰德没有钥匙打开后备厢，但是他有办法把自己塞进去。他轻松地钻进窗户，来到后排座椅上。掀开盖板爬进去……耶！

他要和爸爸一起离开。他现在肯定很生气，但气消后他会理解的。

没有他们妈妈会更幸福。泰德并不清楚国家是谁，他会如何照顾妈妈，但是他确信肯定比弗兰克·麦凯做得好。

他蜷缩在后备厢里，静静等候。

二十四

1983 年

后备厢对于他那个身形的孩子而言挺舒服的，所以他奇迹般地打起盹来。幸亏如此，他才没去想爸爸随身携带旅行箱的可能性。难道狂风暴雨之后打包走人不是最合理的吗？车子发动时这个念头从他脑中一闪而过，不过那已经不重要了。爸爸有钱，需要什么都可以买。

泰德无法想象他们要去哪里。开了一会儿他发现如果自己稍稍向上顶起后托板的一个角落，就可以透过缝隙观察到车厢内部。他能够看见弗兰克冷静沉默的背影，还有旁边的公路。他们已经离开了市区。

他们开了一个多小时，至少泰德那么觉得，不知什么时候他发现自己紧紧地把棋盘贴在胸口上，仿佛捧着一面盾牌，他再次昏昏沉沉地入睡。就在他开始接受那会是一场漫长的旅行时，野马突然减速停了下来。泰德在黑暗中睁大双眼等了几秒钟，然后转身把棋盘放在身旁，小心翼翼地撑起托板。一束光穿透视网膜，他不得不闭上双眼。他无法看到弗兰克下车，但是听见了车门打开关上的声音。

外面有说话的声音。其中一个当然是弗兰克……另外一个是女人。接着车门打开了，车身左右摇晃了一下，明显有两个人同时上车。泰德透过缝隙望出去，但是看不到副驾驶座的情形。

如果推另一侧呢？他尝试了一下没成功。托板的另一端严丝合缝。

“很抱歉没有早点来，”那女人说，“我今天在电影院连倒了两班。”

泰德大吃一惊。他没想到还有同伴。爸爸总是说他不喜欢搭便车的人，作为销售人员，他经常遇见那种人，对他而言他们一文不值。那个女孩（泰德想象她比爸爸年轻许多）并非搭车游客。*很抱歉没有早点来。*

“别担心，”弗兰克说，“我在办公室也忙了一天。”

办公室？

“离这里远吗？”

“并不太远。但是没必要开两辆车去……这样我们可以更好地了解对方。”

泰德不再偷窥，他把耳朵贴在座椅上。

如果妈妈说的是对的呢？那有可能就是她下午说到的女人。想到妈妈还坐在沙发后面，泰德感到一阵难过。妈妈吃了三片药……

她不是自愿吃的。爸爸逼她吃的。

无论如何，她可能会在刚才的地方待很久，甚至度过漫长的夜晚。她会在那里醒来，在黑暗中不知所措……迷惘孤独。国家也许不会及时发现她。

泰德感到一阵毛骨悚然。他脑中浮现出家里昏暗的客厅，妈妈毫无意识地瘫坐在地上，头耷拉着，身旁站着四个天线人，像一组医疗人员一般观察她，蚂蚁似的面孔交替看着对方。

在车里，弗兰克开始称呼那女孩伊丽莎白。他们谈到她年幼的儿子，现在跟祖父母住在某处。但是泰德过于沉浸在自己的思绪中，几乎没有过多留意他们之间的对话。虽然他不想承认，但也许抛弃母亲是个错误。

一个严重的错误。

"……他父亲从不来看他，"伊丽莎白说，"他知道孩子的存在；我当然告诉过他。但是他从来都不关心。你呢？"

"我妻子死了，房子变得很空。"弗兰克·麦凯说，"泰迪才七岁，有时我在想他一个人太孤单了……"

丧偶？泰迪？他父亲从来没有那样叫过他。

发生什么事了？

泰德不得不撑起托板向外张望。他毫不怀疑刚才听到了什么，但那实在让人难以置信。泰德并非孤独一人，他还有母亲啊！与周围的邻居相比，他们的房子并不大。爸爸口中的一切听上去都很荒谬。他试图侧过身子看清伊丽莎白长什么样，却做不到。他透过缝隙的视线仅够得到后视镜……当目光瞥到那里时，他看到了爸爸的眼睛，正盯着他看。爸爸正看着他！

他放下托板，嘭的一声撞在座椅上，他直挺挺地躺在后备厢里。

爸爸没有看见你。他只是向后看。后视镜的作用就在于此，不是吗？

"那是什么声音？"伊丽莎白问。

"什么？"

"我好像听见了什么……在车顶上，可能。"

"什么也没有。"

"还有多远？"

"没多远了。"

二人沉默了好一会儿。泰德完全搞不清当时的时间；他不确定已经开了多久。

"我们可以停会儿车吗？"伊丽莎白突然说，"我憋得难受。"

"我们就要到了。还有半公里路，你马上就会有舒适的卫生间。"

“我等不及了。”

“你当然可以。”弗兰克断言。泰德非常了解那个语气。那是不容商量的语气。

野马越飚越快。

“你别想打开车门，听见没？”

伊丽莎白惊悚地喊叫着。

“放开我！”

泰德屏住呼吸。

几秒后他们停在某处。

“看到没？”弗兰克平静地说，“如果你打开门我就把刀插进你的大腿。”

泰德没往外看。他不明白发生了什么事，但是他了解父亲专制强硬的一面。

“你不要伤害我，”伊丽莎白恳求道，“我还有个儿子。”

“不，你没有。”

弗兰克拔下车钥匙，不知为何弄得叮当响。他打开门下去。几秒钟后他打开副驾驶的门。

“我不想弄脏我的车，你明白吗？”

“你不要伤害我。”女孩爆发了。她颤抖的声音变成连续的哭泣。

“下来。”

“拜托，不要。”

“你害怕了？”

伊丽莎白泣不成声。弗兰克正在对她做什么，泰德不敢看。

“好吧，好吧……我跟你走。”伊丽莎白歇斯底里地说。

她下了车，几秒钟后传来撕心裂肺的喊叫。年幼的泰德从未听过如此令人不安的声音。尖叫声不断传来，他只好捂住自己的耳朵，但即便那样也无法屏蔽刺耳的声音。

过了一会儿弗兰克回到车上；他发动车，开始哼起自己喜爱的曲调。

二十五

现在

在旧打字机厂的地下室里，老鼠们变得越来越慌乱。它们被汽油蒸气熏得烦躁不安，不再顾忌跑动的路线，在劳拉和泰德身旁穿梭着。有时它们会跑过来盯着他们。

“你没有杀死那些女人，”劳拉说，“都是你父亲做的。”

他看着她，不知所措。

“也许你一直在怀疑他，”她继续说道，“弗兰克去世时你的疑虑变得肯定。”

“梦中出现在后备厢里的女孩……”泰德更像是自言自语，而不是说给劳拉听。正当他沉思时，一个真相如重拳般击中他。他抬起头，双目圆睁。

“怎么了？”

“我父亲想杀掉我。”泰德惊愕地说。

劳拉也得出了相同的结论。

“我最后一次跟他谈话，”泰德解释道，“是在上大学时，他告诉我布莱恩是我的弟弟。那天我非常生气他那样对待我和母亲，第一次跟他提到我多次在梦中看见他的野马后备厢里装着女人。”

泰德顿了一下。

泰德透过缝隙望出去，但是看不到副驾驶座的情形。

"当我描述梦境时，他大概意识到我迟早会想起一切。那混蛋当天晚上就来学校找我。"

"泰勒跟你的女朋友在一起，"劳拉补充道，"他还穿着大学校服。"

泰德冷不丁地站起身。一只老鼠透过地板缝隙看着他，倏地躲了进去。

"他都已经死了……我要是早点想起来就好了。现在还有什么用。"

"请坐下，泰德。你不要那样说。很多家庭都在等待一个答案。"

"是的，当然，一个疯子恐吓并残杀了他们的女儿；漂亮的答案。那家伙已经死了，劳拉，他身患癌症在睡梦中死去。你能想象如此不公的现实吗？"

"的确不能。但是那也不是你的错。"

沉默。

"如果我能早点想起来……"

"我们历尽艰辛才来到这里，泰德。治疗和药物起了很大的作用，但说到底是你自己努力的结果。你是为了霍丽和女儿们。"

他点点头。他的家人似乎在遥远的星系。

"你还记得自己是如何意识到这一切的吗，泰德？从梦境中？"

"我觉得不是。"泰德似乎不完全信服，"梦境已经出现过很多次。我想是因为布莱恩……当我在电视上看见他时，我认出他是我弟弟，我想也许是我父亲杀害了他的女友，帮他代劳之类的。那只是个想法……无意识的……我想……我不知道。我想我的父亲已经被确诊为癌症晚期，他完全有可能那样做。"

"我明白了。那个想法……令你产生怀疑。"

“对，我想是的。因此我去跟踪布莱恩。我需要调查一下他是否牵涉其中。但是那时我已经知道我父亲的所作所为……是象棋比赛，劳拉；我发现有很多谋杀案都是那时发生的。他陪我四处比赛期间借机杀死毫无防备的女性。”

“看着我，泰德。现在我们清楚了来龙去脉。你父亲已经死了，你的家人们在等着你。看着我。”

“你知道事情没那么简单。我已经伤害了他们……”泰德热泪盈眶，“贾斯汀怎么样了？”

“恐怕还在昏迷状态。尽管医生们很乐观。”

“我差点把我的朋友打死。”

“你当时意识混乱。你内心对于谋杀案强烈的负疚感令你迷失自我，泰德。你以为自己是凶手，因此做出不理智的反应。因为贾斯汀通过某种方式发现了一切，对吗？”

“对，我想是的。我知道他在跟踪我。偷偷溜进布莱恩家里的那天晚上我看见了他，坐在车里。我雇了一名侦探跟踪他，才知道他和霍丽私下见面。”泰德无奈地苦笑，“可怜的侦探一定以为自己有惊天发现，但是他们之间的私情对我而言不是问题。问题是贾斯汀也跟踪我到过这里，也许他已经看到藏在楼上房间里的东西，你刚刚去过的那间。”

“贾斯汀叫你去他办公室谈凶杀案？”

“说真的我不知道。也许他想跟我谈别的。但为时已晚……我，没看清楚事情真相；现在我明白了。”

“贾斯汀会好的，他会明白的，我确信。你当时的症状很严重，泰德。”

“是的，我知道。我已经决定自杀了；我去找罗比肖谈遗嘱的事情，我以为脑袋里长了一颗恶性肿瘤。”

“你不觉得现在好多了吗？”

泰德知道只有等朋友醒过来那结论才成立。

“我想是吧。”

劳拉站起身来。泰德疑惑地看着医生，不清楚她的意图。直到她把手伸到他面前，他才明白她想做什么。

“你做得很好，泰德。”

他有些尴尬地站起来，握住她的手。

“谢谢你做的一切，劳拉。”他轻声说道。他的声音听上去即将崩溃。

就在那时他们听见身后一声巨响，那强度绝不是老鼠能够制造的。劳拉吓了一跳。泰德则打了个寒颤，他想起刚才被他绑起来的警卫。天哪，他把一堆打字机推倒在他身上！虽然离开前确认过他还有呼吸，但他也许受了什么内伤。想到这，远处阴影中的李·史迪威像根灰色的图腾柱般耸立起来，他离照在泰德和劳拉身上的微弱光锥还有一段距离。

低沉的声音从阴影处传来。劳拉转过身看到站在那里的李时差点被吓死；她都忘了他的存在。

“让我们出去，狗娘养的。”李说。

警卫把被链条锁住的双手举到胸前，手里抓着一个小物件。距离太远无法看清那是什么东西，直到一小簇火焰噗地冒出来。

二十六

现在

马库斯坐在副驾驶的位置上。鲍勃开着车。他们聊了半个小时，但在后半程则保持沉默，期间不时与同时从奥尔巴尼出发的FBI分队联络，FBI会比较早到。

还剩下半个小时车程时他们进行了最后一次联系。鲍勃听到线路另一端传来的讯息；似乎不妙。

“起火了，好像是蓄意的。”挂断后他说，“他们可能用了某种助燃剂，因为火势十分凶猛。”

“起火？”马库斯不明白。他不想问那个最让他不安的问题。

“奥尔巴尼分队已经赶到，看见消防人员已经在现场作业了。有人看到浓烟并通知火警，但还是来迟了。”

“什么叫来迟了？”马库斯按捺不住担心，“什么意思？”

“他们找到两具尸体。只有一名幸存者。”

马库斯双手掩面。

“是谁？”他透过手心问道。

二十七

现在

出于某种原因，李认为用打火机威胁泰德是个好主意。也许是之前的重击令他无法清晰思考，或者李没有听说过汽油蒸气，因为一看见那一小簇蓝色的火焰瞬间变成巨大的火球，他便被吓得神情大变。警卫眯缝着的双眼睁至最大，他开始疯狂地扭动身体，在火球中痛苦地哀嚎。

留给劳拉和泰德反应的时间不多。一堵火墙向他们压来，蓝色的火焰将触手伸向四面八方。他们以最快的速度向反方向跑。李凄惨的叫声变得越来越可怖。肉体烧焦的气味充满整个房间。

地下室被一分为二，劳拉被困在离门较远的一侧。当警卫发出最后几声痛苦的尖叫时，她试图寻找通往另一侧的路径，但是大火形成的屏障朝她压来；烟雾越来越浓。灯泡一只只爆破，绽出橙色的脉冲光波。老鼠吱吱乱叫。

泰德冲她叫嚷让她往后跑，他去试着移动绿沙发——火势太猛他一直够不到——把它支撑在桌子和其他堆积的杂物上形成一座桥梁。可这完全行不通。火苗舔到他的衬衫，他不得不脱下来捂住嘴巴呼吸。他大声地嚷着难以理解的话。

“什么？！”劳拉离他约十米，但是她根本无法前进，还被大火逼得连连后退。她也把衬衫脱下来捂住口鼻，但即便如此她还是开始感到自己因为缺氧意识变得模糊。

泰德再次尝试，这次他把衬衫从嘴巴上拿开。

“暗室，劳拉。你钻进去把盖板盖上。”

这次劳拉听明白了。然而她知道那种情况下她根本无法做到。大火挡在她和暗室之间。

“泰德，我过不去！”

他向她喊着什么，但是声音被噼啪作响的火焰掩盖住了。烟越来越浓，隔着衬衫也已经无法呼吸；劳拉实在忍无可忍，把衬衫从嘴巴上移开。一阵浓烟呛得她跪倒在地上。她还没完全意识到双眼的灼痛感，直到她发现靠近地面的空气能够呼吸。她再次用衣服遮住脸，爬到旁边的墙根处。她对自己说唯一渺茫的机会是沿着踢脚线往前爬。一排钢质台面形成一条隧道，爬行相对简单。火势一再阻断她的生命通道，她只有尽可能贴着墙根，甚至在必要时离开临时拼凑的隧道。随着浓烟逼近，地面的空气也越来越稀薄。

她总共爬了八米左右。那听上去很简单，但是行至一半她已经开始怀疑自己不可能成功。红色的火帘彻底阻隔了她的前路。如果要继续前进她得从桌子下面爬出来，但是外面的情形好不了多少。她一回头发现已无退路。

她大声呼唤泰德，但是听不到回应。他已经离开地下室还是失去知觉了？警方在来的路上，他们随时可能赶到；如果她能够钻进暗室在里面支撑下去，外面的人就可能会听见她的呼救声。

但前提是她先抵达暗室；时间不多了。她要么尝试离开隧道，迂回前往暗室，要么继续坚持走捷径，穿越火线。她需要孤注一掷，为了沃尔特。

她用衬衫包住头，前臂挡住脸，拼尽全力冲了过去。

完

后　记

两年后

兰德尔·福斯特迎来热烈的掌声。过去三年他一直是第 4 频道警务节目的主持人，这给他带来极高的人气。然而，对他的平步青云起到决定性作用的是弗兰克·麦凯的案子。他年轻，有魅力，最重要的是他知道如何突破局限吊足公众的胃口，激发他们的好奇心，以及如何技巧性地描述耸人听闻的故事。

录制现场一侧的屏幕上投射出大家熟悉的具有穿透力的目光。下面打着几行字：

哈默斯维尔的分尸狂魔

弗兰克·埃德蒙·麦凯

1951—2011

观众席一片寂静。记者肃穆的声音透过扬声器传出来。

“他出生在哈默斯维尔这座小村庄的一个中产家庭，父亲在冶金公司日复一日的工作漫长而辛苦，母亲做着厨娘、裁缝、店员和清洁工人等工作；小弗兰克独自一人成长到十二岁时，他的妹妹奥黛丽来到这个世界。”

兰德尔在录制现场来回走动，自信得像个伟大的演说家。他一只手插在口袋里，目光交替地投向观众和头顶的空气，仿佛在找寻遥远而清晰的历史影像。

“我们对于他最初几年的生活知之甚少。麦凯家庭内部究竟经历过什么现在依然是个谜，将来很可能仍然是个谜。1964 年拉尔夫、特蕾莎 · 麦凯和孩子们搬到首都，他们留下的那一丁点痕迹不足以让我们在多年后还原出昔日的情形。”

屏幕上出现一班小朋友的黑白照片。两个面孔被圈出来；其中一个眼睛明显大而深邃。

“弗兰克很早就学会隐藏自己的真实性格，操控周遭。他是一个模范学生，智力远超平均水平，他从不惹事，能够让自己在人们的视野里消失。安德鲁 · 多宾斯是那些年里他在哈默斯维尔的唯一朋友，他提供的弗兰克 · 麦凯的性格特征描述恰好反映了这个连环杀人犯的真实本质。”

兰德尔故意在此处停顿。他已经无数次做过这样的陈述——尽管在不同的环境中——他知道如何激发现场观众的兴趣。

“当事实浮出水面时，所有在生活中认识弗兰克 · 麦凯的人都大惊失色且无比讶异，包括他的亲妹妹、前妻、邻居、合作伙伴、所有人……除了安德鲁 · 多宾斯。安德鲁 · 多宾斯从十岁开始就没再见过他，因为他们也举家迁离了那座城市，只有他一个人认为轰动全国的新闻可能是真的。事实上他内心深处知道那是真的。因为安德鲁 · 多宾斯是第一个，我说过他也是唯一一个曾经探入深渊，看到那个人的真实面目的人。”

不知什么时候屏幕上的图片已经换了。现在展现在眼前的是站在红色轿车旁摆拍的年轻时的弗兰克。他当时约莫二十岁，乍一看他的笑脸并不那么起眼。然而，随着镜头拉近，他眼中的一些东西似乎冲破时空的藩篱，向在场的每个人透露自己的真实意图。

“弗兰克 · 麦凯不是一个模范丈夫，也不是模范邻居，更不是一位好父亲……但是在认识他的人眼中他不是凶手。绝不可能是凶手。

他是个喜怒无常的人，的确；一个冲动的人，会是凶手吗？不，不可能。多少次我们听到过别人描述像他那样的人？因为当麦凯那样的人学会把自己掩藏在理智的面具下时，他们就变得深不可测，肆无忌惮地行走在我们中间。而正是那种一次次逃脱的骄傲，目空一切的优越感，驱使他们继续犯案。那不仅仅出于强烈的杀戮和伤害他人的欲望，更是源于一种认为自己无所不能的自我。”

“安德鲁·多宾斯住得离弗兰克家不远。他们一起上学，一起放学，成为亲密的朋友。一天，弗兰克邀请安德鲁去他家；当时是夏天，他的父母外出工作，家里只有他们两个人。他说那天他不想骑自行车溜达，也不想做他们经常做的事情；他把他带到后院，向他展示了一组广口瓶，里面装着蜘蛛、甲虫和其他大型昆虫。弗兰克随身带着一把折叠刀；他从一个比他大的男孩子那里买的，除了安德鲁没人知道他有那玩意。这是他们之间的秘密。那天，在他家的花园里，弗兰克请他的朋友随便选一只困在瓶子里的昆虫。安德鲁选了一只看上去有些呆的中型蜘蛛。他猜弗兰克打算用刀杀死蜘蛛——他当时就觉得他做得出那种事情——事实上他并不太担心。谁没杀死过蜘蛛呢？安德鲁愿意参与那个游戏，他没想到其实他们在拿蜘蛛做实验。”

虽然哈默斯维尔的分尸狂魔案件经过全面透彻的分析，但大部分细节均集中于后续的谋杀案。媒体喜欢给怪物扣帽子，但却经常忘记他的人性。兰德尔已经发现有些细节，例如马上将被揭示的细节，能够造成比令人发指的连环谋杀案更加深刻的冲击。观众席鸦雀无声。

“弗兰克没有用刀杀死蜘蛛，一开始没有。他切掉它的四只脚，和安德鲁一起观察它如何尝试逃跑，看到它只能原地打转而捧腹大笑。弗兰克又切掉一只脚，然后又一只，同时他解释说他不能切得离身体太近，因为那样蜘蛛很快就会死掉。最后可怜的蜘蛛只剩下一只脚，几乎无法抓住周围的地面，原地打转直至死去。那并非只是一场变态的游戏，正如我说过的那样，那是一种试验。”

“那个夏天快结束时，弗兰克请安德鲁去他家。他说自己打算做一些特殊试验——弗兰克那样形容对昆虫的肢解，他们俩已经做过三四次了——安德鲁乐意之至。他开始在他朋友的身上感到某种可敬的魅力。弗兰克把他带到花园，但是这次没有装着昆虫的罐子，而是一个笼子，里面装着一只三四个月大的小猫，安德鲁·多宾斯很长时间之后才意识到，他略带遗憾地承认，尽管当时察觉到弗兰克的意图，但他并没觉得怎么样。他不怎么喜欢猫……”

“弗兰克用几根细绳拴住小猫的爪子。将其固定住后，伴随着小家伙绝望的尖叫，他用刀抠下它的眼睛，然后用打火机烧它的肚子、耳朵、鼻子……直至小猫停止反抗，死去。从那以后安德鲁不再经常拜访弗兰克，可能那对小麦凯来说恰好是一种警示，提醒他如果让别人看到他的本性会发生什么。”

屏幕没有显示任何照片。兰德尔等了几秒钟，直到一个二十岁左右的女孩的脸庞出现。

“伊丽莎白·加斯不一定是第一名遇害者，但肯定是最早的几个之一，因为麦凯从不在距离波士顿那么近的地方行凶……”

兰德尔若有所思地停下来，缓慢地摇了摇头，补充道：

“当然，事实并非如此简单……但我们马上就要看到了。毕竟，这是我们今天聚集在此的原因。”

“弗兰克·麦凯杀死年轻单身母亲伊丽莎白·加斯的方式证明他当时还在学习阶段。甚至有可能他当时操之过急。他不仅在离家太近的地方杀死了她，还与她建立了联系，这种联系在对他的抓捕过程中有可能起到决定性作用。此外，即便伊丽莎白的臂部和腿部有些刀伤，喉部深切的伤口在几秒钟内便令她丧命，那与后来谋杀案中出现的虐待和折磨不同。”

“麦凯杀死伊丽莎白·加斯之后想了什么？我敢打赌：第一，他折磨和最终杀死一个毫无防备的年轻女性时产生了极致快感，所以他知道自己还会再次尝试；第二，如果他还那样鲁莽行事，最终会把自己困住，因此他必须构建一个系统，确保自己可以永无休止地继续下去。”

“1983 年至 1989 年间至少有七人被害，均发生在外州。受害人都是年轻女性，但是巧合到此结束。弗兰克用过刀，用过锤子，甚至用过自己的双手；他随机挑选女性，尽可能减少与她们接触。那些年他利用儿子泰德的国际象棋锦标赛作为自己离开的理由。他去往比赛现场一个小时车程开外的地方，选择受害人，对其进行两三个小时的折磨残害。残酷的程度极其罕见，然而几乎无法找到贯穿那些案件始终的模式。”

屏幕上滚动显示着受害者的照片。

“弗兰克·麦凯去世时罪行没有被发现。他杀死了十九名女性和两名男性，但有人怀疑还有十五宗谋杀案的凶手也是他。即使是现在的系统如 VICAP① 也无法为其建立一个共同模式。”

屏幕上显示一个圆形的迷宫。

“我之前说过，除了弗兰克·麦凯的童年好友安德鲁·多宾斯，可能没有人见过真实的他，但是那也许不尽然。可能他的第一任妻子克里斯汀·麦凯想象得出她丈夫体内掩藏的罪恶，她多年遭其殴打和虐待。但是克里斯汀是个精神有问题的女子，生活在一起的那些年她的处境非常糟糕。然而泰德，麦凯的小儿子，曾亲眼目睹父亲的古怪行为。小泰德曾经是一位象棋神童，后来成为一名成功的商人，他多

---

① 美国联邦调查局的暴力犯罪逮捕计划（Violent Crime Apprehension Program，简称 VICAP）。

年来一直把答案埋藏在心里。”

兰德尔指着迷宫中心。

“那是多年以来一直被掩盖的答案，今天你们有机会亲临这场引人入胜的旅行。”

迷宫渐渐远去，直至变成一本书的封面。标题是《最后的出路》。下面硕大的红色字母显示了作者的名字。

“女士们，先生们，事不宜迟，我向大家隆重介绍最终令真相大白天下的这位女性。让我们有请劳拉·希尔医生。”

伴随一阵掌声，劳拉步调急促地走到屏幕一侧的高台前。这是她第三次介绍这本书，然而她还像第一次那样紧张。她用目光在第一排寻找迪蒂，看到她热烈地鼓掌就足以给自己力量。一直以来姐姐对于她都有着莫大的重要性，不过最近一段时期，随着她辞退薰衣草的工作，进而与马库斯分手，姐姐已经变成她唯一的精神支柱。当然还有沃尔特，然而当她在薰衣草的局面变得糟糕时，迪蒂是唯一鼓励她写完书的人。“手稿很棒。如果医院给你下了最后通牒，我想说让他们见鬼去吧。至于你那位男朋友，我一点也不奇怪他会拍拍手走人，你知道我从来没有喜欢过他。”

迪蒂没说错。

“欢迎来到现场。”

“谢谢，兰德尔。”

劳拉当晚穿了一身芥末色短裙和白色长袖衬衫。*总是长袖*。她很紧张，坐下时双手交叉放在腿上，右手腕没有暴露在外。袖口底下隐约露出几条烧伤的痕迹。

“首先，”兰德尔说，“请允许我告诉你我很荣幸今晚被邀请到这里。”

劳拉点点头。

"刚才的介绍很精彩。"

"谢谢。"

记者看着屏幕，投射的影像依然是书的封面，他仿佛突发奇想，问道：

"给我们讲讲为什么是迷宫，劳拉。"

"哦……迷宫总是令我着迷。我在北卡罗来纳州霍克蒙长大，那里有很多小型游乐场。一位姓亚当斯的魅力十足的游乐场主人出乎所有人意料地将公园开放了好多年，其中最主要的游戏项目就是一个很大的圆形迷宫。"

"是那种植物迷宫吗？"

"不是，但具有可以改变形状的独特设置。里面有一些可以打开关上的门，每次路径都不一样。亚当斯先生说迷宫的形态可以有上千种变化。事实上我很少见到有人能从里面走出来。我和姐姐，她今晚也在这里，我们夏天几乎天天泡在里面。有一个我们喜欢的男生在那里工作。"

迪蒂从观众席用唇语示意她。

是你喜欢……

劳拉忍不住笑了。

"我总是被迷宫吸引，"她继续说道，"我们的思维方式中有些东西就像是在逃离迷宫。"

"或者被困在其中，我猜。"

"没错！比如霍克蒙迷宫从一个直达中心的通道进入，我出于某种原因认为如果总是选择逐渐远离中心的路就可以出去。当然我从来没有成功过。"

"因为有时为了出去你不得不后退。是这样吗？"

"是的。当泰德·麦凯来到薰衣草纪念医院时，他就像被困在他自己大脑设计的迷宫里。”

“像他那么杰出的男人，我想他一定是被非常复杂的迷宫困住了。”

“的确如此。他有几个星期一直在各种周期里面兜圈子，无法跳脱出来。我曾尝试施加些压力，把他引出歧途，可就像我小的时候在霍克蒙迷宫里玩耍时一样，我又再次迷失。就如同回到原点重新开始。”

“泰德·麦凯在废弃工厂的火灾中丧生，”兰德尔声音沉重地说，“在那场火灾中只有你，劳拉，有幸逃生。从某种意义上说，这个故事也是你自己的迷宫。你同意吗？”

“有可能。但是泰德·麦凯却是最惨的那个，不仅仅因为他在火灾中失去生命，还因为他那么多年来背负了如此沉重的包袱。这本书，兰德尔，是关于那场创伤之旅的，以及他是如何逃脱自己大脑设下的陷阱的。若不是因为他的坚强，我不可能站在这里，而他父亲的任何一件滔天罪行也绝无告破的可能。”

热烈的掌声在报告厅里蔓延开来。劳拉和兰德尔也加入其中。

“泰德生前跟我说过一句话，”劳拉说，“在他看来他父亲死了一切便都变得没有意义。但是你我都清楚地知道真相的重要性……”

“噢，当然。我曾经与受害者的亲属交流过，他们很多人都表示知道凶手已经不在世间令他们感到解脱。”

“他的前妻和女儿们不得不面对失去亲人的痛苦，我都不敢想象那对她们来说意味着什么。但是她们至少能够看到真相如何：一个胸怀宽阔的男人不得不背负根本不属于他的十字架。”

推介会又持续了半个小时。兰德尔是一位优秀的采访者，他们之间的对话进展得十分自然。

接着是签名售书环节，劳拉终于可以放松和享受读者的爱意。有些人偷瞄她露在衬衫袖口外面的伤疤，还有些人提出意见和问题。最常见的问题是关于贾斯汀·林奇的，他们从新闻里得知他醒过来了，仅此而已。她礼貌地告诉他们自己与他没有联系，他家人授权她披露的信息到最后一页为止。

有一次抬头时劳拉看见远处有一个戴眼镜的小个子男人没有排队。他约莫五十岁，或者更年轻，将书夹在手臂下面，脸上似笑非笑。

每次递书时，劳拉都偷偷地瞥向远处，那个陌生人还站在原处。房间里的人越来越少，其中一个姓马修斯的组织者——几乎两米高——回到劳拉的桌子旁，她问他是否可以留在她身边，他当然同意了。就在那时，眼镜男离开刚才的角落走进队伍，排在最后一位。

一位身形魁梧的女性站在桌子前面，劳拉无法看见眼镜男。她属于爱笑的那种人，能量无限。*我实在太——高兴来到这里了，我非——常喜欢你的书；*劳拉努力集中精力在她身上，因为她的确看上去是个可爱的女人，她千辛万苦才来到这里。*我来自佛蒙特州……我有家人住在这里，但是我是专程来见您的，希尔小姐。您真是位伟大的天才。*劳拉点点头，在第一页上写下几句话。她抬起头找寻那个男人，但只能看见胖女人的肚子。*太——感谢了……请继续写。我能向您坦白一件事情吗？*劳拉微笑着，但她担心自己的微笑会变成尴尬的表情。眼镜男在哪里？她想象着有人从背后用刀顶住那女人。为什么会想到这种事情？并非因为连环杀手们有什么俱乐部，而她惹怒了他们。然而她不是第一次产生这种怪念头。*我已经有些爱上了泰德。*那女人喋喋不休，两颊绯红。*噢，您会认为我是个傻瓜。我不是说恋爱的那种爱……只是对好人的爱慕。*劳拉回答说自己非常理解，并感谢她专程赶来。那女人接到书后终于离开了。眼镜男还站在队伍最后一位。

十分钟后劳拉给一对情侣签售完两本书，终于轮到那个男人。

“您不认识我？”

他的声音婉转而谨慎。如果那人是连环杀手，那绝对是最迷人的一个。劳拉松了口气。

“真的不认识。”她说，不过他还没有报出名字她已经联想到了。“我叫亚瑟·罗比肖。”眼镜男证实了她的猜测。

劳拉在网上找到过那位律师的照片，但是从来没有见过本尊。他们通过电话简短交谈过几次，过程并不十分愉悦。

罗比肖环顾四周。厅里还有零星几组人，但是离他们比较远。唯一可能听见他们对话的人是马修斯，劳拉请他稍微离开一下。

“谢谢您改掉了我的名字。”律师说。

“应您的要求。”

“是的，当然，但即便如此您也可以不那么做。如果那次通电话时我表现得有些粗鲁请您见谅，但是您明白的，这种事情有可能会损害我的律所。”

“没关系。”

罗比肖看上去有些不安。他还没有把腋下夹着的书递过去。

“我之前不想打断您。我看了您的书，很不错。祝贺您。”

他把书放在桌上。

“谢谢。不过，我感觉您来此还有别的目的。我没说错吧？”

罗比肖摇头不语。他望向天花板，仿佛上面写着他要说的话。

“要跟您说的话我考虑过很多次，然而我发现很难说出口……”

劳拉不理解。她在书中已经尽可能减少罗比肖的情节，有一部分是因为他明确提出要求。他要跟她说什么那么重要？

“我连我妻子都没告诉过，”律师十分惋惜地说，“我没跟任何人提起过，但是您会理解我，或者我希望您能理解我。”

“请讲。”

“像您在书中描述的那样，泰德有一天下午来到我家。那天是我的生日，他当然事先不知情。并非我们所有的同学都在那里，部分罢了。我想说，您书里的描述非常贴近现实。他和我……在我的办公室里讨论与遗嘱相关的问题。”

劳拉打量着他。

“所有周期都有事实基础，”劳拉说，“我找其他人谈过并获得了证实。”

罗比肖点点头。

“很抱歉我没早些来找您沟通。我……我早点知道就好了。”罗比肖一只手撑在书上，像是要俯身宣誓。

“没关系。”

“在书里您提到负鼠……那究竟意味着什么？”

劳拉靠在椅子上，面露讶异。她没有过多去分析负鼠。泰德跟她说得不多，大部分引述内容均出自迈克·道森之口，他也没有跟她分享太多的细节。

“出于某种原因，泰德怕它。”劳拉挤出一丝淡淡的笑容，“他肯定经历了某种创伤性事件，我是这么认为的。我从未问过他。”

罗比肖点点头。

“但是在那些周期里，那只动物究竟起到什么作用呢？”

“罗比肖先生，这些对您重要吗？”

“是的。”

“我可以知道原因吗？”

“那天在我家花园里，泰德认为自己看到了一只负鼠，就像您在书中描述的那样。嗯，事实并非如此，他不是在一只旧轮胎上看见它的，而是在我妻子的花盆中间。”

劳拉无法掩饰自己的不解。她本以为关于负鼠的描述并非源于真实事件，而是周期的一部分。

"我很惊讶。"

"我想象得出。那么，负鼠究竟在其中扮演了什么角色？"

"我不十分肯定，罗比肖先生，但是我想那是泰德把自己留在周期里的途径……每次事情变得失控时，负鼠就会出现。我知道泰德时不时会梦到它，也许它在那些周期里是类似守门人的角色。"

罗比肖若有所思。

"就像是您家乡迷宫里的牛头怪……"

律师果然了得。

"差不多吧，我想。"

大厅现在彻底没人了。

"我那天看见负鼠了。"罗比肖突然说。

劳拉沉默不语。

"泰德开始嚷嚷说花园里有负鼠，我的几个朋友冲出去抓它。他们一无所获。但是我从办公室里透过窗户向外看……我看见了。我清楚地看见它钻进花盆中间。"

"我不知道应该说什么……负鼠是存在的；它肯定是逃脱了。"

"现场有三十来个人，没人看见负鼠跑出来。花盆在花园中央，不可能有动物跑出来而不被撞见。泰德看见了。我看见了。其他人都没看见。"

罗比肖站起身来，劳拉只是定定地看着他。那男人伸出手，劳拉握了握。

"现在您明白我为什么不能早些来找您沟通了吧？"

亚瑟·罗比肖没等她回答，他拿起刚才放在桌上的书，微笑着离开，步态轻盈，仿佛身上卸下一个重担。

图书在版编目(CIP)数据

悬命遗书/(阿根廷) 阿萨特(Federico Axat)著；
权泉译.—上海：上海译文出版社，2018.1
ISBN 978-7-5327-7545-3

Ⅰ.①悬… Ⅱ.①阿… ②权… Ⅲ.①长篇小说—阿
根廷—现代 Ⅳ.①I783.45

中国版本图书馆 CIP 数据核字(2017)第 153162 号

悬命遗书
[阿根廷] 费德里科·阿萨特 著 权泉 译
责任编辑/刘岁月 装帧设计/柴昊洲

上海世纪出版股份有限公司
译文出版社出版
网址：www.yiwen.com.cn
上海世纪出版股份有限公司发行中心发行
200001 上海福建中路 193 号 www.ewen.co
常熟市文化印刷有限公司印刷

开本 890×1240 1/32 印张 12.5 插页 2 字数 190,000
2018 年 1 月第 1 版 2018 年 1 月第 1 次印刷
印数：0,001—12,000 册

ISBN 978-7-5327-7545-3/I·4610
定价：42.00 元